Erika Ernst

KiWi 262

Über das Buch

Zweiundzwanzigjährig wird Victoria Kulmus 1735 die Frau des Professors Gottsched, damals berühmt als einflußreichster Kritiker der deutschen Sprache und Literatur. Voller Bewunderung folgt sie seinem Ideal, »für den Mann das Paradies seiner Augen, die Göttin seiner Lust und der Quell seiner Gedanken zu sein.« Als er sie wegen ihrer Intelligenz zu seiner »Gehilfin« ernennt, ihr Lateinunterricht gibt und sie im Übersetzen unterweist, ist sie seine gelehrigste Schülerin. Aber schon bald beginnt die »Gottschedin«, sich geistig zu emanzipieren. Sie fertigt Übersetzungen nicht mehr nur anonym für ihren Mann an, sondern sucht sich eigene Projekte, die unter ihrem Namen erscheinen. Mehr noch: Sie schreibt eigene Lustspiele – derb, witzig, die Philister aufstörend. Bald ist sie berühmt, berühmter als ihr Mann, dessen Ruhm verblaßt. An diesem Punkt beginnt die Entwicklung für sie verhängnisvoll zu werden. Ohnmächtig muß sie erkennen, daß sie weiterhin von dem Einfluß und den kleinen Intrigen ihres Mannes abhängig bleibt, daß sie, auch wenn sie »die erste Schriftstellerin Deutschlands« ist, nie aus dem Schatten Gottscheds heraustreten wird. Resigniert stirbt sie mit 49 Jahren.

Die Autorin
Renate Feyl, 1944 in Prag geboren, studierte Philosophie. Lebt als freie Schriftstellerin in Berlin. Schrieb Romane und Essays.

Weitere Titel bei k & w
Idylle mit Professor, 1989
Sein ist das Weib, Denken der Mann, KiWi 249, 1991

Renate Feyl

Idylle mit Professor

Roman

Kiepenheuer & Witsch

Die Reihe »Sexuelle Gewalt« wird herausgegeben
von Ursula Enders und Rainer Osnowski.

6. Auflage 1998

Lektorat: Rainer Osnowski
Umschlaggestaltung: Manfred Schulz, Köln
Texterfassung: Ingrid Schoth, Hanni Neidhardt
Satz und Layout: Prima Print, Köln
Druck und Bindearbeiten: Clausen & Bosse, Leck
ISBN 3-462-02422-1

Die ideale Frau muß für den Mann das Paradies seiner Augen, die Göttin seiner Lust und der Quell seiner Gedanken sein. Ist sie geschickt, führt sie ihn auf Höhen, von denen er selber nichts ahnt. Ist sie klug, geht sie in den geistigen Dingen auf und tritt dennoch immer wieder hinter sie zurück. Im Haus, ihrem ureigensten Reich, soll sie Fleiß und Ordnung walten lassen, soll erhalten und mehren, was der Mann erwirbt und besitzt. Kehrt er abgekämpft heim, will er das andere von ihr – Ruhe, Freude, Anmut, Harmonie. Dies stellt sich nicht in Chaos und Wirrwarr, sondern allein in der Ordnung her.

Weiblich sein bedeutet, den Mann zu faszinieren, ihn mit immer neuen Seiten zu überraschen. Dazu gehören Verstand und wacher Geist. Bildung und Wissen sind für eine Frau unerläßlich. Das heißt nicht, daß sie zu den Tiefen der Erkenntnis vordringen soll. Diese Mühen obliegen ihr nicht, zumal die Natur ihr einen anderen Verstand als dem Manne gegeben hat. Weiblicher Verstand ist anschaulich, sinnlich, aufs Detail gerichtet, geht auf im Einzelnen und erschöpft sich in ihm. Männlicher Verstand zielt auf das Übergeordnete, Allgemeine und Wesentliche, ist für das Abstrakte und Theoretische bestimmt. Im weiblichen Denken muß daher nicht Tiefe, sondern Muße liegen. Ist sie allerdings vom Schicksal ausersehen, an der Seite eines gelehrten Mannes zu gehen, und gelingt es ihr, seine geschickte Gehilfin zu werden, dann wird dieser Mann ein solches Geschöpf als wahrhaftes Glück empfinden. Arbeitet sie darüber hinaus an ihrer eigenen Vervollkommnung, ein innerlich reicher, erfüllter Mensch und damit ihm ebenbürtig zu werden, so hat er die ideale Frau gefunden.

Victoria erhält diese lehrreiche Unterweisung gleich nach der Hochzeit, als Gottsched mit ihr im Jahre 1735 in der Extrapost von Danzig nach Leipzig fährt. Für sie sind es nicht nur Worte. Es sind Maßstäbe. Frau eines berühmten Mannes zu sein ist ein besonderes Amt. Es bedarf besonderer Verpflichtungen. Würden ihre Eltern noch leben, sie wären zufrieden mit ihr. Nichts hat Dr. Kulmus sehnlicher gewünscht, als daß die Tochter eines Akademikers auch die Frau eines Akademikers wird, damit die geistige Tradition der Familie gewahrt bleibt. Er hat ihr immer wieder gesagt: Heirat ist nicht gleich Heirat, und Ehe ist für einen Mann etwas anderes als für eine Frau. Für ihn ist es eine Form, für sie ein Inhalt. Wo er sein Vergnügen sieht, hat sie ihre Existenz.

Ihre Geschwister, ihre Freundinnen beneiden sie. An der Seite dieses berühmten Mannes wird ihr Leben Bedeutung bekommen. Es wird etwas von jenem Licht erhalten, das er in Fülle verbreitet. Was kann sie einem solchen Mann anderes geben als das Versprechen, sich dem Ideal der Vollkommenheit anzunähern?

Der Empfang in Leipzig ist überwältigend.

Victoria und Gottsched stehen am geöffneten Fenster und schauen auf die Straße hinab. Studenten haben sich zu einem Halbrund formiert und bringen ihnen eine solenne Abendmusik dar. Im Widerschein der Fackeln glänzen die Zeichen der Landsmannschaften. An der langen Stoßklinge und dem gelben Gefäß mit dem großen, runden Stichblatt erkennt Gottsched die Hallenser, an der breiten Klinge die Wittenberger, an dem schwarzen, eisernen Gefäß die Jenenser und an dem kleinen Galanteriedegen die Leipziger. Auch die Fahnen erklärt er. Ein Hausdiener stellt Lichter in das Fenster, damit das Hochzeitspaar von den Jubelnden gesehen wird.

Erregung zeichnet Victorias Gesicht. Nach Singen und Jauchzen ist ihr zumute. Sie möchte laut und übermütig, grob und zärtlich sein, etwas Ungehöriges tun, mit ihm tanzen, ihn jagen und fangen, möchte den Lauf der Welt unterbrechen, aus Zeit und Raum schweben, sich fallen lassen oder hinunter auf die Straße springen und tot sein. Es würde ihm zeigen, daß sich ihr Leben in diesem Augenblick erfüllt hat.

Immer mehr Nachbarn schauen aus den Fenstern und erscheinen vor den Haustüren. Neugierige eilen herbei. Berittene verweilen am Straßenrand. Eine Menschenansammlung entsteht. Jubelrufe werden laut. Leipzigs Musenpaar soll leben, dreimal hochleben. Verwirrt nimmt Victoria die öffentliche Beachtung wahr, die mit einemmal auch ihrer Person gilt.

Jüngst erst mit widrigen Lebensumständen in Danzig gerungen, den Tod des Vaters, dann den Tod der Mutter erlebt, der Belagerung und Beschießung der Stadt während des Kampfes um den polnischen Königsthron gerade noch heil entkommen und jetzt die Frau eines gefeierten Mannes – sie kann es noch gar nicht fassen. Sie hat zwar seit dem vierzehnten Lebensjahr mit dem Magister korrespondiert, hat ihm ihre Gedichte geschickt und im Beisein ihrer Eltern auch zweimal seinen Besuch empfangen, aber hat doch nie gedacht, daß ausgerechnet sie es sein wird, die er für würdig hält, mit ihm den Bund der Ehe zu schließen.

Wäre sie eine schöne Frau, sähe alles ganz anders aus. Aber wer ist sie denn schon? Genau besehen hat sie nichts, worauf sie besonders stolz sein könnte. Sie ist zwar aus gutem, aber nicht aus begütertem Hause. Sie hat kein Vermögen und keine reichen Verwandten. Auf eine Erbschaft darf sie nicht hoffen. Sie ist auch nicht berühmt wie eine Dacier oder eine Châtelet, geschweige denn, daß sie es verstünde, sich mit einem gewissen Nimbus zu umgeben. Sie hat nichts, was sie vor anderen besonders auszeichnen könnte: nicht das Liebliche einer Venus, nicht die Weisheit einer Minerva, nicht das Ansehen einer Vesta, nichts hat sie, gar nichts außer vielleicht einer Zukunft. Sie kann ihrem Gottsched im Augenblick nichts anderes geben als die Hoffnung, einmal so zu werden, wie er sich seine Frau wünscht.

Victoria schmiegt sich an ihn. Er flüstert ihr zu, daß sie an seiner Seite eines Tages die größte Muse an der Pleiße sein wird, und sie ist dankbar, etwas von ihm zu vernehmen, das in diesem Moment ihr allein gilt. Seine Stimme, diese tiefe, in sich ruhende Stimme, die ihr der Inbegriff alles Männlichen ist, schafft Intimität, wo immer er sich aufhält. In dem vollen Klang liegt etwas unvergleichlich Überlegenes, Großes und Kraftvolles, etwas so Bestimmendes und Zwingendes, dem sie sich fraglos fügt. Sie fühlt es bis in die Fingerspitzen: Die erotische Faszination dieses Mannes geht von seiner Stimme aus.

Sie findet es wunderbar, daß er keine Spur von Aufregung zeigt. Wissend um seine Würde, steht er gelassen am Fenster, blickt auf die Straße hinab und nimmt die Jubelrufe so selbstverständlich entgegen, wie es nur demjenigen gelingt, dem eine solche Begrüßung gebührt. Seine Haltung beeindruckt sie: die Hände auf dem Fenstersims, die Schultern zurückgenommen, das Kinn vorgestreckt, damit Entschlossenheit und Tatkraft deutlich zum Ausdruck kommen. Den Kopf leicht in den Nacken gewinkelt, schweift sein Blick an allem Irdischen, Gegenständlichen vorbei direkt in die Ferne, als zöge in diesem Augenblick das Morgenrot der Erleuchtung herauf, für die anderen unsichtbar, aber für ihn schon so nahe. Sein Lächeln schwebt über die Köpfe dahin, erheischt Respekt und kommt zu ihm zurück. Nur ein Mann, der sich seines Wertes sicher ist, vermag sich selbst so zuzulächeln. Victoria ist stolz auf ihn und insgeheim natürlich stolz auf sich. Ein Gemahl wie Gottsched wird mehr als jeder andere Verständnis für ihre eigenen

Absichten aufbringen: Sie will schreiben. Was sie bereits als Unverheiratete in Danzig getan hat, möchte sie in ihrer Ehe fortsetzen und über die bisher im Druck erschienenen Gedichte hinausgehen. Sie will sich in Übersetzungen versuchen. Vielleicht werden ihr sogar eigene Lustspiele gelingen. Nie ist ihr die Zukunft in einem schöneren Lichte erschienen. Luftsprünge möchte sie machen, wenn es die Würde des Augenblicks zuließe.

Gottsched stellt sich hin und wieder auf die Fußspitzen, als wolle er eine Rede beginnen. Bürger von Rom! Victoria ist überzeugt, daß er selbst einen Cicero an Eloquenz noch übertreffen würde. Aufgeregt erwidert sie seinen Händedruck. So, wie er neben ihr steht, machtbewußt und voll erhabenen Ernstes, bestätigt es sich ihr aufs neue: Er ist nicht irgendein Professor, so ein emsiger, aufs Sammeln, Sichten und Ordnen erpichter Buchgelehrter. Er gehört zu jenen, deren Titel nur die erste akademische Weihe auf dem Weg zu einem großen Ziel ist – Erzieher der Nation zu werden.

Bange überkommt sie auf einmal, ob sie ihm überhaupt eine ebenbürtige Gefährtin sein kann. Geistig ist sie doch – gemessen an ihm – ein unbeschriebenes Blatt. Daß sie die Höhe seiner Gedanken jemals erreichen wird, erscheint ihr jetzt fraglicher denn je. Sie weiß nicht einmal, ob sie seinem Forschergeist, diesem unerbittlichen Arbeitseifer zu folgen vermag. Sie weiß nur: Außergewöhnliche Menschen bedürfen außergewöhnlichen Verständnisses. Die Liebe wird den Rest tun. Sie ist der Zauberspiegel, der alles in doppelter Größe wiedergibt.

Victoria meint, er müsse fühlen, was sie im Augenblick empfindet – nicht schlechthin einem Glück, einer Seligkeit geht sie entgegen. Sie lehnt sich an seine Schulter und träumt sich über die Klänge hinaus in den Abend. Eine milde Mailuft trägt den Duft nahe gelegener Gärten heran. Sie atmet tief ein. Alles in ihr schlägt höher – das Herz, die Gefühle, ja selbst die Erwartungen scheinen sich zu vervielfachen.

Der Zeitpunkt der Heirat hätte für Gottsched nicht günstiger sein können. Victoria ist zweiundzwanzig Jahre, gesund und tatfroh, er zählt gerade fünfunddreißig und hat seit kurzem eine ansehnliche Bestallung als Professor ordinarius der Logik und Metaphysik mit allen ihm in dieser Eigenschaft zustehenden Prärogativen, Emolumenten und Freiheiten: privaten Kollegiengeldern, Freitisch, fünf Klaftern Brennholz, Universitätsimmunität und Neujahrssalär. Überdies hat ihm sein Verleger Breitkopf eine schöne Wohnung in seinem Hause im „Goldenen Bären" am Alten Neumarkt überlassen, wo sich die Buchhandlung, die Buchdruckerei und die Schriftgießerei befinden. Für die Korrektordienste, die er dem Verleger leistet, wird Gottsched ein Leben lang ohne Mietzins die erste Etage bewohnen dürfen. Von hier aus sind es nur ein paar Schritte zur Universität, zur Paulinerkirche und zur Bibliothek, so daß er die Stätten seines Wirkens jederzeit rasch zu erreichen vermag. Auch über mangelnden Vorlesungsbesuch kann er nicht klagen. Studenten aller Fakultäten drängen in seine Kollegien, sind angetan von der Reform der Sprache, Literatur und Bühne, die er über Sachsens Grenzen hinaus verfolgt, und verehren ihn als den Caesar der Poesie. Selbst unter den Kollegen steht Gottscheds Ansehen in vollstem Flor. In den ersten Häusern der Stadt ist er ein gern gesehener Gast. Kommen vornehme Fremde, wird er mit zur Tafel gebeten, denn wo er erscheint, erhält der Abend Glanz.

Als er vor elf Jahren aus seiner Vaterstadt Königsberg floh, hatte er keine Ahnung, daß sich sein Leben einmal derart fügen würde. Damals waren ihm die Soldatenwerber des preußischen Königs auf den Fersen, die noch immer in allen Landen nach Männern Ausschau halten, die von außergewöhnlicher Körpergröße sind. Er war rechtzeitig gewarnt worden vor diesen Auflaurern und Menschenfischern, die er bis heute tief verabscheut. Durch List und Gewalt, mit Branntwein und Versprechungen reißen sie ruhige Landessöhne aus dem Schoße ihrer Familien und schleppen sie nach Potsdam, um die sonderbare Leidenschaft eines Königs zu stillen, der behauptet, Gott habe ihm alle Menschen von ungewöhnlicher Größe vermacht. Gewiß, als Leibgrenadier hätte Gottsched kein schlechtes Leben geführt, denn es ist kein Geheimnis, daß der König seine Riesen mit Grundstücken beschenkt, ihnen Kanonikate und Pfründe erteilt, Häuser und Wirtschaften baut, ihnen den Wein- und Bierausschank erlaubt oder Geld vorschießt, damit sie sich Kaufläden anlegen können, mitunter auch wohlhabende, gutgewachsene Mädchen zwingt, ihnen die Hand zu reichen. Aber um keinen noch so verlockenden Preis der Welt wollte Gottsched die preußische Muskete tragen. Ob er nun der Leibgarde oder einem anderen Regiment des Königs zugeteilt worden wäre – Armee blieb Armee, und der Militärdienst war für ihn, den Studenten der Theologie mit Neigung für Philosophie und Poetik, eine Form des Gehorsams, der nur für jene taugt, denen Gott einen schläfrigen Geist gegeben hat. So floh der Pastorensohn mit seinem Bruder im tiefsten Winter über Polen, Schlesien und die Lausitz zu Fuß, zu Pferd, auf Hühnerwagen, mit einfacher und schneller Post und erreichte nahezu mittellos, doch mit mehreren Empfehlungsschreiben, die Tore von Leipzig.

Auch wenn ihm nicht die Soldatenwerber auf den Fersen gewesen wären, hätte er über kurz oder lang in seinem preußischen Vaterland für sich keine Zukunft gesehen. Denn längst war es auch bis nach Königsberg an das Collegium Albertinum gedrungen, daß Friedrich Wilhelm einen Ekel hatte vor allem, was gelehrte Kenntnis hieß, und daß er wünschte, niemand in seinen königlichen Landen solle mehr lernen, als was dazu nötig sei, um ein abgehärteter Soldat, ein arbeitsamer Bürger, ein sparsamer Wirt und ein ehrlicher Christ zu sein. Wo der oberste Landesherr höchst eigenhändig Gelehrte mit Namen wie Tintenkleckser, Narren, Grübler und Schmierer versah, fürchtete Gottsched um eine gedeihliche Atmosphäre für die Wissenschaft. Seine Zweifel wurden bestärkt, als ihn die Nachricht traf, daß Christian Wolff, den er wie keinen anderen Philosophen schätzte, die Stadt Halle und die preußischen Lande bei Strafe des Stranges binnen achtundvierzig Stunden zu verlassen hatte. Über Nacht mit ein paar Bücherkisten und einer hochschwangeren Frau fliehen zu müssen, nur weil es einen aufrecht gesinnten Mann danach verlangt, Ordnung, Licht und Gründlichkeit in das philosophische Denken zu bringen – das gab Gottsched den letzten Anstoß zum Aufbruch. In einem Land, wo die Suche nach Wahrheit mit Ausweisung bestraft wird, sah er für sich kein Zuhause. Und nicht ohne Absicht hatte er sich Leipzig als Ziel gewählt.

Diese Stadt, Sachsens Zierde und fremder Länder Bewunderung, gilt ihm noch immer als ein Mittelpunkt Deutschlands, der – umgeben von lauter Stutzerwinkeln – Größe und Weltläufigkeit offenbart. Neujahr, Ostern und Michaelis werden hier die Messen eingeläutet und sorgen mehrmals im Jahr für ein buntes Treiben, wie es den Griechen bei ihren Olympiaden nur alle vier Jahre vergönnt war. Vor allem aber kommen zu den Ostermessen Hunderte von ausländischen Buchhändlern, weil in Leipzig wie in keiner anderen Stadt Verlage, Kupferdruckereien und Zeitschriftenredaktionen eine Hochburg der Musen bilden, die Schriftstellern, Buchgelehrten, Verlegern, Antiquaren, Bibliothekaren, Forschern und Federfertigen aller Art eine gastliche Herberge bietet. Beweglicher Geist und merkantiler sächsischer Sinn haben die Stadt zu einem Umschlagplatz für Ideen gemacht und eine Atmosphäre geschaffen, die Lust weckt, dabeizusein und mitzuhalten. Hier lebt man mit den literarischen Ereignissen in vertrauter Gesellschaft, von hier gehen Impulse und Tendenzen aus, hier schlägt alles zu Buche, hier laufen die Fäden zusammen, werden die Kontakte geknüpft und die Sensationen angebahnt. Leipzig ist eine Garküche des Ruhmes. Außerdem besitzt die sächsische Metropole eine so ehrwürdige wie aufstrebende Universität, an der Fleming, Günther und

Leibniz studiert und Thomasius gelehrt haben. Eine idealere Stadt kann es für Gottscheds Pläne nicht geben. Ob es eine höhere Fügung, ein gütiges Schicksal oder bloß ein guter Instinkt war – er dankt dem Himmel, den preußischen Landen entsagt zu haben.

Nach dem erhebenden Empfang weiht Gottsched Victoria ohne Säumen in die Mysterien des Alltags ein. Er stellt ihr das Personal vor – die Köchin, die gute Seele; die Dienstmagd, das brave Ding – und führt sie durch die Wohnung. Obgleich die Zimmer eher sparsam eingerichtet sind und die Möbel sich nicht gerade kostbar ausnehmen, mutet sie dennoch hier alles groß und repräsentativ an. Auf den ersten Blick erkennt sie, daß noch vieles für sie zu tun ist und ihr genügend Möglichkeiten bleiben, ihren Geschmack in Vorhängen, Bildern und anderen Neuerungen sichtbar zu machen.

Doch dann, als sie sein Arbeitszimmer betreten, verschlägt es ihr schier die Sprache. Wo sie hinschaut – hohe Bücherschränke, üppig gefüllt mit Geist. In der Mitte ein Schreibtisch, groß und unverrückbar, als müsse er das ganze Universum tragen. Auf der Schreibtischplatte Stapel von Manuskripten, Konspekten, Entwürfen, Druckbögen und Büchern, dazwischen ein Chronometer, dessen dumpfer, gleichmäßiger Schlag unbarmherzig zur Arbeit mahnt. Hinter dem Schreibtisch ein hochlehniger Sessel, würdig eines Olympiers; zur Rechten der Erdglobus, zur Linken der Himmelsglobus und in Reichweite ein Schrank mit Münzen und Mineralien. Besonders beeindruckt ist sie von dem astronomischen Fernrohr. Es steht wie ein Wegweiser zum Himmel vor dem Fenster und gibt dem Raum eine erkenntnisschwere Atmosphäre. Noch nie hat Victoria ein solches Kabinett der Weltweisheit gesehen. Nicht bei ihrem Vater, der Leibarzt des polnischen Königs war und selbst gelehrte Abhandlungen schrieb, und nicht bei ihrem

Onkel, diesem Meister der Prosodie, der sie in der Behandlung und Messung der Sprache im Vers unterwies. Noch nie hat das Reich der anmutigen Gelehrsamkeit für sie derart Gestalt angenommen.

Mit Bestimmtheit betont Gottsched, daß in diesem Zimmer nichts verändert werden darf. In den anderen Räumen der Wohnung mögen beliebige Neuerungen getroffen werden. Nicht das geringste hat er dagegen einzuwenden, im Gegenteil. Nur in seinem Zimmer muß alles so bleiben, wie es ist. Hier soll nicht Staub gewischt oder vermeintlich Ordnung geschaffen werden. Hier wünscht er keine Störung, und unaufgefordert hat niemand in diesem Raum etwas zu suchen. Die geringste Ablenkung würde ihn verstimmen, so wie ihn bereits eine Lücke in seinen Bücherschränken, die er sich nicht zu erklären vermag, überaus nervös macht.

Victoria kann ihn verstehen. Mit allem hier, mit jedem Gegenstand, ist er auf besondere Weise verbunden. Hier haben die Dinge einen Sinn, den ein anderer nicht sieht. Ihr braucht er wahrlich nicht zu sagen, daß jeder fremde Handgriff in diesem Zimmer wie ein Eingriff, wenn nicht wie eine Bevormundung anmuten muß, die einem selbständigen Geist zutiefst zuwider ist. Sie weiß ja von ihren eigenen bescheidenen Arbeiten, wie schnell bei der geringsten Ablenkung der Gang der Gedanken gestört wird und wie mühsam die Zwiesprache mit den Ideen und Vorstellungen wieder aufgenommen ist. Selbstverständlich wird sie dieses Zimmer nur betreten, wenn er sie dazu auffordert. Als Gottsched die Tür des geheiligten Tempels hinter sich schließt, ist ihr, als habe sie einen Blick in sein Wesen getan.

Mit der Geste eines hochherzigen Gönners übergibt er ihr den nächsten Raum. Ihr ureigenstes Reich wird das Toilettenzimmer sein. Es ist nicht groß, aber für ihre Zwecke wie geschaffen. Hier, wo die Frau des Hauses sich aufhält, liegt für ihn das eigentliche Zentrum einer Wohnung. Hierher zieht es die vertrauteren Freunde der Familie, für die nicht immer gleich der Salon hergerichtet werden muß, und hier wird auch er seine Stunden mit ihr verbringen: Tee oder manchmal auch ein Täßchen Kaffee trinken, ihr vorlesen, ihr zuhören oder zusehen bei der Arbeit und das geistige Tête-à-tête pflegen.

Besonders beeindruckt ist sie von einem Lesepult, das verloren in einem Erker steht und den Anschein erweckt, als warte es auf einen Benutzer. Victoria öffnet das Fenster, schaut in eine üppig ausladende Kastanie, auf deren Zweigen weiße Blütenkerzen wie lustige kleine Zuckerhüte stehen und sanft vom Wind bewegt werden. Einen Augenblick lauscht sie in das Rauschen der Blätter hinaus, dann fällt sie ihm um den Hals. Die Wohnung ist nach ihrem Geschmack. Gottsched freut sich. Er zweifelt keinen Augenblick daran, daß sie alles noch behaglicher herrichten wird, und will ihrem Geschick und ihrer Umsicht völlig freie Hand lassen.

Zur Bestätigung seiner Worte entnimmt er der Schublade des Lesepults ein Buch und überreicht es ihr mit einer so feierlichen Miene, als wolle er damit sein Schicksal in ihre Hände legen. Er hat es eigens für sie binden lassen, dieses Poesiealbum des Alltags. Neugierig blättert sie, schaut auf leere Seiten, die durch einen Mittelstrich in zwei Rubriken eingeteilt sind. Gottsched vertraut ihr das Herzstück aller familiären Ordnung, das Haushaltungsbuch, an. Hier soll sie die Einnahmen und Ausgaben genauestens eintragen, damit am Monatsende die Summe der Einkünfte mit der des Verzehrs verglichen und etwaige Schlußfolgerungen für den jeweils kommenden Monat gezogen werden können. Sie wird selbst bald merken, daß das Leben in einer Welt- und Messestadt zu unbedachten Ausgaben verleitet und die Kosten, die der Haushalt und vor allem die Repräsentation erfordern, hoch sind.

Einen Augenblick meint Victoria, das Buch liege wie ein Prüfstein in ihren Händen. Sie verspricht ihm, sich Mühe zu geben und es sorgfältig zu führen. Er vernimmt dies mit

Genugtuung, denn er mißt der Beschäftigung mit dem Haushaltungsbuch große Bedeutung bei. Schließlich handelt es sich dabei um keine dieser gewöhnlichen Arbeiten wie Staubwischen, Fensterputzen oder Möhrenschaben – dafür hat er ihr Personal gegeben –, nein, Höheres, Übergeordnetes liegt in dieser Tätigkeit. Hier zeigt sich schwarz auf weiß, ob eine Frau Geschick und Talent zur Vorausschau hat, ob sie lenkend die Dinge in die Hand zu nehmen vermag und imstande ist, im Kleinen zu mehren, was der Mann im Großen erwirbt.

Überdies offenbart sich für ihn gerade in diesem Buche eine Grundtugend des Lebens, die Sparsamkeit. Sie ist ein Zeichen von beweglichem Intellekt, verlangt Umsicht und geschickten Ausgleich zwischen einem Bedürfnis und seiner Befriedigung. Sparsamkeit ist die Kunst, das Geld so einzuteilen, daß man dennoch auf nichts verzichten muß. Nur die Dummen und Einfältigen verwechseln sie mit Geiz. Gottsched krönt seine Ausführungen mit der Klage des Marcus Tullius Cicero: Oh, ihr unsterblichen Götter! Sie sehen es nicht ein, die Menschen, welch eine große Einnahme die Sparsamkeit ist!

Victoria wartet auf weitere Worte, doch Gottsched küßt seine junge Frau und führt sie noch einmal durch alle Räume der Wohnung. Er ist voller Überschwang, voller Begehrlichkeit und flüstert ihr Zärtlichkeiten ins Ohr. Seine Stimme bekommt wieder diesen tiefen, vollen Klang. Victoria ist glücklich. Sie kann es kaum erwarten, in seinem Sinne tätig zu werden und ihm seine Welt zu verschönern.

Doch vorerst hat sie einer gesellschaftlichen Pflicht zu genügen und sich auf die Antrittsbesuche vorzubereiten. Müßte sie allein diese Visiten bestehen, wäre ihr bang ums Herz. Gottscheds Begleitung jedoch gibt ihr Sicherheit. Wo er erscheint, richtet sich das Interesse auf ihn, und keiner wagt es, in seiner Gegenwart sie mit neugierigen Fragen zu bedrängen.

Schon während des ersten Besuches bei Professor Ernesti bestätigt es sich: Mehr als die junge Frau Gottscheds beschäftigt den Rektor der Thomasschule die Angelegenheit seines Kantors Bach, der vor längerem schon beim Dresdner Hofe um das Prädikat eines Hofkompositeurs eingekommen war, diesem Gesuch die Stimmen des Kyrie und Gloria der h-Moll-Messe beigefügt hatte und noch immer auf die Antwort des Kurfürsten wartet.

Bei Friedrich Otto Menke wird mit Gottsched über einen neuen Beitrag für die *Acta eruditorum* verhandelt, und im Hause Winkler hält der Professor höchstpersönlich ihr zwar ein humoriges Privatissimum über den Satz, daß in der Vernunft allein alle Regeln unseres Handelns liegen, wendet sich aber dann Gottsched zu und spricht mit ihm über die bewegenderen Fragen der Zeit. Er liest einen Brief vor, den er aus Frankfurt an der Oder erhalten hat und worin beklagt wird, daß noch immer Dozenten, die Vorlesungen über die moralischen und metaphysischen Schriften Wolffs halten, in Preußen mit Kassation und einer fiskalischen Zahlung von hundert Speciesdukaten bedroht werden. Nur der Kurfürstlich Sächsische Hofrat Mascow interessiert sich für Victorias Herkunft und will von ihr, der Danzigerin, wissen, wie das Grab Opitzens in der Oberpfarrkirche zu St. Marien ausschaut.

Sobald die Frauen des Hauses hinzukommen und Victoria in ihren Kreis ziehen, nehmen die Gespräche eine Wende. Da wird geklagt über die Unzuverlässigkeit der Dienstboten, über die Verteuerung der Brüsseler Spitzen, über die Untauglichkeit der Wundärzte und den ungenügend aufgestockten Fiskus für Professorenwitwen. Hier erfährt sie die Adressen von eleganten Tailleuren und guten Porträtstechern, von Häusern, in denen den ganzen Tag Lombart, Piquet, Billard oder Basette gespielt, und von dieser oder jener Gattin, der ein galantes Verhältnis nachgesagt wird. Auch Professorenhaushalte, wo Tod und Krankheit schicksalhaft in das Leben eingegriffen haben, sind ihr bald ein Begriff. In kurzer Zeit kennt sie sich in den höheren akademischen Kreisen Leipzigs aus.

Die Herzlichkeit, mit der Victoria allerorts aufgenommen wird, schreibt Gottsched voller Genugtuung insgeheim sich und seinem Ansehen zu und ist hocherfreut, daß sie an diesem neuen Leben ganz offensichtlich Gefallen findet. Er rät ihr, auch künftighin den Umgang mit den Frauen zu pflegen, denn etliche seien unter ihnen, von denen sie manch nützlichen Ratschlag für die alltäglichen Dinge bekommen könne.

Mit brennender Neugier jedoch sieht Victoria dem Besuch bei Christiane Mariane von Ziegler entgegen. Sie kann es kaum erwarten, die Frau kennenzulernen, von der Gottsched in höchsten Tönen schwärmt. Vor noch nicht allzulanger Zeit hat er sie als Mitglied in die *Deutsche Gesellschaft* aufgenommen und zur Kaiserlichen Poetin krönen lassen. Die Musiker und Literaten, die in ihrem Salon ein und aus gehen, huldigen ihr wie keiner anderen und künden in Gedichten und Liedern von ihrem Ruhm. Bach komponiert gerade auf die Zieglerschen Texte die Kirchenkantaten von Misericordias Domini bis Trinitatis und dirigiert hin und wieder ihr zuliebe die Gartenmusiken, die sie zum Ergötzen der Leipziger veranstaltet. Wo Victoria hinkommt, mit wem sie auch spricht – Frau von Ziegler ist jedem ein Begriff. Selbst über ihr Schicksal weiß man sich im Bilde: Mit zwölf Jahren wird ihr Vater, der Leipziger Bürgermeister Romanus, arretiert und als Staatsgefangener auf die Festung Königstein verbracht; mit sechzehn heiratet sie, verwitwet früh, heiratet erneut, den Hauptmann von Ziegler, zieht mit ihm in den Schwedenkrieg, aus Liebe heißt es, aus großer Liebe, doch auch Ziegler stirbt, und bald darauf verliert sie ihre beiden Kinder, sechs und zehn Jahre alt. Victoria kann verstehen, daß eine solche Frau nur noch in der Musik und in der Poesie zu leben vermag.

Sie liest noch einmal in Frau von Zieglers Gedichtband, dem *Versuch in gebundener Schreibart*, liest auch ihre *Briefe in Prosa*, denn nichts wäre ihr peinlicher, als eine Dichterin zu treffen und deren Werke nicht zu kennen. In Gedanken legt sie sich zurecht, was sie darüber sagen wird, denn daß man einer Poetin, die so ernste, erhabene Verse schreibt, nicht mit banalem Gerede die Zeit stehlen darf, gebietet sich für Victoria von selbst. Wünscht die Dichterin allerdings nicht angesprochen zu werden, kann Victoria auch das nur zu gut verstehen.

Als sie dann klopfenden Herzens an der Seite Gottscheds den Salon der Frau von Ziegler betritt und diese in einem leicht wehenden Seidenkleid auf sie zueilt und umarmt, als sei sie ihre vertraute Freundin, verschlägt es Victoria die Sprache. Die schöne, extravagante Erscheinung dieser vierzigjährigen Frau verblüfft sie so sehr wie die unkomplizierte, hinreißende Herzlichkeit, mit der sie empfangen wird. Ehe sie recht begreift, wie ihr geschieht, hält sie schon ein Weinglas in der Hand und befindet sich inmitten einer Schar illustrer Gäste. Der hohe Raum mit seiner Deckenornamentik, dem Zierporzellan, den Silberleuchtern, der verschwenderischen, aber leicht vernachlässigten Eleganz der Einrichtung strahlt eine Atmosphäre von Luxus und Exklusivität aus, wie sie Victoria bisher nur aus den Beschreibungen französischer Salons kennengelernt hat.

Ein Gespräch unterbrechend, gesellt sich Frau von Ziegler zu einem jungen Mann am Klavier und improvisiert mit ihm über ein Thema von Händel. Selbst in der Wahl der Musikinstrumente scheint die Dichterin das Ausgefallene zu bevorzugen, denn Victoria hat noch nie ein weibliches Wesen auf einer Querflöte spielen sehen. Wie anmutig und heiter die Zieglerin ihrer musikalischen Eingebung folgt. Keine Anstrengung in ihrem Gesicht, nichts Verkrampftes in ihrer Haltung, sanft wie eine Muse steht sie da und weiß mit jeder neuen Kadenz zu überraschen. Die Darbietung beeindruckt. Es wird viel Beifall gespendet, viel getrunken und viel gelacht.

Victoria hat Mühe, sich in diesem fröhlichen Durcheinander von Stimmen und Farben vorzustellen, daß an diesem Ort, in diesem Raum vor zwei Jahren der Dekan der philosophischen Fakultät der Wittenberger Universität im Beisein vieler angesehener und gelehrter Männer der Frau von Ziegler das Diplom einer Poeta laureata überreicht und ihr eigenhändig den Efeukranz aufgesetzt hat. Victoria ist so durcheinander, ist von allem so irritiert und so fasziniert, daß sie die Eindrücke erst nach und nach ordnen muß.

Mit einem gewinnenden Lächeln kommt Frau von Ziegler auf sie zu, stopft sich eine Pfeife mit Nürnberger Tabak, raucht sie mit lässiger Eleganz, nimmt Gottscheds Arm und beginnt mit ihm über ihren gemeinsamen Liebling Fontenelle zu schwärmen. O nein, er ist nicht nur Metaphysiker wie Malebranche, nicht nur Geometer wie Newton, Gesetzgeber wie Peter der Große, Staatsmann wie d'Argenson. Er ist alles in allem. Er ist alles überall. Gott schuf Fontenelle und ruhte aus.

Voller Bewunderung hört Victoria der Dichterin zu und sieht, daß auch Gottsched und die Umstehenden von ihr entzückt sind. Wie souverän sie urteilt. Wie brillant sie formuliert. Und dieses selbstsichere, gewandte Auftreten! Trotz ihrer Faszination ist Victoria auf einmal tief unglücklich. Sie fühlt sich neben dieser Frau unbeholfen und ausdruckslos. So wie die Zieglerin möchte sie sein können und weiß, daß sie das nie erreichen wird. Nie könnte sie so zwanglos den Gästen begegnen, nie das Interesse anderer so leichthin auf sich lenken. Vielleicht muß sie sich damit abfinden, daß sie nichts von dem hat, was eine große Dichterin ausmacht: keinen Glanz der Gedanken, keinen Schliff der Rede, kein gewandtes Auftreten. Sie ist zu brav, zu korrekt, zu bieder. Nur eine Tugendwächterin im Tempel der Vernunft. Die Zieglerin aber hat mehr, hat etwas von diesem aufregend anderen, das den Nimbus einer großen Künstlerin ausmacht.

Victorias Unsicherheit ist auf einmal so groß, daß sie sich am liebsten in den äußersten Winkel des Salons verkriechen würde. Angesichts dieser Frau spürt sie gleich einem physischen Schmerz, wieviel ihr dazu fehlt, eine Dichterin zu werden. Wenn sie sich als Person schon nicht darstellen kann, wie soll es ihr dann mit Worten in den Büchern gelingen? Ihr Verdruß wird immer stärker. Sie müßte geistreich sein, parlieren wie Frau von Ziegler, Bonmots zu Perlschnüren aneinanderreihen, doch das Gefühl, in diesem Salon der Musiker und Literaten die Enge und Einfalt der Provinz zu verkörpern, nimmt ihr allen Mut. Dieses krämerselige Danzig mit seinen Händlern und Mammonsknechten ist wahrlich nicht zu vergleichen mit dem kunstsinnigen Leipzig. Provinz, das wird Victoria in diesem Augenblick deutlich, ist ein Zustand, der sich nicht verleugnen läßt.

Während sie den Ausführungen der Zieglerin lauscht, jedes Wort von ihr verinnerlicht, jede Geste studiert, glaubt sie plötzlich zu wissen, weshalb Gottsched dieser Frau ein Madrigal gewidmet hat: Ich schreibe die bei dir verbrachte Zeit zur glücklichsten in meinem Leben. Sie kann ihn verstehen. Und doch – nie war sie so unzufrieden mit sich. Alles in ihr drängt zum Aufbruch. Allerdings befürchtet Victoria, daß Gottsched nicht mitkommen würde, wenn sie ginge. Und ihn fragen möchte sie nicht. Schließlich liebt er die angeregte Unterhaltung über alles. Unerträglich fände sie die Blamage, würde er den Hausdiener zu ihrer Begleitung mitschicken und selbst noch ein Weilchen bleiben wollen. Ein dumpfer Kopfschmerz macht sich bemerkbar und gibt ihrem Gesicht etwas Unruhiges, Zerknirschtes.

Inmitten ihrer Unschlüssigkeit kommt Gottsched auf sie zu und fragt, ob ihr etwas fehlt. Überrascht von seiner Teilnahme, vermag sie nichts hervorzubringen. Die Worte sitzen ihr wie Knoten im Halse. Besorgt um ihr Befinden, bricht Gottsched den Besuch ab und begleitet sie nach Hause. Er fragt nichts, und sie sagt nichts. Victoria fühlt nur, je weiter sie sich vom Hause der Frau von Ziegler entfernt, desto wohler wird ihr. Die milde Abendluft beruhigt ihr aufgebrachtes Gemüt.

Gottsched schlägt ihr einen kleinen Spaziergang vor. Sie willigt dankbar ein. Ihre Arme schlingen sich ineinander, und er sagt beiläufig, daß er froh ist, gegangen zu sein. Die Zieglerin war ihm wieder einmal viel zu geschwätzig. Victoria glaubt sich verhört zu haben, doch Gottsched fährt mit der kritischen Würdigung des Abends fort. Seine Stimme empfindet sie zärtlich gurrend wie nie. Sie umschmeichelt ihre Sinne und durchdringt sie mit einer körperlichen Erregung. Ihr Kopfschmerz weicht. Die Wortknoten lösen sich auf. Sie findet wieder zu sich zurück. Ab und zu bleibt Gottsched stehen, küßt und herzt sie und lenkt dann seine Schritte auf dem direktesten Weg nach Hause.

Victoria hält das Leben wieder in ihren Händen, findet es flügelleicht und voller Zauberberge. Gierig atmet sie die sommerschwere Nachtluft ein, lacht und freut sich und weiß, daß es noch ein famoses Beilager geben wird.

Wie für andere das tägliche Brot ist für Gottsched die Ordnung etwas Lebensnotwendiges. Denn wo Ordnung herrscht, ist Klarheit, und wo Klarheit ist, sind tiefe Einsichten möglich. Wird ihm schon ein unaufgeräumter Bücherschrank oder eine unaufgeräumte Wohnung zum Ärgernis, so gerät er geradezu in Harnisch, wenn er auf unaufgeräumte Gedanken und eine vernachlässigte Sprache trifft. So wie Christian Wolff sich vorgenommen hat, Ordnung und Klarheit in das philosophische Denken zu bringen, so drängt es Gottsched dazu, für Ordnung und Klarheit in der Sprache und Literatur zu sorgen.

Wo er auch hinhört, was er auch liest – die deutsche Sprache bietet sich ihm als ein einziges Durcheinander, ein wüstes Wortgemengsel dar, das weder Reinheit noch Natürlichkeit, geschweige denn Schönheit besitzt. Der Adel und die Höfe sprechen Französisch, die Gelehrten Latein und das Volk im Landesdialekt. Zwischen ihnen stehen die erwerbstüchtigen Bürger mit einer Sprache, die von allem etwas hat, die vornehm und gebildet klingen soll und bei genauerem Hinhören sich doch bloß als ein aufgeblasenes Kauderwelsch erweist. Selbst der schlichteste Neujahrsglückwunsch gerät zum unverständlichen Schwulst. Da wird nicht mehr von Glück und Gesundheit gesprochen, da „werden Eure Excellence pardonniren, daß ich mir die Permission ausgebeten, zu dem mit aller Prosperité angetretenen neuen Jahre, mit gehorsamsten Respecte und tiefster Submission zu gratuliren, und sincérement zu wünschen, daß der Höchste Eure Excellence in allem contentement dieses und viele andere Jahre conserviren wolle, damit ich ehestens occasion habe, meine temoignage zu bezeigen".

Wenn Gottschęd sich so etwas anhören muß, meint er jedesmal, einen Krampf in den Ohren zu bekommen. Denn die Sprache erweist sich für ihn nicht schlechthin als eine Summe von Worten und Satzgebilden, sondern als ein Maßstab für die Geisteskultur eines Volkes. Doch den vermag Gottsched bei den Deutschen nicht zu erkennen. Es gibt die Pfälzer, die Thüringer, die Sachsen, die Preußen, die Pommern, die Schlesier, aber es gibt kein einiges, starkes Vaterland, das allen ein Gefühl der Zusammengehörigkeit gäbe und auf diesem Boden große Talente erstehen ließe, die Eigenes hervorbrächten. Alles kommt ihm fremd und von anderen Nationen geborgt vor. Er will aber nicht gelten lassen, daß nur die französische Sprache Feinheit und Eleganz besitzt und nur in ihr höhere Empfindungen ausgedrückt werden können. Wie oft hat er schon seinen Studenten gesagt: Wenn nur jeder alles, was er denkt, will und fühlt, in deutscher Sprache zu sagen bemüht ist, dann wird sich diese Sprache wie von selber ausbilden und die Fähigkeit erlangen, auch die feinsten Inhalte auszudrücken.

Er müht sich ja nicht erst seit kurzem darum, die deutsche Sprache von ausländischem Sauerteig zu befreien, für Natürlichkeit, Durchbildung des Stils, Deutlichkeit des Ausdrucks und für verbindliche grammatikalische Regeln zu sorgen. Seit Jahren verfolgt er das Ziel, eine einheitliche Sprache zu schaffen, die jedermann, hoch wie niedrig, gleichermaßen miteinander verbindet und wieder ein Gefühl des Stolzes auf seine Muttersprache geben kann.

Wie trostlos sieht es erst in der Literatur aus. Opitz, Fleming und Dach läßt er als Dichter gerade noch gelten, doch Hofmannswaldau und Lohenstein bringen in Gottscheds Augen nur mehr Abenteuerliches und Phantastisches hervor, gewürzt mit niederer Sinnlichkeit und Lüsternheit. Christian Weise, der Zittauer Rektor, schreibt Komödien, die zwar als Erziehungsmittel in den Schulen dienen, aber Zeile um Zeile dem Hanswurstgeschmack des Pöbels das Wort reden. Canitz, der vornehme Hofmann, hat sich zwar vom Lohensteinschen Schwulste abgewandt, ahmt aber auch nur die Franzosen nach. Und gar erst die Lyrik! Für Gottsched ist sie bloß ein unaufhörliches Geleier inhaltsleerer Gelegenheitsdichtungen. Die Poeten, sofern sie überhaupt diesen Namen verdienen, gleichen wilden Vögeln, die singen, wie ihnen der Schnabel gewachsen ist – natürlich in heimischer Mundart.

Gottsched braucht sich keine Vorwürfe zu machen, dem tatenlos zugesehen zu haben. Was in seiner Macht stand, diesen trostlosen geistigen Zustand aufzuheben, hat er getan. Um das Denken seiner Landsleute auf Höheres, auf Kunst und Literatur zu lenken, hat er den *Versuch einer kritischen Dichtkunst für die Deutschen* geschrieben, ein Lehrbuch der Poetik, das aufräumt mit verworrenen Vorstellungen, ästhetische Begriffe klar bestimmt und den höchsten Zweck der Poesie ein für allemal festlegt: Poesie soll erziehen und bilden. Nacheinander hat er zwei Zeitschriften ins Leben gerufen, *Die vernünftigen Tadlerinnen* und den *Biedermann*, in denen er immer wieder gegen die Fremdwörtersucht an

24

den deutschen Höfen, gegen sprachliche Mißgeburten und schlechte Schreibart zu Felde gezogen ist. Und nicht nur das! Er ist über die theoretischen Gefilde hinausgestiegen, hat sich der *Deutschübenden poetischen Gesellschaft* in Leipzig angeschlossen und in kurzer Zeit alles nach seinen Plänen umgestülpt: die Gesellschaft in *Deutsche Gesellschaft* umbenannt, ihr eine neue Satzung gegeben, sich zum Vorsitzenden wählen lassen und bis zur Stunde das eigentliche Ziel nicht aus den Augen verloren: Er will diese Gesellschaft in eine große deutsche Dichterakademie verwandeln, so wie einst Kardinal Richelieu aus einem Privatverein für die Pflege der französischen Sprache die Académie française begründet hat.

Mit Genugtuung stellt Gottsched fest, daß das Ansehen seiner *Deutschen Gesellschaft* ständig steigt und daß die Zeitschrift, die er für sie ins Leben gerufen hat, viel gekauft und gern gelesen wird. Er ist stolz, mit den *Beiträgen zur kritischen Historie der deutschen Sprache, Poesie und Beredsamkeit* das erste Literaturjournal in Deutschland gegründet zu haben. Wer hier schreibt, tut dies nicht in seiner heimischen Mundart, sondern bedient sich als Mustersprache der Sprache der mitteldeutschen Landschaften, wozu Gottsched außer Meißen auch das Vogtland, Thüringen, Mansfeld, Anhalt, die Lausitz und Niedersachsen zählt.

Er kann nur lächeln über die Engstirnigkeit und Kurzsichtigkeit jener eifernden Winkelgötzen, die sich gegen die Einführung dieser einheitlichen Schriftsprache auflehnen und behaupten, die Sprache der mitteldeutschen Landschaften gründe sich auf Luther und sei Ketzersprache. Sollen sie ihre Befürchtungen in die Welt hinausposaunen und mit frommer Galle über ihn herfallen – bei dem edleren Teil seiner Landsleute werden sie kein Gehör finden. Die haben längst begriffen, daß derjenige, der auf eine einheitliche, alle Provinzen verbindende Sprache drängt, an der Wohlfahrt des Vaterlandes arbeitet. An Sympathiebekundungen und Zuspruch hat er darum keinen Mangel. Unter der wachsenden

Schar seiner Anhänger befinden sich inzwischen einflußreiche Freunde. Johann Ulrich König, der Hofpoet in Dresden, begönnert ihn. Graf Ernst Christoph von Manteuffel, Königlich Polnischer und Sächsischer Staatsminister, unterstützt gleichfalls Gottscheds Bemühungen, und Bodmer und Breitinger, die führenden literarischen Köpfe der Schweiz, sind auf seiner Seite. Überdies sitzen allerorts seine Schüler und sorgen für die Verbreitung seiner Reformen. Deutsche Gesellschaften schießen nach dem Leipziger Vorbild wie Pilze aus dem Boden, allen voran die in Jena, Göttingen, Helmstedt und Königsberg. Gottscheds Korrespondenz weitet sich täglich aus. Inzwischen erreichen ihn Briefe aus allen Hauptstädten Europas. Selbst Kardinal Quirini in Rom wartet auf Antwort.

Manchmal weiß Gottsched nicht mehr, was er zuerst machen soll. Die Vorlesungen müssen ausgearbeitet werden. Breitkopf drängt auf die Fertigstellung der *Ausführlichen Redekunst*. Die Korrekturbögen für die Zeitschriftenbeiträge stapeln sich auf Gottscheds Schreibtisch. Die Bitten zu Fest- und Gedächtnisreden werden immer zahlreicher. Ein Gedichtband ist in Vorbereitung, wartet auf die ordnende Hand des Meisters, und er, der um sich herum alles klar und übersichtlich haben will, glaubt, das Chaos über sich hereinbrechen zu sehen und in einer Flut von Aufgaben ertrinken zu müssen. Glücklicherweise aber hat er eine junge, tatkräftige Frau.

Aus heiterem Himmel erklärt ihr Gottsched eines Morgens, daß sie sich zur Genüge mit dem Haushalt und der eleganten Welt vertraut gemacht hat, nun aber das Eigentliche, Höhere bevorsteht und er sie zu seiner gelehrten Gehilfin ausbilden will. Victoria ist zunächst überrascht, aber dann begeistert. Wie anders, wenn nicht über den Weg der Bildung sollte sie sich dem Ideal der Vollkommenheit annähern können?

So darf sie das einmalige Privileg nutzen, das sie als Frau eines gelehrten Mannes besitzt, und seine Vorlesungen mit anhören. Wegen Raummangels in der Universität finden sie in Gottscheds Wohnung statt. Gemäß der akademischen Ordnung, die auch hier gilt, wünscht er nicht, daß sie sich unter die Studenten mischt. Die Gegenwart eines weiblichen Wesens würde die Gemüter verwirren und die Sittlichkeit im Hörsaal gefährden. Darum sitzt Victoria auf einem Schemel hinter einem winzig geöffneten Türspalt und lauscht in Gottscheds Arbeitszimmer hinein, wo sich die Studenten zum Collegium rhetoricum versammelt haben. Natürlich befolgt sie getreu, was er ihr aufgetragen hat: weder durch Husten, Räuspern, Niesen, Stuhlrücken, Schurren oder andere Geräusche ihre Anwesenheit kundzutun. Nur zu gut versteht sie, daß Gottsched keinerlei Störungen bei seiner Vorlesung gebrauchen kann, weiß sie doch, daß es ihm um mehr als die Theorie der Rhetorik, der Poetik und Stilistik geht – er will das Empfinden für die Schönheiten der deutschen Sprache wiedererwecken.

Auch wenn es ihr schwerfällt, sich in aller Herrgottsfrühe auf einen so ungewohnten Gegenstand zu konzentrieren, so bemüht sie sich doch, aufmerksam seinem Vortrag zu folgen. Geschmückt mit der langlockigen Perücke, ist Gottsched nicht mehr der Verfasser sauber gereimter Jubel- und Traueroden, nicht mehr der Privatmann und Poet. Er ist der akademische Vertreter von Reim und Prosa, der Professor ordinarius, der Amtswalter des Geistes. Seine Worte bekommen ein besonderes Gewicht. Selbst seine Schritte klingen würdiger, wenn er über die Dielen schreitet, und es fällt ihr nicht schwer, sich auszumalen, wie erhaben er im Augenblick dreinschauen mag.

Der Stolz auf ihn läßt sie alle Müdigkeit vergessen. Fast scheint es ihr an ein Wunder zu grenzen, welch eine Fülle von Wissen ein einzelner in seinem Kopf zu speichern vermag, mit wieviel Leichtigkeit er es zu ordnen versteht und noch dazu im freien Vortrag wiedergeben kann: Der Bau einer Rede zerfällt im allgemeinen in drei Glieder: den Eingang, Exordium, die Abhandlung, Disputatio, und den Beschluß, Conclusio. Der erste Teil, das Exordium, hat nach Cicero, dem großen Cicero, die Bestimmung, den Zuhörer wohlwollend, aufmerksam und gelehrig zu machen, und wird von ihm zu diesem Zwecke wieder in drei Unterglieder zerlegt: in die Captatio benevolentiae, mit der sich der Redner an das Gefühl des Zuhörers wendet und dessen Geneigtheit zu gewinnen sucht, die Narratio facti, die Erzählung des der Rede vorliegenden tatsächlichen Anlasses, wodurch die Aufmerksamkeit des Zuhörers erregt wird, und die Expositio, die Darlegung des Hauptgedankens oder der theoretischen Wahrheit.

Beim Aufundabschreiten äugt Gottsched hin und wieder zum Türspalt, als wolle er sich ihrer Unsichtbarkeit vergewissern. Victoria sieht, wie er gelegentlich einen Zeigefinger hebt, bei besonders wichtigen Erkenntnissen zusätzlich den zweiten, um mit dieser mahnwürdigen Geste die Tatsachen noch tiefer ins Bewußtsein der Studenten zu zwingen. Stellt er sich dabei auch noch auf die Fußspitzen, handelt es sich ganz offensichtlich um so Außergewöhnliches, daß allerhöchste Aufmerksamkeit geboten ist. Er lehrt nicht nur Rhetorik, er führt sie auch vor. Ihre Freundinnen würden sie beneiden, dürften sie an ihrer Stelle sitzen!

Und doch mischt sich in den Stolz ein Gefühl der Verzagtheit. Je länger sie ihm zuhört, desto deutlicher kommt ihr das eigene Nichtwissen zu Bewußtsein. Sie ist betroffen, daß sie im Gegensatz zu den Studenten, die ihm applaudieren, den Sinn seiner Darlegungen nicht so recht zu begreifen vermag. Sie sieht das Wesentliche nicht, hört nicht heraus, worauf es ankommt, und schämt sich, wie wenig geeignet sie für die Wissenschaft ist. Die Entfernung zu seiner Welt scheint ihr durch diese Vorlesung nicht, wie erhofft, kleiner zu werden, im Gegenteil: Abgründe tun sich auf und führen ihr die Unkenntnis über die Dinge erschreckend deutlich vor.

Tunlichst darauf bedacht, gemäß seinem Wunsche sich weder durch Husten, Räuspern, Niesen, Stuhlrücken, Schurren oder andere Geräusche zu verraten, ertappt sie sich plötzlich dabei, eigenen Gedanken nachzuhängen, statt seinen Ausführungen zu folgen. Zweifel, ob sie je seinen Vorstellungen von einer idealen Frau genügen wird, ob überhaupt zu erreichen ist, was sie sich vorgenommen hat, überkommen sie und lösen ein Unbehagen aus. Gleichzeitig spürt sie aber auch den Wunsch, gegen dieses Gefühl der eigenen Nichtigkeit anzugehen. Sie sagt sich, daß vieles im Leben durch aufopferungsvolle Arbeit zu erreichen ist und die Unterschiede höchstens darin bestehen, daß der eine mühsam darum ringen muß, was dem anderen leichthin zufällt.

Würde es der Augenblick zulassen, sie spräche es wie ein Bekenntnis laut aus: Tag und Nacht wird sie lernen, um ihm eine brauchbare Gehilfin sein zu können. Was er im Genieflug einfängt, wird sie durch geduldige Arbeit erreichen müssen. Ihre Kräfte werden mit der Größe der Aufgaben wachsen. Sie darf nur den Glauben an sich selbst nicht verlieren.

Mit dieser vielversprechenden Ermutigung besucht sie in den folgenden Wochen auch den Lateinunterricht. Gottsched kämpft zwar gegen die Herrschaft des Lateinischen in der Wissenschaft und meint, daß ein großer Gedanke nicht geringer wird, wenn er in seiner Muttersprache formuliert ist, aber er wünscht trotzdem diesen Unterricht. Ohne Kenntnis des Lateins kann von keiner wirklich gelehrten Bildung die Rede sein. Die jedoch braucht Victoria, wenn sie seine Gehilfin werden soll. Fast allabendlich nimmt er sich inmitten seiner Verpflichtungen auch noch die Zeit, sie über den Fortgang ihrer Kenntnisse zu befragen. Victoria empfindet dies nicht nur als uneigennützig, sondern als einen zärtlichen Beweis seiner Liebe und gibt sich deshalb ganz besondere Mühe, in kürzester Zeit diese Sprache zu erlernen.

Mit der gleichen Methode, mit der sie Englisch und Französisch gelernt hat, nähert sie sich auch dem Lateinischen, liest schöngeistige Texte – Epen, Dramen, auch Predigten und Briefe –, liest laut, verinnerlicht den Klang und nimmt den Rhythmus der Sprache in sich auf. Sie läßt sie wie ein Kunstwerk als Ganzes auf sich wirken und dringt gefühlsmäßig in ihre Gesetze ein. Gottsched allerdings meint, die Schönheit und Lebendigkeit einer Sprache offenbare sich erst in den Regeln, die er Victoria denn auch Abend für Abend abfragt.

Das Lateinbuch wie ein Kleinod vor sich her tragend, geht er im Zimmer auf und ab und läßt sie die Pronomina konjugieren, dieweil er mit einem kleinen Stöckchen den Takt dazu schlägt. Ille, illius, illi, illum, illo. Illi, illorum, illis, illos, illis. Idem, eiusdem, eidem, eundem, eodem. Eidem, eorundem, eisdem, eosdem, eisdem. Auch die Pronomina personalia, die Pronomina possessiva, Pronomina indefinita, Pronomina relativa – alles muß wie am Schnürchen sitzen: Qui, cuius, cui, quem, quo, quocum. Qui, quorum, quibus, quos, quibus, quibuscum.

Wenn sein Taktstöckchen rhythmisch auf den Buchdeckel schlägt, ist ein Leuchten in Gottscheds Augen, als würden sich vor ihm die Urgründe der Welt auftun. In solchen Augenblicken scheint er ihre leibliche Anwesenheit zu vergessen und sich vom Klang des Regelmäßigen in höhere Gefilde davontragen zu lassen. Hin und wieder wiegt er den Kopf, als lausche er einer einschmeichelnden Melodie. Victoria bemüht sich, die Konjugationen herunterzuschnurren, und gibt peinlich darauf acht, sich nicht zu versprechen oder gar ins Stocken zu geraten, um seinen Taktschlag nicht zu unterbrechen. Seine Brauen würden sich dann wie kleine Gewitterwolken zusammenziehen, und sie müßte das Ganze noch einmal von vorn aufsagen. Bei solchem Mißgeschick verliert seine Stimme den gleichmäßigen warmen Ton und geht in ein staubtrockenes Schnarren über. Selbst seine imposante grenadiersmäßige Erscheinung gleicht dann nicht mehr dem großen, starken Baum, unter dessen Krone sie den gesuchten Schutz findet, sondern kommt ihr wie ein dürrer Ast vor, der bei jeder Bewegung ein knarrendes Geräusch von sich gibt.

Manchmal möchte sie lachen über ihn, aber sie wagt es nicht. Dem Mann, der seine kostbare Zeit wahrhaft wichtigeren Dingen widmen müßte, ist sie es schuldig, ihre Lektionen mit dem nötigen Ernst zu lernen.

Je intensiver er sich um den Fortgang ihrer Kenntnisse kümmert, um so mehr meint sie, dieses Opfer nicht länger von ihm annehmen zu dürfen, und überrascht ihn eines Tages mit der Übersetzung eines Kapitels aus Ciceros *Abhandlung über die Freundschaft.*

Gottsched hört schmunzelnd zu, meint, sie habe es auswendig gelernt, sei listig wie alle Frauen, und schlägt ein Kapitel seiner Wahl vor: Ciceros sechste Paradoxie, *Nur der Weise ist reich.* Victoria freut sich. Endlich kann sie sich von ihrer besten Seite zeigen und beweisen, daß jeder Mensch seine ihm gemäße Art zu lernen hat. Übersetzen fällt ihr leichter, als mechanisch die Konjugationen aufzusagen. Das Ganze liegt ihr mehr als das Detail. Satz für Satz reiht sie makellos aneinander und genießt seine Verblüffung. Weil das Taktstöckchen schweigt, scheinen ihr die Worte wie von selbst zuzufliegen: „Zu den Zeiten unserer Väter war M. Manilius im eigentlichen Sinne des Wortes arm. Denn er besaß nur ein ganz kleines Häuschen in Karinä und ein Grundstück in Labikanum. Sind wir denn aber wohl bei unseren größeren Besitztümern auch in der Tat reicher als jener Mann? O möchten wir es sein! Aber nein, nicht die Summe, womit wir auf der Vermögensliste stehen, sondern der Aufwand, den wir auf unsere Bedürfnisse und Vergnügungen verwenden, ist der richtige Maßstab, wonach wir unser Vermögen bestimmen müssen. Keine starken Begierden haben heißt reich sein. Nicht kauffähig sein heißt gute Einkünfte haben. Zufriedenheit mit seinen Glücksumständen ist der größte, der sicherste Reichtum."

Gottsched ist sprachlos. Zusätzlich gibt er ihr eine Stelle aus dem Horaz und dem Cato zu übersetzen, und sie gelingen ihr. Die letzte Gewißheit aber, daß dies alles mit rechten Dingen zugeht, holt er sich Tage später von ihrem Lateinlehrer. Erst als Schwabe sagt, daß Victoria ein begnadetes Sprachtalent besitzt, das seinesgleichen sucht, weichen Gottscheds Zweifel, und helle Begeisterung kommt auf. Er schließt sie in die Arme, nennt sie seine Begabung und ist für sie wieder der starke Baum, unter dessen Krone sie den gesuchten Schutz findet. Selbst seine Stimme hat wieder ihre Faszination.

Natürlich ist Gottsched darauf bedacht, daß sich seine Frau nicht nur den gelehrten Fächern widmet, sondern auch den Musen huldigt, wie es einer schönen Seele geziemt. Er besucht den Kantor Bach, der ihr Unterricht in Laute, Klavier und musikalischer Komposition geben soll. Den Kantor hält er für einen tüchtigen und fähigen Musikus, der für seine große Familie jeden zusätzlichen Taler gebrauchen kann, zumal die niedrige Zahl der Brautmessen und Begräbnisse in der Stadt den Musikern, wie man hört, nicht gerade den Geldbeutel füllt. Außerdem ist ihm Bach in gewisser Weise auch verpflichtet, denn Gottsched hat ihm seinerzeit für die Trauermusik zum Tode der Königin Christiane Eberhardine einen ergreifenden Text geschrieben, der nicht wenig zum Gelingen der Gedächtnisfeier beigetragen hat.

Sosehr sich Bach auch von dem hohen Besuch geehrt fühlt, er muß Gottsched enttäuschen: Er hat nicht nur seine eigenen Singknaben in Gesang und Instrumenten zu unterweisen, er hat mit fünfundfünfzig Alumnen die Chöre für St. Thomä, St. Nicolai, die Neue Kirche und die Peterskirche zu formieren, hat sich um die Orchesterbesetzung zu kümmern, für die ihm der Rat nur acht Stadtpfeifer genehmigt, und muß außerdem für jeden Sonntag eine Kantate komponieren. Die drei letzten Adventssonntage und die sechs Fastensonntage sind zwar davon ausgenommen, aber dazu kommen die drei Marienfeste, Neujahr, Epiphanias, Himmelfahrt, das Johannisfest, das Michaelis- und das Reformationsfest. Seine knapp bemessene Zeit läßt keine Privatschüler mehr zu.

Gottsched, dem der Fleiß eines Mannes stets höchsten Respekt abverlangt, ist zufrieden, daß ihm Bach seinen besten Schüler empfiehlt, der bereits einiges Schöne für die Orgel komponiert hat. Noch am selben Tag meldet Gottsched Victoria bei ihm zum Unterricht an.

Lieber hätte sie zwar wie Frau von Ziegler ein ausgefallenes Instrument erlernt, aber nun, da er schon alles für sie in die Wege geleitet hat, sind ihr auch Laute und Klavier ganz recht. Überhaupt findet sie es rührend, wie sich Gottsched bis ins kleinste um ihr Wohl und ihre Ausbildung kümmert. Bislang hat sie immer für andere dasein und sich ihrer kleineren Geschwister annehmen müssen. Jetzt ist sie diejenige, für die gesorgt wird, und sie genießt dies in vollen Zügen.

Einem Mann anzugehören, der ihr die Steine aus dem Weg räumt und dem sie auf glatter Bahn nachfolgen kann, der sich begeistert für eine große Idee und ein Funke ist, der andere zu entzünden vermag – einem solchen Mann anzugehören ist schon darum ein Glücksumstand besonderer Art, weil sich Victoria zu den Menschen rechnet, die ihr Leben nicht im Dämmerschlaf süßen Nichtstuns verträumen möchten. Vielmehr spürt sie in sich einen Tatendrang wie selten und weiß, daß Gottscheds Gegenwart diesen Drang noch vermehrt. Ihr Naturell verlangt geradezu nach einem so aufmunternden Menschen, der alles, was er unternimmt, in eine Anregung für andere verwandeln kann. Und nicht nur das ist das Anspornende für sie: Er läßt sie fühlen, daß er ihr Großes zutraut, und es ist ihr Ehrgeiz, ihn nicht zu enttäuschen. Denn sie möchte ihm gefallen, möchte schön für ihn sein und geliebt werden. Was liegt näher, als dies durch Gelehrigkeit zu erreichen und ihm zu zeigen, daß seine Welt auch ihre Welt werden soll?

So beschäftigt sie sich ganz besonders gründlich mit seiner Bibliothek, weil sie weiß, daß es ihn freut und sie damit zum Mittelpunkt seiner Welt vordringt. Es kostet sie zwar jedesmal Überwindung, in sein Arbeitszimmer zu gehen, denn immer noch meint sie, einen geheiligten Tempel der Weltweisheit zu betreten, in dem ihr die Dinge vor lauter Ehrfurcht unnahbar erscheinen. Steht sie dann aber mit Gottsched vor seinen Bücherschränken, ist alles ganz anders. Das bange Gefühl, an eine undurchdringliche Festung des Geistes geraten zu sein, verliert sich, denn Gottsched weiß ihr die vielfältigsten Zugänge zu entdecken.

Überhaupt ist er vor seinen Büchern wie verwandelt. Kein Mißton geht über seine Lippen, kein Unmut ist zu vernehmen. Er ist witzig, wohlgestimmt, oft von einem erfrischenden Übermut und vermag an Wortgewandtheit sich selbst zu übertreffen. Mit fast jedem Buch verknüpft er eine Geschichte, und sei es nur die des Erwerbs. In etliche hat er seine Randbemerkungen eingetragen, wichtige Passagen mit Kringeln und Ausrufezeichen hervorgehoben, so daß unübersehbar ist: Der Besitzer hat die Ideen der Großen verstanden. Ihr Geist ist in ihm.

Vor seinen Bücherschränken lebt er Schritt um Schritt auf, führt ihr mit der Leidenschaft eines Bibliophilen besonders seltene Exemplare, wie die alten Lateiner in Folio, Quart und Duodecimo, vor und läßt Victoria das gute alte Papier fühlen, das sich ganz anders anfaßt und allein schon ein Genuß für ihn ist. Stolz weist er darauf hin, nur das Beste vom Besten zusammengetragen zu haben, und übertreibt nicht, wenn er eine solche erlesene Bibliothek den wahren Brautschatz des Geistes und des Gemütes nennt.

Mit Vergnügen verfolgt Victoria, wie sich von Buch zu Buch seine Präsentierfreude steigert und er angesichts dieser Ansammlung von Unsterblichkeit von einem tiefen körperlichen Behagen durchströmt wird. Bei ihr ist es eher umgekehrt: Bücher in so großer Anzahl, wie Gedenksteine von Ideen nebeneinander aufgestellt, lösen ein beklemmendes Gefühl aus, denn sie führen ihr vor, daß alles schon einmal ersonnen und geschrieben worden ist, kompetenter und besser, als sie es je wird ausdrücken können. Die Absicht, selbst zu schreiben, erscheint ihr vor diesen Bücherschränken sinnlos. Doch Gottsched läßt ein Gefühl von Vergeblichkeit des eigenen Tuns nicht gelten. Zweifel dieser Art sind für ihn Ausflüchte, selbst nichts tun zu wollen oder nichts Großes von sich zu verlangen. Für ihn zählt nur die bejahende Betrachtung der Dinge: Jede Zeit stellt ihre Fragen neu, und keine Antwort war bisher so, als daß die Nachfolger nichts Verbesserungswürdiges an ihr gefunden hätten. Die Geschichte der Ideen ist eine Geschichte der Unzulänglichkeiten, und deshalb steht jede Generation vor der Aufgabe, über das bereits Gedachte hinauszugehen und es zu neuer Erkenntnis zu bringen. Sieht sie die Dinge so, kann gar keine Mutlosigkeit angesichts einer Bibliothek aufkommen. Sie ist nicht die Grabkammer des Wissens, sie ist das Gedächtnis der Menschheit! Bringt Victoria in das zeitgenössische Gedankengut die Kenntnis dessen ein, was vorher gewesen ist, arbeitet sie am Fundament des Ewigen, und gibt es Größeres?

Vor seinen Bücherschränken hat sie ihn noch nie anders als aufmunternd erlebt. Sie scheinen eine magische Kraft auszuüben, die ihm auch die größte gedankliche Anstrengung leicht werden läßt. Stundenlang könnte sie ihm hier zuhören, weil die Welt durch ihn so einfach und so überschaubar wird.

Gottsched empfiehlt Victoria, sich ein Exzerptheft anzulegen und aus besonders wichtigen Büchern Auszüge anzufertigen, um sich auf diese Weise mit den kostbarsten Gütern der Geisteskultur vertraut zu machen. Mit Leibnizens *Théodicée* soll sie beginnen. Damit ihr der Zugang leichter fällt, gibt er ihr eine kleine Einführung, spricht über das Leben des Philosophen sowie über die Wirkung des Werkes und betont, daß er der *Théodicée* wegen seinerzeit Französisch gelernt hat. Victoria weiß nicht, ob der Respekt vor der faszinierenden Vielseitigkeit seiner Kenntnisse nicht doch schon in Bewunderung übergeht.

Eloquent zieht Gottsched die geistigen Fäden zu Descartes, Locke, Pufendorf, Tschirnhausen und Shaftesbury. Die Namen werden zu einem Karussell, das sich wild in ihrem Kopf zu drehen beginnt. Gottsched, der die geringste Äußerung eines Unbehagens in ihrem Gesicht zu lesen vermag, läßt es an Zuspruch nicht fehlen. Sie braucht natürlich nur einen Teil dessen zu wissen, was er ihr in großen Zusammenhängen zu erläutern versucht. Vor allem nichts überstürzen. Allmählich und besonnen soll sie sich Buch um Buch der geistigen Welt ihres Mannes nähern. Es genügt, wenn sie sich aus den Auszügen nur wiederum die wichtigsten Thesen einprägt. Mehr würde er nie von ihr verlangen, zumal er weiß, daß seine Maßstäbe nicht die eines gewöhnlichen Gelehrten, sondern die eines Eruditissimus, eines Hochgelehrten, sind. Alles, was sie wissen möchte, kann sie bei ihm erfragen. Er ist immer für sie da und wird ihr jeden Wunsch erfüllen.

Sein Trost tut ihr gut. Zärtlich bekennt er, daß sie der gelehrigste Schüler ist, den er je hatte, zieht sie auf seinen Schoß, küßt und herzt sie und ist glücklich, seine geistige Welt mit einem so jungen, anmutigen Wesen teilen zu dürfen. Victoria verspricht ihm, sogleich die Auszüge aus Leibnizens *Théodicée* anzufertigen. Um sich anschließend mit den Wolffschen Lehren vertraut zu machen, wird sie auch noch Gottscheds *Erste Gründe der gesamten Weltweisheit* studieren. Er ist entzückt. Eine Frau, die sich selbst Aufgaben stellt und nicht wie die meisten Vertreterinnen ihres Geschlechts darauf wartet, daß der Mann ihr sagt, was sie tun muß, eine solche Frau kann er gar nicht anders als ein Himmelsgeschenk bezeichnen. Victoria hätte nie gedacht, daß das Lernen an der Seite eines verständigen Gatten so schön sein kann und soviel Mut zu sich selbst macht. Voller Ungeduld wartet sie darauf, ihm zur Hand gehen zu dürfen.

Es genügt Gottsched nicht, Ordnung in die Sprache und Literatur zu bringen, er will auch die Bühnen von Unflat und Regellosigkeit säubern. Sie sollen nicht länger ein Quell niederer Belustigung sein, sondern eine Schule der Sitten werden, die zu Vernunft und Tugend erziehen.

Schon vor zwölf Jahren, als er nach Leipzig kam, ließ er keine Gelegenheit aus, zu den Meßzeiten die Vorstellungen der Schauspielertruppen zu besuchen. Das Verworrene und Willkürliche ihrer Darstellungen schmerzte ihn um so mehr, weil er sah, welchen Zulauf die Komödianten hatten und wie ungenutzt sie die Möglichkeit ließen, mit ihren Stücken erzieherisch und bessernd auf das Publikum einzuwirken. Nur die volle oder leere Kasse zählte. Meist flickten sie selber aus französischen, italienischen, spanischen oder deutschen Romanen hurtig die Stücke zusammen, die sie zur Aufführung brachten. Schwülstige und mit Harlekinslustbarkeiten untermengte Haupt- und Staatsaktionen, unnatürliche Romanstreiche und Liebeswirrungen, pöbelhafte Fratzen und Zoten boten sich Gottsched dar. Klamauk und Spektakel triumphierten. Effekt war die Hauptsache. Die Komödianten hielten sich an keinen vorgeschriebenen Text, sondern sprachen aus dem Stegreif und so, wie es ihnen in den Sinn kam. Die Handlung eines Stückes war selten etwas Geschlossenes oder stand in einem inneren Zusammenhang. Einmal mußte er sogar erleben, daß zwei ganz unterschiedliche Geschichten, wie Luthers Reformation und die Abenteuer des Aeneas, in einem Stück nebeneinander liefen. Die Zeit der Handlung ging meist über Menschenalter und damit über Gottscheds Vorstellungsvermögen hinaus. In fast jeder Szene wechselte der Ort aufs grellste. Ganz zu schweigen von den Kostümen, die nach irgendwelchen Phantasiegebilden zurechtgeschneidert waren und nicht im mindesten der historischen Wirklichkeit entsprachen.

Am schlimmsten jedoch fand er, wenn das Stück nicht von der Komik der Situation lebte, sondern zwischen den Akten noch ein Spaßmacher auftrat, der durch närrische Kleider und wunderliche Posituren zum Lachen reizte. Die blödsinnigen Possen und unanständigen Scherzreden des Harlekins trugen nichts zum Fortgang der Handlung bei und brachten statt nützlicher Erkenntnis bloß leeres Amüsement. Der gemeine Mann johlte vor Vergnügen, ließ die Bouteillen kursieren und die Bierfiedler aufspielen.

Von Mal zu Mal sah Gottsched deutlicher, daß dort, wo die Komödianten ihre Vorstellungen gaben, dem rohen Empfinden des vernunftlosen Haufens Tür und Tor geöffnet wurden. Wundern konnte er sich nicht darüber, denn wer waren diese Schauspieler schon? Lauter gescheiterte Existenzen, die bei den herumziehenden Truppen Zuflucht gefunden hatten, meist ein unordentliches Leben führten, dem Alkohol und den Dirnen verfallen waren, ihrer plumpen Sinnlichkeit freien Lauf ließen und sie auf der Bühne zur Schau stellten. Kein wirklich gebildeter, fein empfindender Mensch konnte sich ihnen mit Sympathie zuwenden. An den Höfen sah natürlich alles ganz anders aus. Dort wußte man sich längst mit französischen Lustspielen ein kultiviertes Vergnügen zu verschaffen, aber wo konnte dies der gebildete Bürgersmann finden?

Gottsched mochte dieser Misere nicht länger zusehen. Die Herren Ordinarien der Fakultät rümpften zwar die Nase, als sie gewahr wurden, daß er sich mit dem heruntergekommenen, zwielichtigen Schauspielergesindel einließ, und meinten, dies würde seinem Ansehen als Professor der Poesie und auch dem guten Ruf der philosophischen Fakultät schaden, doch die Befürchtungen bekümmerten ihn nicht. Er fühlte, daß er die Kraft besaß, die deutsche Schaubühne aus dem moralischen Morast herauszuführen und ihr eine höhere Bestimmung zu geben. Eine so regsame

Nation wie Frankreich hatte längst ein treffliches Theater, das zur Hebung der geistigen Kultur des Volkes beitrug. Warum konnte nicht auch in heimischen Gefilden Wurzeln schlagen, was in welschen Landen schon in schönster Blüte stand?

Gottsched empfahl dem Prinzipal der Hofmannschen Truppe, statt der zusammengestümperten Stücke einmal ein Drama eines echten Kunstdichters wie Andreas Gryphius oder auch ein Schäferspiel von Fontenelle in das Repertoire aufzunehmen – doch vergebens. Die Hofmannsche Truppe, die unter drückender Geldnot litt und auf jeden Heller der Tageseinnahmen angewiesen war, scheute das Risiko. Aber was sich Gottsched einmal in den Kopf gesetzt hatte, mußte er siegreich zu Ende bringen. Bei den Nachfolgern der Hofmannschen Truppe, dem Ehepaar Neuber, versuchte er es erneut und bot ihnen an, für ein Repertoire zu sorgen, das gehobenen Ansprüchen genügte. Die Neuberin war dem nicht abgeneigt. Ohnehin wollte sie sich von dem Repertoire ihres Vorgängers unterscheiden und fühlte sich geehrt, daß ein Gelehrter sich herabließ und ihre Schauspielergesellschaft mit Stücken beliefern wollte. Überdies meinte sie, daß eine Theatertruppe, die keine Experimentierfreude, keinen kecken Wagemut besaß, sich das Recht verwirkt hatte, auf einer Bühne zu stehen, und nahm das Angebot an.

Gottsched lieferte sogleich eine Übersetzung von Racines *Iphigenie*, hielt die Mitglieder der *Deutschen Gesellschaft* und andere poetisierende Talente dazu an, regelmäßige Alexandrinertragödien aus dem Französischen ins Deutsche zu übertragen, sandte sie allesamt der Neuberin, die sie ohne Zögern einstudieren ließ und mit Beifall zur Aufführung brachte. Ihre Gesellschaft, die das Schutzrecht als Königlich Polnische und Kurfürstlich Sächsische Hofspieltruppe besaß, reiste mit dem neuen Repertoire durch alle großen Städte der deutschen Provinzen, erhielt einen Zulauf wie nie, hatte volle Kassen und eine ungewöhnliche

Beachtung in den Zeitungen. Es wurde gerühmt, daß die Schauspieler nicht mehr aus dem Stegreif, sondern nur mehr in Versen sprachen, daß alles Grobe, Rohe und Unflätige aus den Stücken verbannt war, daß eine überschaubare klare Handlung ablief, die sich stets mit einem lehrreichen Gegenstand befaßte, der zum Nachdenken anregte und alle niederen Gelüste zum Schweigen brachte.

Doch es genügte Gottsched nicht, die deutsche Bühne lediglich nach dem Vorbild der französischen Nachbarn auszurichten. Er betrachtete dies nur als eine reinigende Vorstufe zu einem Ziel, das ihm leuchtend vor Augen stand: eine eigene, eine deutsche Bühnenkunst ins Leben zu rufen.

Sehnsüchtig und ungeduldig hielt er nach einem tragischen Poeten Ausschau, der sich mit einem deutschen Originaldrama hervortun und seine Reformpläne krönen würde. Er sichtete die Arbeiten seiner Schüler, fand nicht einmal bei Elias Schlegel etwas nach seinem Geschmack, wartete und wartete. Schließlich sah er sich gezwungen, selbst diese große Tat zu vollbringen und eine Originaltragödie für das deutsche Theater zu schreiben.

Keinen Augenblick zweifelte Gottsched daran, daß sein Vorhaben mißraten könnte, denn er wußte sich fest im Besitz der Wissenschaft der Regeln, hatte diese Regeln bei Aristoteles und anderen großen Kunstrichtern studiert und besaß damit alle Voraussetzungen für das Gelingen einer regelmäßigen Tragödie. Die Fabel fand er in einem englischen und einem französischen Trauerspiel, dem *Cato* des Herrn Addison und dem *Cato* des Herrn Deschamps, wandelte sie für seine Zwecke ab, ließ den Helden einen redlichen Patrioten, tugendhaften Mann und vollkommenen Bürger sein, der es vorzog, lieber in den Tod zu gehen, als Roms Knechtschaft erleben zu müssen, und machte Fortune. Sein *Sterbender Cato* eroberte sich die Bühnen, brachte der Neuberin als Portia Ruhm, ihrer Gesellschaft ein ehrbares Ansehen und Gottsched an das Ziel seiner Theaterreform. Das gelehrte Drama hatte das Volksstück verdrängt und die Bühne dem gebildeten Manne geöffnet. Gottsched konnte zufrieden sein. Er hatte allen gezeigt, was guter Geschmack ist, und sie hatten diesen Geschmack angenommen.

Inzwischen jedoch weiß er, daß er noch nicht ganz an seinem Ziel angekommen ist. Zu seinem Leidwesen halten sich die Hanswurstiaden auf den Bühnen besonders zäh. Alle diese Harlekine, Skaramuze oder anderen Narren der Welschen mit ihren buntscheckigen Jacken, ihren Pritschen und Seiltänzerallüren ärgern ihn, weil sie seiner Definition von Komödie widersprechen und überdies ein Narr kein Muster in der Natur hat. Für Gottsched kommt es in einer guten Komödie auf die Schilderung der Charaktere und die Entwicklung der Intrige an, nicht aber auf ein paar derbzotige Worte, die dem gemeinen Mann nach dem Munde reden. Daß noch immer dieser Possenreißer auf der Bühne sein Unwesen treibt, macht ihn um so ungehaltener, weil er in seiner *Kritischen Dichtkunst,* die längst der höheren Welt Lehrbuch geworden ist, eindeutig festgelegt hat, was die Komödie sein soll – eine Nachahmung einer lasterhaften Handlung, die durch ihr lächerliches Wesen den Zuschauer belustigen, aber auch zugleich erbauen kann. Für Gottsched steht fest, daß sich die Komödie erst dann aus den Niederungen erheben kann, wenn sie ein solches Musterbeispiel bekommt, wie er es mit seinem *Sterbenden Cato* der Tragödie gegeben hat.

Im stillen hofft er auf Victoria. Mit dem Instinkt eines Liebenden spürt er, daß Talente in ihr schlummern, die er nach und nach wachrufen wird. Eines Tages möchte er in ihr seinen besten Schüler sehen, dem es am vortrefflichsten von allen gelingt, seine Lehren in Poesie oder Prosa umzusetzen.

Groß ist Victorias Freude, als Gottsched sich mit dem Fortgang ihrer Kenntnisse so sehr zufrieden zeigt, daß er ihr die ersten wissenschaftlichen Arbeiten überträgt.

Gewöhnlich sitzt sie um fünf Uhr in der Frühe bereits an ihrem kleinen Ankleidetisch im Toilettenzimmer und widmet sich mit Eifer den neuen Aufgaben: schreibt seine Vorlesungsmanuskripte ins reine, liest die Druckbögen für die Neuausgaben seiner Bücher, vervollständigt die Register oder korrigiert die Zeitschriftenaufsätze, die druckfrisch aus der Setzerei zu Gottsched, dem Korrektor des Hauses Breitkopf, gelangen. Stets sind es eilige Arbeiten. Von besonders wichtigen Korrespondenzen wie der mit Bodmer und Breitinger in Zürich fertigt sie säuberliche Kopien an. Manchmal setzt sie auch schon die Antwortbriefe auf, die Gottsched dann nur noch abzuschreiben braucht.

Außerdem hat sie alles, was von den Mitgliedern der *Deutschen Gesellschaft*, von Kästner, Hamann, Steinwehr, Schwabe, Mosheim, May, Kirchbach, König und anderen gedruckt erscheint, zu sichten. Entdeckt sie unter ihnen rauhe Versemacher, die sich nicht nach Gottscheds Sprachregeln richten wollen und sich erlauben, gleich mehrere Spondeen in einem jambischen Sechsfüßler unterzubringen, statt, wie es sich gehört, einen sauberen Alexandriner zu setzen, muß sie es sogleich dem Gemahl vermelden. Denn der Alexandriner ist für ihn das Maß aller reinen und klaren Dichtart. Wer gegen dieses Versmaß verstößt, zeigt, daß er von Poesie als einer erlernbaren Wissenschaft nichts begriffen hat und eher zu einem seichten Kanzelredner denn zu einem erhabenen Schriftsteller taugt. Und sie hat ihm auch jene aufzuspüren, die sich nicht der Mustersprache der mitteldeutschen Landschaften bedienen wollen, damit er sie bei der nächsten Versammlung der *Deutschen Gesellschaft* gehörig zurechtweisen kann.

Kommt Gottsched am frühen Nachmittag nach Hause, freut er sich wie ein Kind, wenn sie aufzählt, was sie inzwischen von den anstehenden Arbeiten für ihn erledigt hat. Dann strahlt er gewöhnlich so viel Glück, Gelöstheit und Energie aus, daß seine Anwesenheit ein Höhepunkt ihres

Tages ist. Dieser gutgelaunte Mann, der um sie, die Tüchtige, Fleißige, herumschwirrt, sie umgurrt und umsäuselt oder aus dem Stegreif mit einer artig gereimten Ode verwöhnt, bringt soviel ansteckende Heiterkeit auf, die wie ein kleiner Rausch über sie kommt. Sie kann sich nichts Angenehmeres denken, als mit diesem fröhlichen Mann ihre Stunden zu verbringen, der ihr noch dazu versichert, die Universität bedeute ihm nichts, Victoria dagegen alles. Er dankt dem Schicksal, das ihm diese Frau beschert hat. Nur mit ihr kann er die Höhen erreichen, die ihm vorschweben. Nur für sie hat er vieltausendschöne Namen. Sie ist seine Liebe, sein Leben, sein alles, sein Einziges, sein Täubchen, sein Turteltäubchen, sein Herzblut, sein Augenstern, seine Perle, sein Edelstein, seine Lust, sein Licht, seine Sonne, seine Königin, seine Krone, sein Engel, sein Glück, sein Ruhm – am frühen Nachmittag ist sie unbeschreiblich.

Überschwenglich gerät seine Umarmung, wenn sie ihm sagen kann, was sie in seinen Druckbögen entdecken mußte: statt Lebhaftigkeit Leibhaftigkeit, statt Anmut Armut, statt Archias Archais und ähnliche garstige Druckteufelchen. Er ist beeindruckt, denn er weiß, wenn ein Mann der Wissenschaft nicht von einer so guten Fee umgeben wäre, die ihm diese zeitraubenden, unfruchtbaren Arbeiten abnehmen würde, müßte er sich zum Tagelöhner des Geistes erniedrigen.

Was Victoria am frühen Nachmittag auf den Tisch bringen läßt – es schmeckt ihm vorzüglich. Auf jeden Blumenstrauß, den sie in das Zimmer gestellt hat, geht er ein. Ihr Haar findet er zauberhaft gesteckt, ihr Kleid von gediegener Anmut, das Zimmer behaglich und gut durchlüftet, den Kaffee köstlich, die Süßigkeiten erlesen. Sein Wohlbefinden ist dann derart gesteigert, daß er sich sogleich an seine Arbeit setzt und nach Anbruch der Dämmerung auch noch Lust hat, Freunde zu empfangen, um bei einer Flasche Rheinwein oder einem guten englischen Porter die letzten Neuigkeiten auszutauschen. Noch später dann, im ehelichen Schlafgemach, findet der Abend seinen krönenden Abschluß und Höhepunkt.

Gerade für diese Stunden hat Victoria vor ihrer Hochzeit von einer Freundin ihrer Mutter einen guten Rat bekommen, an den sie des öfteren denken muß. Was war da nicht alles zu hören! Sorgfalt muß eine Frau auf die ehelichen Nächte verwenden, denn hier beginnt ihre eigentliche Arbeit. Die Neuvermählte sollte sich anfangs zurückhalten und zunächst passiv bleiben. Eine gewisse Unbeholfenheit und Scham steigern den Liebreiz und lassen den Ehemann auf ein erfahrungsfreies Vorleben schließen. Nichts schmeichelt ihm mehr als die Gewißheit, seine Frau habe mit ihren Gefühlen gerade auf ihn gewartet. Besonders die ersten Ehenächte sind von Bedeutung. Hier werden die Weichen für die künftige Liebestätigkeit gestellt. Nicht zuviel Engagement und nicht zuwenig. Ersteres könnte Maßstäbe setzen, die auf die Dauer nur schwer zu halten sind und denen sich der Mann auch nicht gewachsen fühlt. Letzteres könnte den Ehemann verletzen und auf Gleichgültigkeit an seiner Person, auf Zweifel an seinen Fähigkeiten schließen lassen und ihn mutlos machen. Und natürlich von Anfang an auf Aussehen achten und sich anregend präsentieren: die Haut duftend und das Haar gelöst, die Eleganz des Schlafgewandes nicht geringer als die eines Ballkleides. Vor allem einen entspannten Eindruck machen, Hast und Eile ablegen und ohne viel Worte von Erwartung sprechen.

Später muß Entwicklung in die ehelichen Nächte gebracht und der einfache Vorgang durch Raffinement erweitert werden. Es gilt, sich schöpferisch zu zeigen: ihn mit immer neuen Einfällen überraschen, die ganze Vielfalt sinnlicher Roheit ins Spiel bringen und sich als niedere Magd zu präsentieren wissen, über deren Körper er verfügen kann. Schamlosigkeit entsetzt ihn nicht, sie entzückt. Jeder Ehemann liebt das Enthemmte. Findet er es bei seiner eigenen Frau, weiß er den Himmel auf Erden.

Natürlich verwendet die Liebeskünstlerin für ihre nächtlichen Auftritte immer anderes Handwerkszeug – die grünen Seidenstrümpfe, die zierlichen Absatzschuhe, die Schnürriemchen, den großen Wandspiegel – und zeigt sich in immer wechselnden Rollen: einmal hinsinkend wie in Ohnmacht, das nächste Mal bereit zum wildesten Amazonenritt. Bei einem Gemahl von Geist sind vor allem die kleinen Erzählungen angebracht, die seine Phantasie beflügeln und ihm eine gewisse Lusthilfe geben, denn was nicht aus seiner Vorstellung kommt, kommt gar nicht. Gerade er ist auf diesem Gebiet besonders empfindlich, möchte vor seiner Frau als größter Sohn Apollos stehen, mit der Kraft eines Hufschmieds und dem Geist eines Platon.

Noch später, wenn sich über die Ehenächte das Grau der Gewohnheit legt, muß sich die Frau von einer Künstlerin der Verwandlung zum Genie der Verstellung hinaufarbeiten. Wenn sie alles schon kennt, alles probiert hat und ihr jede Berührung zuwider ist, wirkt es Wunder, Lust zu heucheln und so zu tun, als sei dieser lästige Vorgang der lang erwartete Höhepunkt ihres Tages. Denkt sie dabei an nichts weiter als an ihre Haushaltsausgaben, darf sie dennoch den Schrei nicht vergessen. Der muß gut kommen, inbrünstig und nach Enthemmtheit klingen. In der Verstellung offenbart sich die Hohe Schule der Weiblichkeit. Wer sie beherrscht, kann in der Ehe gut überleben.

Victoria sieht noch diesen verschmitzt-triumphalen Blick der Freundin, als sie ihr die Frage stellte, ob es etwa keine geniale weibliche Leistung sei, seinen angetrauten Ehemann lächelnd wissen zu lassen, daß es nichts Schöneres gibt, als wenn er sich mit plumpen Bewegungen an ihr zu schaffen macht.

Nahen allerdings die Stunden der Bewährung, hat sie allen guten Rat vergessen. Die Ratio fällt wie eine Hülle von ihr ab. Ihre Sinne tragen sie fort, fangen sie ein, umschließen und verwirren sie. Victoria genießt diese Verwandlung, lebt auf, versinkt und spürt, wie alles in ihr ihm zuströmt. In solchen Augenblicken steigt ein bisher nicht gekanntes Verlangen in ihr auf und dringt bis in die letzten Wurzeln ihres Empfindens: Sie möchte ein Kind haben. Sie möchte festhalten, was sie fühlt, dem Einmaligen Gestalt geben und aus sich heraus etwas schaffen, was nur ihnen beiden gehört. Alles in ihr drängt danach, diesen Mann noch mehr für sich einzunehmen und eine Synthese ihrer beiden Naturen hervorzubringen, die sie in seinen Augen gewichtiger macht.

Die Vorstellung, sich zu teilen, weniger und zugleich mehr zu werden, dieses Wunder, das alle vor ihr vollbracht haben, nun auch an sich selbst zu erleben, erwacht als ein sehnsüchtiger Wunsch und läßt sie traumschwer und schmetterlingsleicht über die Tage dahingleiten.

Im stillen hofft Victoria, in ihrer Ehe fortsetzen zu können, was sie bereits als unverheiratete Frau getan hat: die Vormittage den eigenen Arbeiten, den Betrachtungen und Übersetzungen, zu widmen. Kein anderer Tagesabschnitt scheint ihr für die geistige Arbeit geeigneter zu sein. Morgens ist sie gewöhnlich ausgeruht, und der Tag liegt hoffnungsvoll vor ihr. Noch nichts steht fest. Alles kann noch werden. Sie ist voller Energie. Die Begriffe fließen ihr leicht in die Feder. Die Gedanken kommen wie Eingebungen. Auf den Flügeln ihrer Vorstellungen läßt sie sich davontragen und nimmt wie im Vorbeigehen die poetischen Fühlfäden auf, die andere vor ihr geknüpft haben. Ist eine Seite zu ihrer Zufriedenheit gelungen, hält sie den Tag bereits für gewonnen. Gelingt ihr nichts an einem Vormittag, bleibt ihr die Chance, bei Haushaltsverrichtungen sich mit ihren Gedanken weiter zu beschäftigen, sich nachmittags noch einmal an die Arbeit zu setzen und erneut zu beginnen.

Doch nun sieht mit einemmal alles ganz anders aus. Sie muß sich in einen neuen Rhythmus fügen. Nicht daß sie sich darüber beklagen wollte. Schließlich hält sie es für die Pflicht einer Ehefrau, sich der Dinge des Mannes anzunehmen und Teilhaberin seiner Angelegenheiten zu werden. Aber es bleiben ihr unter diesen Bedingungen für die eigene Arbeit vorerst nur ein paar Stunden am späten Nachmittag, die sie sich wie eine seltene Kostbarkeit bewahrt. In diesen Stunden liegt jedesmal eine Selbstüberwindung, denn sie schreibt gegen eine aufkommende Ermattung an. Meist sitzt sie ja schon seit Sonnenaufgang an diesem Platz, beschäftigt mit den verschiedensten Arbeiten für Gottsched, und hat eigentlich nur noch das Bedürfnis, auszuruhen und zu entspannen. Abends wäre sie dann wieder soweit, noch einmal in höchster Konzentration den ausklingenden Tag zusammenzufassen, sich von allem zu entfernen und nur mit ihren Gedanken befaßt zu sein, doch auch das kann sie nicht, denn abends haben sie Gäste. Victoria wüßte keine Ausrede, mit der sie sich dem allen entziehen könnte. Ein nervöses Leiden wäre unglaubhaft, eine Entschuldigung mit eigener Arbeit unverzeihbar. Sie muß sich erst daran gewöhnen, daß die Ehre, Gattin eines berühmten Ordinarius zu sein und dem akademischen Stand anzugehören, wie alles Große und Besondere seine Opfer verlangt.

Dennoch – in den wenigen Nachmittagsstunden, zu denen sie sich jedesmal wie eine Diebin hinstiehlt, übersetzt sie mit Eifer nacheinander etliche Lustspiele aus dem Französischen. Es ist eine Arbeit, die ihr Freude macht, weil sie weiß, daß Gottsched immer neue Stücke für das Repertoire der Bühnen braucht und sie seines Lobes sicher sein kann. Außerdem hält sie das Übersetzen für eine Schule der Schriftstellerei. Schon allein zu sehen, wie berühmte Lustspieldichter die Stücke einrichten, die Figuren setzen und die Dialoge führen, ist lehrreich. Sie fühlt, daß dieses Hineinleben in die Gedanken eines anderen die eigene Vorstellungskraft aufs höchste anregt. Mögen einige abwertend sagen, Übersetzen sei Denken aus zweiter Hand, für Victoria ist schon der Umschmelzungsprozeß einer fremden Sprache in die eigene etwas ganz Selbständiges. Schließlich muß sie sich die Gedankengänge und Wortfolgen so zu eigen machen, daß sie aus ihr herausströmen wie ihr eigener Atem. Sie muß in die Sprache des anderen eindringen und die eigene bis in die letzten Feinheiten beherrschen, um zu genau dem Dichter zu werden, den sie übertragen möchte. Wie könnte dies aber gelingen, wenn sie nicht ihre Eigenart dabei wahren würde?

Auf dem Weg zur Universität wird Gottsched von theaterbegeisterten Studenten mit der Nachricht überrascht, daß die Neuberin den Harlekin von der Bühne vertrieben hat. Einen Moment lang verschlägt es ihm die Sprache. Dann bricht er in Bravorufe aus, denn dieser reinigende Akt gibt seiner Bühnenreform die Vollendung. Im stillen hatte er zwar schon lange auf jene Tat gehofft, aber doch nie geglaubt, daß die Prinzipalin zu dem entscheidenden Schlag ausholen würde.

Natürlich ahnt er, daß den letzten Anstoß dazu nur der Prinzipal Müller gegeben haben kann. Ganz Leipzig weiß, wie heftig die Neuberin mit ihm in Fehde liegt, weil er die kecke Stirn besitzt, ihr das sächsische Privileg streitig zu machen. Fast täglich gibt Müller seine Vorstellungen im Fleischhaus und läßt in jedem Stück den Harlekin auftreten, um sich bei der gemeinen Menge beliebt zu machen. Was liegt näher, als daß die Neuberin sich von ihrem Konkurrenten abgrenzen will, den Harlekin davonjagt und den Leipzigern zeigt, wo die wahre Kunst stattfindet – auf ihrer Bühne in Boses Garten?

Gottsched bedauert, dieses köstliche Spektakel versäumt zu haben. Als er hört, daß die Vertreibung des Possenreißers die Zuschauer zu Beifallsstürmen hingerissen hat und dies nicht in irgendeinem Stück, sondern in einem eigens von der Prinzipalin dazu verfertigten Vorspiel geschehen ist, bewundert er die Neuberin noch mehr. Für ihn könnte es keine erfreulichere Nachricht geben, denn nun steht fest, daß ein Mann wie er, der eine Theorie besitzt, nach der sich die Wirklichkeit zu richten vermag, ein für allemal vor aller Augen in seinem Tun gerechtfertigt ist.

Noch selbigen Tages finden sich in der Wohnung Breitkopfs Verlagsbuchhändler, etliche Mitglieder der *Deutschen Gesellschaft*, einflußreiche Handelsleute und andere respektable Männer der Stadt ein, um das Ereignis als Gottscheds persönlichen Sieg zu feiern. Es wird Champagner gereicht und mit Toasten nicht gespart.

Mehr solcher Männer müßte es geben, die das Volk lehren, was guter Geschmack ist, und die die Kraft haben, andere von dem zu überzeugen, was sie für richtig halten. Nicht nur ein Universitätslehrer und dichtender Philosoph, dieser Gottsched, nein, auch ein Genie der Organisation! Ganz Pleißathen blickt auf den großen Sohn der Tiefebene!

Victoria, die gleichfalls mit einigen anderen Gattinnen in diesen erlauchten Kreis gebeten ist, bewundert, wie mühelos Gottsched seiner Mission, Erzieher des Volkes zu werden, näher und näher kommt. Sie sieht es den Anwesenden an, wie stolz sie sind, zu seiner Gemeinde gehören zu dürfen.

Als er von der historischen Wende zu sprechen beginnt, die in der Geschichte des Theaters mit der Vertreibung des Harlekins eingeleitet ist, wird ihr deutlicher denn je, daß er über seinen gelehrten Stand hinaus vor allem ein großer Wortmagier ist: Wie elend war denn bisher das Gemisch der Harlekinaden? Ohne Wahl, ohne Ordnung, ohne Einheit, ohne Ton, ohne Absicht. Niedrig, kriechend, unanständig, possenhaft. Voller Zoten, liederlicher Anspielungen und leerer Einfälle. Endlich ist dieser plebejische Spaßmacher begraben, der alles Hohe und Große in den Schmutz gezogen hat, respektlos und frech gegen die Prinzipien der Tugend und Vernunft gewesen ist, alles in die Gosse des Witzes niederriß, sich in den Oberflächlichkeiten des Lebens suhlte und einem schweinischen Epikureismus frönte. Endlich ist diese geschmacksverderbende Figur beseitigt. Jeglichem wilden Drauflosphantasieren auf der Bühne, jeglicher Lust, den ordinären Trivialitäten Raum zu lassen, ist ein für allemal Einhalt geboten. Nunmehr bringen die Regeln Ordnung in das Theater. Über die Einheit von Zeit und Ort der Handlung ist der Weg zu großer Kunst und gutem Stil freigegeben. Wo keine Regeln sind, wo das Improvisierte, Willkürliche und Zufällige herrscht, gibt es keine Prinzipienklarheit im Denken, keinen Sieg der Vernunft. Die Lustspiele und Komödien, die bisher durch den Hanswurst verunreinigt waren, werden nun in neuer Qualität erstehen, denn der wahre Genuß der Kunst liegt nicht in einem gedankenlosen Gelächter, sondern in einer erhabenen Erkenntnis. Das Hauptaugenmerk gehört daher den Dramen und Tragödien, die die Menschen aus den Niederungen des täglichen Einerleis zu den lichten Höhen der Kunst führen können.

Ergriffenheit zeichnet die Gesichter der Anwesenden, die jedes seiner Worte wie eine große bewegende Erkenntnis entgegennehmen. Nach einem Augenblick des Schweigens bricht Jubel aus. Die Gäste drängen in seine Nähe, pflichten ihm bei und trinken ihm zu.

Victoria ist stolz, daß er von Triumph zu Triumph schreitet. Jüngst erst hat ihn der *Hamburgische Korrespondent* den großen Dichter genannt, dessen Gedichte Meisterstücke sind, weil in ihnen die Fruchtbarkeit der Gedanken und Erfindungen überall einen reichen Vers und an sich selbst fließenden Reim hervorbringt. Das Hohe, Prächtige, Bewegende, Schmeichelnde, Reizende, Stechende, Lehrende, nach ihren besonderen Eigenschaften, in ihrem vollkommensten Glanze, mit gehörigem Maße, an rechtem Ort und rechter Stelle anzubringen, nach Erforderung zu steigern und sich herabzulassen und nach der Natur zu schreiben – das alles sind dem Herrn Verfasser erteilte Eigenschaften. Auch die *Acta eruditorum* sind voll zujauchzender

Bewunderung. Der deutsche Dichter in Gottscheds Gestalt ist ein anderer, als er es in früheren Zeiten gewesen: nicht nur ein mehr oder weniger gewandter Reimer, ein steifleinener Didaktiker, ein Schnurrenerzähler, ein subjektiv befangener Buß- und Leidbekenner oder gar ein Zotenmacher, sondern ein singender Philosoph und Weltbetrachter. Und jetzt, da der Hymnus des Lobes noch nicht verklungen ist, wird der Gemahl schon wieder als Flor des deutschen Parnasses gefeiert.

Victoria vermag diesen Höhenflug des Erfolges kaum mehr zu begreifen. Inmitten des Trubels und der Begeisterung empfindet sie plötzlich die ganze Schwerarbeit, die sie an Gottscheds Seite zu leisten hat und die nichts Geringeres ist, als den Glauben an sich selbst zu bewahren. Sie weiß, daß es einer außerordentlichen Kraft bedarf, um sich von den alles überstrahlenden Taten eines Genies nicht auslöschen zu lassen, die eigenen Vorstellungen nicht in den Wind zu schlagen und sich selbst nicht für gering oder talentlos zu halten. In dieser Beziehung beneidet sie manch eine ihrer verheirateten Freundinnen. Ihnen bleibt die Arbeit erspart, geistige Entfernungen abzubauen. Unbeschwert und sorgenfrei können sie ihr Dasein mit dem Ehemann teilen und das Leben als eine Honigblüte betrachten, aus dem nur noch der Nektar zu saugen ist.

Um in seinen Augen gewichtiger, wesentlich zu werden, setzt Victoria in den folgenden Monaten Fleiß und Fleiß und nichts als Fleiß frei. Nur zu gut weiß sie, wie sehr Gottsched alle Formen eines behäbigen Müßigganges verachtet, wie lasterhaft er jene Frauenspersonen empfindet, die ziellos und untätig in den Tag hinein leben, und wie anmutig und schön er jene wähnt, die sich durch Umsicht und Emsigkeit zu erkennen geben. Nicht umsonst zitiert er so gerne seinen Vergilius Maro: Labor omniat vincit improbus. Alles besieget unablässiger Fleiß.

Wenn sie Gottsched zeigen kann, wie vieles sie in seiner Abwesenheit für ihn besorgt hat, und er gewahr wird, daß sie mehr tut, als er von ihr verlangt, gar zur höchsten Form, zur Selbsttätigkeit fähig ist, wenn noch dazu aus jedem Ergebnis ihrer Arbeit die Freude schaut, ihm einen Teil seiner Lasten abnehmen zu dürfen, dann hat er wieder diese vieltausendschönen Namen für sie. Zudem birgt ihr Fleiß ein ganz besonderes Geheimnis: Er ist der unsichtbare Zaubersteg, auf dem sie ihm wie ein seraphisches Wesen entgegenschweben kann. So arbeitet sie nicht nur, sondern stürzt sich in die Arbeit, häuft Ergebnis auf Ergebnis und folgt diesem sehnsüchtigen Wunsch, mit dem, was sie tut, sich noch tiefer in sein Herz zu graben. Nicht eine einzige Stunde läßt sie tatleer vergehen. Nahezu ohne aufzuschauen, widmet sie sich Vormittag für Vormittag dem Frondienst der Wissenschaft: prüft, vergleicht, ergänzt, korrigiert, sammelt, sichtet, ordnet und fertigt für ihn Kopien seiner Briefe an.

Auch wenn sie manchmal den Eindruck hat, als verlange gerade das simple stupide Zuarbeiten die doppelte Aufmerksamkeit und erzeuge eine Art von Müdigkeit, die besonders nachhaltig ist, weil sie dem Gefühl entspringt, ihre Zeit an Nebensächlichkeiten vergeudet zu haben, so geht dennoch keine Klage über ihre Lippen. Vielmehr stellt sie sich darauf ein, diese lästigen Arbeiten nicht von Tag zu Tag vor sich her zu schieben, sondern sie rasch hintereinander zu erledigen, als seien sie eine bittere Medizin, die in einem Zuge hinuntergeschluckt werden muß. Allmählich entdeckt sie sogar in dieser inneren Überwindung eine Art Wundermittel: mit diesen Zuarbeiten und Hilfsdiensten, dieser täglichen Pflichterfüllung für ihn, erschafft sie sich einen ausgeglichenen, gutgelaunten Ehemann, der sie verwöhnt, umschwirrt, umgurrt und in Töne hellen Entzückens ausbricht, sobald er der Resultate ihres Fleißes ansichtig wird.

Ein stilles Frohlocken kommt auf, wenn sie daran denkt,

daß sie die Eigenschaften, die sie von einem Mann erwartet, eigentlich selbst erzeugen kann und sie diejenige ist, die ihn zu dem liebenswerten Menschen macht, der er für sie sein soll. Aus dieser Gewißheit holt sie die Kraft für die eigenen Arbeiten, denen sie sich Nachmittag für Nachmittag zuwendet.

Oft ist sie müde und erschöpft, und doch kommen ihr gerade diese Stunden jedesmal wie eine kostbare Freiheit vor, die sie sich schwer erarbeitet hat. Aus Angst, diese wenigen Stunden könnten ihr unterderhand zerrinnen, ohne daß sich ein sichtbares Ergebnis abzeichnen würde, wendet sie sich bald diesen und bald jenen Themen zu und – um Gottscheds Wohlwollen zu erheischen – vornehmlich solchen, die er ihr empfiehlt. Sie überträgt etliche Oden des Horaz, schreibt eine Betrachtung über den *Nutzen der Schauspiele*, übersetzt Frau von Gomezens *Sieg der Beredsamkeit* und Addisons *Cato*, sammelt aus den Reden des stadtbekannten Herrn Corvinus die phrasenhaftesten Stellen, gibt sie zum Vergnügen der Kenner heraus, arbeitet pausenlos und will nur eines nicht erleben: wenn Gottsched nach Hause kommt, mit leeren Händen vor ihm zu stehen. Daß der Verleger die Übersetzungen der Theaterstücke sofort druckt, ist ihr ein zusätzlicher Ansporn.

Bald faßt sie inmitten der Vielfalt der Themen – ganz so, wie Gottsched es erhofft hat – eine besondere Neigung zum Lustspiel. Komik und Witz nicht nur nachzuvollziehen, sondern wie Sand in das Gemäuer des erhabenen Ernstes streuen zu können, macht sie beim Übersetzen so heiter, gelöst und phantasiereich, daß Begriffe ihr scheinbar aus dem Nichts zufliegen. Eine Spottlust steigt in ihr auf, die sie wie ein körperliches Wohlbehagen durchströmt. Hat sie eine burleske Situation auf dem Papier festgehalten, ist sie jedesmal versucht, die übersetzten Worte durch eigene Sprachbilder deutlicher zu machen, die Pointe noch grotesker zu gestalten. Sie fühlt, wie über den Gegenstand hinaus ihre Vorstellungen davoneilen und immerzu Eigenes einbringen, so daß sie beim nochmaligen Durchlesen glaubt, sie sei die Urheberin und nicht bloß die Übersetzerin.

Woher diese Freude am Lustspiel kommt, weiß sie nicht. Manchmal nur denkt sie, die kuriosen Vorgänge sind die wirklichen, dem Leben ganz und gar gemäßen Situationen. Ist es nicht auch grotesk, die Frau des großen Gottsched zu sein? Vor geraumer Zeit hätte sie nicht einmal davon zu träumen gewagt, daß der verehrte Freund und geistreiche Briefschreiber um ihre Hand anhalten könnte. Scheinen die Fäden des Lebens nicht deshalb so unentwirrbar, weil sie von Zufällen geknüpft sind? Eine Komödie hält noch wirkliche Überraschungen bereit. Komik und Witz erweisen sich als spontane Äußerungen, von denen niemand recht sagen kann, wo ihre Urgründe liegen. Sie sind für Victoria das rare Geschehen, das außerhalb aller Analysen vonstatten geht und dem auch mit keiner noch so schlüssigen Lehrmeinung beizukommen ist. Herrlich, daß es Dinge zwischen Himmel und Erde gibt, die selbst dem tiefsten Denker unerklärlich bleiben! Herrlich, daß ihm ausgerechnet die Rätsel einer sinnreichen Narretei die Grenzen vorführen!

Einen erhabenen Magister in seiner Lächerlichkeit, eine frömmelnde Dame in ihren Ausschweifungen zu zeigen, ist mitunter so erbaulich für Victoria, daß sie allein schon bei der Niederschrift sich auf dem Höhepunkt körperlicher Tatkraft wähnt. Bei solchen Szenen gelingt ihr nicht nur eine gute Übersetzung, sondern sie hat das Verlangen, möglichst schnell den fremden Text hinter sich zu lassen, um den eigenen Überlegungen Raum zu geben und ihre brodelnde Phantasie zu Papier zu bringen – ohne Pause, ohne aufzuschauen, bis eine Szene Gestalt annimmt und sie von Wort zu Wort fast so etwas wie eine Befreiung empfindet. Befreiung von den wissenschaftlich definierten, vorgegebenen Regeln der Poesie. Sie atmet auf in den spaßigen amüsanten Eingebungen ihrer Phantasie.

Als Gottsched ihr dann eines Tages gesteht, die *Pietisterei im Fischbeinrocke oder die doktormäßige Frau* sei ihr so trefflich gelungen, daß er sie sogleich zum Drucke befördern werde, ist das ein Glücksmoment ganz eigener Art. Alles um sie herum nimmt purpurne Farben an, glänzt und strahlt, lacht und frohlockt. Das Leben liegt ihr zu Füßen. Sie fühlt eine Übereinstimmung mit sich, weiß sich von ihren Selbstzweifeln erlöst und hat den Eindruck, seiner Vorstellung von einer idealen Frau endlich einen Schritt näher gekommen zu sein.

Victorias Lustspiel ruft einen Sturm der Entrüstung hervor. Pietistische Kanzelredner und Frömmlinge toben. Sie schreien nach einem Verbot. In Leipzig, wo der Buchhändler König bereits hundertfünfzig Exemplare verkauft hat, schaltet sich die Zensurkommission ein und beschlagnahmt die restlichen Exemplare. Auch in anderen großen Städten wird das Stück konfisziert. Für die Rückgabe bereits gekaufter Exemplare werden Belohnungen ausgeschrieben. Victoria dankt im stillen der weisen Voraussicht ihres Mannes, der geraten hat, das Lustspiel anonym erscheinen zu lassen. In Königsberg werden wegen der Anspielung auf lokale Verhältnisse zur Ermittlung des Autors polizeiliche Untersuchungen eingeleitet. Pastor Neumeister aus Hamburg wird als Verfasser verdächtigt. Kaum ist es bekannt, werden ihm sämtliche Fensterscheiben seines Hauses eingeschlagen. Die Nachfrage nach der *Pietisterei im Fischbeinrocke* steigt von Tag zu Tag. Victoria hört, ihr Lustspiel werde hinter vorgehaltener Hand als ein bedeutsamer Dolchstoß wider die Pietisten weiterempfohlen.

Es amüsiert sie, daß für die Legende eines Druckerzeugnisses immer diejenigen sorgen, die sie im ureigensten Interesse zu meiden hätten. Denn jetzt wird nicht nur ihr, sondern einem großen Publikum erst so recht deutlich, was sich hinter den geschwollenen Worten einiger Weltbekehrer in Wirklichkeit verbirgt: Angst und Schwäche. Auf welch unsicherem Grund muß der Glaubenseifer dieser frömmelnden Zwiezungen stehen, wenn schon die kleinste Kritik sie nach dem Scharfrichter rufen läßt? Nicht von ungefähr hat Victoria seit frühester Jugend eine so tiefe Abneigung gegen die Pietisten, die sich nun noch verstärkt. Wenn eine kleine Gruppe von Fanatikern anderen ihre Meinung aufzwingen will und sie ihnen als den einzigen rechten Weg zur Glückseligkeit predigt, dann kann sie nicht anders als mißtrauisch und ablehnend reagieren.

Eigentlich sollte sie stolz auf diese Wirkung sein, die für sie, die Urheberin, schmeichelhaft ist. Viel schlimmer wäre, etwas zu schreiben, was keinen angeht und unbeachtet den Weg des Papieres nimmt. Doch es macht sie betroffen, daß in der deutschen Gelehrtenprovinz auf Humor nicht mit Humor geantwortet wird. Überall teutonischer Furor, Kernernst, Stirnrunzeln und Ausholen zum philosophischen Keulenschlag. Schon beim Wort „Lust" sieht Victoria manch einen der religiösen Eiferer schaudern. Was kümmert ihn, daß sich auf die Notwendigkeit dieser Lust der Nutzen eines Schauspieles gründet? Was weiß er vom Spiel und überhaupt von der Kunst? Nur wenn sie seiner Verherrlichung dient, würde er vielleicht noch einen Sinn darin sehen. Alles andere sind Hirngeburten eitler Kreaturen. Talentlose Sudler, die nicht den höheren Zweck in den Dingen erkennen. Pasquillanten und Denunzianten – für Schriftsteller gibt es viele Namen.

Victoria weiß schon jetzt, welche Anwürfe noch auf sie zukommen werden. Doch sie bleibt gelassen und genießt mit Gottsched die anhaltende Empörung über das Stück. Beim Sichten der Zeitungsartikel und beim Lesen der Briefe gönnt sie sich meist ein Täßchen Vanilleschokolade, und er schmaucht voller Behagen eine den Verstand lichtende Pfeife. Es sind Stunden der Eintracht, denn sie brauchen keine Worte, um sich zu sagen, wie traurig eine Zeit ist, die Gelächter fürchtet. Beiden bleibt der Trost, daß sie im Sächsischen leben, wo die Finsterlinge nicht im obersten Landesherrn ihr Vorbild haben.

Denkt Gottsched an die jüngsten Vorkommnisse, von denen ihm gerade ein Kollege aus dem Preußischen berichtet hat, dann kann er nicht genug seinem Freiheitssinn danken, der ihn seinerzeit dem Vaterland den Rücken kehren ließ. Denn es ist für ihn mehr als niederschmetternd, erfahren zu müssen, daß seine Kollegen an der Universität in Frankfurt am Oderflüßchen auf Befehl Friedrich Wilhelms eine Disputation zu veranstalten hatten, wo in Gegenwart Allerhöchstdesselben der Satz zu verteidigen war, daß alle klassischen Schriftsteller Griechenlands und Roms nur Salbader und Narren seien. Ausbleibende Professoren ließ er durch Unteroffiziere in den Hörsaal treiben. Dessen nicht genug, mußten die Unglücklichen von ihrem Landesherrn und ersten Gebieter auch noch hören, daß er am liebsten die Universität schließen ließe, wenn er nicht Wundärzte für seine Armee und gute Prediger für die Kirche benötigte. Und wie arg erst werden die verdienstvollen Mitglieder der Akademie der Wissenschaften gedemütigt, denen er zur Pflicht macht, ihr Möglichstes zu tun, daß die Kobolde, Alpe, Irrwische, Wassernixen und Satansgesellen ausgerottet werden. Dergleichen Untiere sollen sie tot oder lebendig beim König einliefern und für jedes Stück sechs Taler Belohnung erhalten. Was für eine tiefe Erniedrigung des Gelehrtenstandes. Und was für eine allerhöchste Selbstentblößung. Als ob es dem Ansehen des Königs nicht schon genug geschadet hat, auf pietistische Ohrenbläser gehört und den unvergleichlichen Wolff außer Landes getrieben zu haben!

Säße Gottsched mit seiner jungen, tüchtigen Muse jetzt in Preußen, müßte er sich sorgen. Dort würde nach dem Verfasser eines Lustspiels wider die Pietisten ganz anders gefahndet werden. In Preußen hätte sie unfehlbar unangenehme Verfügungen zu gewärtigen, und die Zensurkommission wäre ihr schon zu Leibe gerückt. Dem Himmel muß er danken, daß in Sachsen eine hellere Denkungsart herrscht.

Schon Wochen später ergibt sich ein neuerlicher Beweis für diese hellere Denkungsart, denn er kann Victoria die ganz außerordentliche Mitteilung machen, daß sie Mitglied der *Deutschen Gesellschaft* werden soll. Er ist gebeten worden, ihr diesen Wunsch nicht privatim als Ehemann, sondern offiziell als Senior der *Deutschen Gesellschaft* zu überbringen. Nach Christiane Mariane von Ziegler haben die Mitglieder erneut eine Frau für würdig befunden, in den Kreis führender Männer der Literatur aufgenommen zu werden. Gottsched fehlen die Worte, um Victoria zu sagen, wie stolz er auf sie ist.

Weil er weiß, daß dieses Ereignis Aufsehen machen und über die Grenzen des Landes hinaus Beachtung finden wird, hält er es für geraten, jedes Detail der Aufnahme und der damit verbundenen Feier wohl zu durchdenken und vor allem auf Repräsentation zu achten. Sie soll sich überlegen, welche Ehrengäste sie geladen haben möchte und wer die Festrede halten soll, denn es werden nicht nur alle Mitglieder der Gesellschaft anwesend sein, sondern auch die Vertreter der Universität und des Hofes. Selbstverständlich wird es eine Festschrift geben, in der die namhaftesten Mitglieder der *Deutschen Gesellschaft* in Poesie und Prosa dem neuen Mitglied ihren Glückwunsch darbringen werden.

Gottsched ist glücklich, daß seine Prophezeiung kein leeres Versprechen war: An seiner Seite wird Victoria zu Ruhm und Ehre gelangen. Überhaupt hält er sie für eine ganz außerordentliche Frauensperson und gesteht ihr voller Überschwang, daß es ihm vom ersten Augenblick an ein Herzenswunsch war, ihr Knecht sein zu dürfen.

Victoria kann seine euphorische Stimmung nicht begreifen. Sie findet es eher peinlich, eine Ehrung von einer Ge-

sellschaft anzunehmen, deren Vorsitz der Ehemann inne-
hat. Muß doch jeder denken, die ihr angetragene Auszeichnung geschieht nicht ihretwegen, sondern um Gottsched
einen Gefallen zu tun. Leibhaftig stehen ihr die Schmei-
chelbäcker und Speichellecker vor Augen, die nicht arm an
Einfällen sind, wenn es darum geht, die Gunst eines Großen zu gewinnen. Der Gedanke, daß sie dafür die Kulisse
abgeben soll, ist ihr unerträglich. Anderseits weiß sie aber
auch um die vorteilhaften Folgen einer solchen Mitgliedschaft. Gibt doch die Zugehörigkeit zu einem gewichtigen
Gremium dem Dichter erst die höhere Weihe und stellt ihn
auf jenen Sockel, von dem aus seine Worte erhabener und
imposanter klingen. Vor allem beeindruckt sie all jene, die
im Solde der Literatur stehen, voran die Verlagsbuchhändler, Kritiker und die Kritiker der Kritiker. Gehört sie dieser
tätigen Gemeinschaft der Ruhmreichen erst einmal an, ist
sie auch aufgenommen in das Kränzchen für gegenseitige
Rezensionen, das bestimmt, wer zur literarischen Vorhut
gehört und allen zeigt: Wo die Posaune tönt, ist der Ruhm
nicht fern.

Denkt sie jedoch an das Eigentliche, an ihre Arbeit, das
Schreiben, wüßte sie nicht, wozu eine solche Mitgliedschaft
taugen soll. Titulaturen und ehrenvolle Ämter, dieser
ganze funkelnde irdische Putz, machen auch keine tieferen Gedanken und keine brillanteren Einfälle. Ist sie gut,
ist sie dies auch ohne eine Mitgliedschaft. Ist sie schlecht,
wird sie dadurch nicht besser werden. Genaugenommen
brächte es ihr keinerlei Gewinn, der *Deutschen Gesellschaft*
anzugehören. Außerdem würde sie sich mit ihrem Jawort
nur zu denen gesellen, deren Werke in der Mehrheit den
Springwassern von Versailles gleichen: Ils ne coulent pas
de source. Sie fließen nicht aus einer Quelle. Schreiben und
die Kraft haben, für sich selbst zu stehen – das ist, was sie
will. Luise Adelgunde Victoria Gottsched, geborene Kulmus – klingt das nicht achtbar genug?

Gottsched ist betroffen. Er versteht sie nicht. Andere reißen sich um diese Ehre, und sie lehnt ab! Zugegeben, er hat sich nicht dagegen gestellt, als der Vorschlag aus den Reihen der Mitglieder kam, im Gegenteil, er hat dem ein wenig nachgeholfen, so wie jede gute Sache ihre Fürsprecher braucht. Doch wenn sie jetzt ablehnt, muß sie sich im klaren darüber sein, daß sie ihm damit in den Rücken fällt.

Victoria bemerkt einen gereizten Unterton in seiner Stimme. Mit allem, aber nicht mit Undank hatte er gerechnet. Denn so berühmt, daß sie sich das Ausschlagen einer Ehre leisten könnte, um dadurch womöglich noch zu größerer Ehre zu gelangen, so berühmt ist sie noch nicht. Wer am Anfang seiner Laufbahn steht, hat dankbar zu sein. Annehmen und lernen – das sind die beiden Hauptbeschäftigungen einer literarischen Novizin. Und wo – das möge sie bei ihrer endgültigen Entscheidung bedenken –, wo bleibt die Gemeinsamkeit in einer Ehe, wenn einer Ehren annimmt und der andere Ehren ablehnt?

Als Gottsched sieht, mit welch unbewegtem Gesichtsausdruck Victoria seine Worte aufnimmt, ermahnt er sie, mit dem, was sie tut, an ihn und seine Stellung in der Öffentlichkeit zu denken. Denn eine Frau zu haben, die nicht nur kurze Prosa schreibt und erfolgreich übersetzt, sondern die als Poetin auch noch landesherrlich anerkannt und herausgestellt ist – das würde vor allem seinen zahlreichen Schülern zeigen, daß derjenige, der seinem Rat folgt, höchste Höhen erklimmen kann.

Gottsched beschwört sie, sich alles noch einmal zu überlegen und eine Nacht darüber zu schlafen. Die Nacht – wer wüßte es nicht – läutert die Gedanken. Victoria bleibt bei ihrer Entscheidung. Gottscheds Enttäuschung über ihren Undank ist so groß, daß er sich für mehrere Tage in sein Arbeitszimmer zurückzieht und kaum ein Wort mit ihr wechselt.

Um ihn versöhnlich zu stimmen, widmet sie sich mit ganz besonderer Hingabe dem Haushalt. Sie weiß, diese Beschäftigung ist für ihn neben den schriftstellerischen Ambitionen und gelehrten Talenten die weiblichste aller Tugenden. Nicht nur einmal hat er sie fühlen lassen, daß die Liebe einer Frau sich letztlich in dem Wunsch offenbart, das gemeinsame Nest so behaglich wie möglich auszustaffieren und dem Mann ein schönes Zuhause zu geben. Wenn in den Wäscheschränken Akkuratesse herrscht, Hemden, Handtücher, Bettzeug und Tafeltücher zu je sieben im Stapel liegen, wenn die Vorratskammern gefüllt sind, das Personal gut unterwiesen ist, wenn alles blitzt und blinkt und noch dazu das Poesiealbum des Alltags, das Haushaltungsbuch, genau geführt ist, dann schätzt er sie ganz besonders. Zeigt es ihm doch, wie eifrig sie an der Grundtugend des Lebens, der Sparsamkeit, arbeitet und über den Augenblick hinaus zu denken vermag.

Oft, sehr oft hat er ihr schon gesagt, daß es für einen Mann wie ihn, der vom Kopfe aus lebt, von unschätzbarem Wert ist, eines Tages dank der Umsicht und Mithilfe seiner Gattin zehntausend Taler sein eigen nennen zu können. Ein privates Vermögen, die zu Geld gewordenen Früchte der Arbeit und des Erfolges, garantiert ihm in gewisser Weise die geistige Unabhängigkeit und beugt einem freudlosen Alter vor. Denn alt wird der Mensch erst dann, wenn er aus Not auf seine Genüsse verzichten und sich in seinen Gewohnheiten einschränken muß.

Victoria versteht, daß er schon darum immer wieder seine Aufmerksamkeit auf die Ausgabenspalte des Haushaltungsbuches richtet. Diesmal freut er sich ganz besonders: Es wurden vier Wachslichter weniger als in der zurückliegenden Woche gekauft. Stolz weiht sie ihn in das Geheimnis ihrer Sparsamkeit ein. Sie zeigt ihm die Wandkerzenhalter, hinter denen sie jeweils kleine Spiegel hat anbringen lassen, damit sie das Licht reflektieren und den Eindruck einer üppigen Illumination erwecken. Angesichts dieser

Neuerung, die die hohen monatlichen Ausgaben beträchtlich vermindern, läßt seine Wortkargheit nach. Pro Woche vier Wachslichter einzusparen und dennoch auf festliche Illumination nicht verzichten zu müssen – das nennt er eine hausfrauliche Tugend, die ihresgleichen sucht.

Aber endgültig versöhnt ob ihres Undankes scheint er erst zu sein, als sie ihn mit einer Arbeit überrascht, die sie bis jetzt immer lustlos vor sich her geschoben hat: die Beschriftung seiner in Leder gebundenen Bücher. Der feine Duktus ihrer Schrift, der seinen Oktav-, Quart- und Foliobänden ein anmutiges Äußeres gibt, versetzt ihn in Begeisterung. Er fragt nicht, wie und wann sie das gemacht hat, nennt sie nur seine Zauberin und umarmt sie voller Entzücken. Es wäre ihm zu gering, dies als Schönschrift oder Zierschrift zu bezeichnen. Hier hat sich seine Frau von Buchrücken zu Buchrücken als wahre Schreibkünstlerin erwiesen.

Victoria kann sich nicht erinnern, daß seinerzeit, als sie aus den gewichtigsten Werken seiner Bibliothek im Schweiße ihres Angesichts Auszüge anfertigte, seine Freude auch so groß gewesen war.

Wie bewundert er bei Abraham Gotthelf Kästners *Anfangsgründen der Analysis des Unendlichen* die geschwänzten A, ganz zu schweigen von der Eleganz der Dickstriche und der Regelmäßigkeit der Dünnstriche! Auf Swifts *Anti-Longin, oder die Kunst, in der Poesie zu kriechen, nebst Johann Christoph Gottscheds Abhandlung von dem Pathos in den Opern* fasziniert ihn ganz außerordentlich die Gleichmäßigkeit der Zeilenabstände. Zu seinem großen Erstaunen stellt er fest, daß Victoria auch bei anderen langen Buchtiteln von der Distanz einer halben Daumennagelbreite kaum abgewichen ist. An dieser Arbeit zeigt sich ihm wieder einmal, welch unübertroffene Fertigkeiten Frauen besitzen und wie sie über das scheinbar nebensächliche Detail zum Großen des Lebens beitragen können. Victoria bemerkt die tiefe Zufriedenheit, die ihn immer dann überkommt, wenn er seine

Bibliothek um weitere Exemplare bereichern kann. Ist doch ein Buch – welcher Gelehrte würde ihm da nicht zustimmen – ein ganz besonderer Schatz: ein Rüstzeug des Verstandes, ein Lichtstrahl der Seele, ein Lehrmeister der Tugend, ein Freund in der Einsamkeit, ein Tröster im Unglück, ein Weggefährte des Wißbegierigen, ein Beschützer wider die Sünde, ein Spiegel der Schönheit. Und gar erst ein Buch, das von seiner Gemahlin so anmutig geschmückt worden ist.

Verzückt streicht Gottsched über die Lederrücken und ordnet den Bänden in seinen Bücherschränken ein auffälliges Plätzchen zu. Derlei Exemplare dürfen schon einmal gegen die Regeln einer strengen Systematik stehen. Sie sind ein ästhetischer Genuß und durch Victorias Talent für ihn etwas Besonderes – Denkmäler der Schreibkunst. Jeder soll auf den ersten Blick erkennen: Ihm steht eine geschickte Gehilfin zur Seite, die nicht nur seine Bücher, sondern auch sein Dasein verschönert.

Victoria fühlt Erleichterung, denn sie weiß, daß mit dieser Bemerkung sein Vorwurf des Undankes vergessen ist, und glücklicherweise beschäftigen ihn schon wieder neue Pläne, die ihm ohnehin keine Zeit lassen werden, ihr etwas nachzutragen.

Gottsched drängt darauf, daß seine Bühnenreform sich auch am Hoftheater durchsetzt, und fährt kurz entschlossen nach Dresden, um sich mit Johann Ulrich König darüber zu verständigen. Er weiß zwar, daß ein Hofpoet unter den Kunstsinnigen meist nur als ein aufgeputzter Pritschmeister gilt, dem die amtliche Verpflichtung zukommt, die Festlichkeiten seiner Herrschaften mit seinen Versen und mit Erfindung eines Gemisches von Musik, Verkleidung und Reimsprüchen auszuschmücken, und der sein Talent den großen Begebenheiten der Geburts-, Hochzeits- und Sterbetage zuzuwenden hat, aber in Johann Ulrich König sieht Gottsched mehr als nur den Hofpoeten und Zeremonienmeister.

König ist für ihn der Dichter, der sich mit seinem Epos *August im Lager* und seinem Lustspiel *Der Dresdner Schlendrian* die Sympathie Brühls und Augusts erworben hat und dadurch seinen Einfluß am Hofe vergrößern konnte. Außerdem glaubt Gottsched, König seinen Gönner nennen zu dürfen. Immerhin hat dieser ihm damals zur ordentlichen Professur verholfen. Natürlich ist auch Gottsched für Königs Ansehen tätig gewesen, hat ihm seinerzeit den ersten Band des *Biedermannes* gewidmet, ihn zum Mitglied der *Deutschen Gesellschaft* zu Leipzig ernannt und in einer Rezension als den „teutschen Molière" gepriesen.

Jetzt aber will Gottsched König den Plan unterbreiten, in Dresden ein stehendes Hoftheater einzurichten, das, von glänzender Hofhaltung unterstützt, statt seichter Opern und primitiver Harlekinaden ein musterhaftes und regelmäßiges Schauspiel darbieten soll. In einem solchen Theater, welches unter dem Schutze Seiner Majestät stünde, könnte Gottscheds Reformwerk noch ganz anders Fortune machen. Wenn sich erst einmal herumgesprochen hat, daß der oberste Landesherr an einer von allem Unflat und Wust gereinigten Schaubühne Gefallen findet, eröffneten sich Gottsched in seinen weiteren Reformbemühungen verheißungsvolle Möglichkeiten. Mit allerhöchster Unterstützung räumte sich manch ein Hindernis wie von selber aus dem Weg. Im stillen hofft Gottsched sogar, in einem solchen Theater die Stelle eines Dramaturgen übernehmen zu können.

Damit König sieht, wie ernst es ihm mit seinen Plänen ist, führt Gottsched mehrere regelmäßige Komödien im Gepäck, die er ihm anbieten will. Selbstverständlich hat er inzwischen weiter an der Verbreitung des guten Geschmacks gearbeitet. Nun führt er auch einen Kampf gegen die Oper. Diesem niedrigen Sinnenwerk, das die Augen blendet und die Ohren betäubt, will er ein für allemal den

Garaus machen. Denn eine Oper ist für ihn nichts anderes als ein Husten und Schnupfen nach Noten, ein ungereimter Mischmasch von Poesie und Musik, wo Dichter und Komponist einander Gewalt antun, um mit viel Mühe ein so elendes Werk zustande zu bringen.

Würde es Opern geben, die zur Verbesserung der Sitten geschrieben wären, sähe sein Urteil freilich ganz anders aus. Aber wie sollen die Zuschauer durch das unverständliche Singen weibischer Kastraten gelassener im Unglück, standhafter im Leiden und gesetzter im Guten werden?

Gottsched hofft, König von der Notwendigkeit des Kampfes gegen die Opern überzeugen zu können. Argumente dafür hat er in Hülle und Fülle: Sind die Fabeln der Opern etwa so beschaffen, daß dadurch das Laster lächerlicher gemacht wird? Welcher Poet hat jemals die Absicht gehabt, in einem Libretto einen Misanthropen, Geizigen, Betrüger, Spieler, Lügner, Verschwender, Zänkischen, Grillenfänger oder Lästerer dem Spott der Leute preiszugeben? Alle Opern strotzen von verliebten Romanstreichen. Die geile Liebe unzüchtiger Personen ist das einzige, was die Schauplätze erfüllt. Die wahre tugendhafte Verbindung zweier Gemüter hat zuwenig Reiz, um auf einer Opernbühne zu prangen. Und wie bitter getäuscht wird der Zuschauer. Er geht in das Theater, um das Wunderbare zu suchen, und findet das Ungereimte. Niemals kommt in den Opern eine Mannigfaltigkeit der Charaktere vor. Lauter verliebte Helden, die eines scheelen Blickes halber sich das Leben nehmen wollen. Lauter grausame Schönheiten, die ganz anders denken, als sie reden. Eines langen Trillers wegen muß eine sonst vernünftige Person oft die größte Torheit von der Welt begehen, indem sie auch noch dasjenige italienisch vorsingt, was sie auf deutsch weit besser hätte sagen können. Es läßt sich nicht leugnen: Wer drei Opern gesehen hat, der hat sie alle gesehen.

Gottsched ist voller Zuversicht: König, ein Mann von soliden poetischen Kenntnissen und gutem Geschmack, wird ihn in seinen Bemühungen unterstützen. Für den Fall eines größeren Empfanges hat Gottsched die Allongeperücke und die samtene Gala im Gepäck. Auch die Reisekanzlei führt er mit, um sich gegebenenfalls unterwegs wichtige Einfälle notieren zu können. In einem vornehmen Gasthof in Dresden steigt er ab und läßt sich bei Johann Ulrich König melden.

Victoria, die zum erstenmal in ihrer Ehe von Gottsched getrennt ist, findet sich anfänglich mit dem Alleinsein nur schwer zurecht. Ohne ihn scheint ihr überall nur Kälte entgegenzuwehen. Geht sie durch die Zimmer, meint sie, von einer Leere in die andere zu wechseln. Selbst die Möbel kommen ihr wie Turmspitzen in einer unendlichen Ferne vor. Die Blumensträuße sind ohne Duft. Die Bilder an den Wänden gleichen dunklen Flecken. Alleweil hört sie eine Tür vom Wind zuschlagen und glaubt, die Lambrequins über den Fenstern würden sich wie Schleier von Gespenstern bewegen.

Jetzt, da sie ohne Störung arbeiten könnte, fehlt es ihr an Konzentration. Sie denkt immerzu daran, daß ihm etwas zustoßen könnte, und ohne ihn, dessen ist sie sich sicher, wäre ihr Leben farblos und inhaltsleer. Victoria hofft, er würde in der Ferne etwas von ihren Empfindungen erahnen, hofft auf die Gleichzeitigkeit der Gedanken von Menschen, die sich nahestehen, und schreibt ihm Briefe, wie sie noch nie Briefe geschrieben hat. Emphatisch legt sie in jedes Wort ihre momentane Befindlichkeit, fühlt sich wie aufgebrochen, läßt sich von Satz zu Satz davontragen, hört nur noch die Feder auf dem Papier kratzen, ist ganz durchströmt von Erregung, liest das Geschriebene stets mehrmals durch, küßt es, versiegelt die Briefe und trägt sie zur Poststation. „Immer Deine Victoria. Dein unwürdiger Secretär." Nein, es sind nicht nur Floskeln eines guten Stils. Es ist die ganze Wahrheit: Immer wird sie ihrem Gottsched gehören. Von Brief zu Brief fühlt sie eine Erleichterung und findet zu ihrer inneren Ruhe zurück.

Allmählich gewöhnt sie sich an das Alleinsein und beginnt diesem Zustand sogar einen gewissen Reiz abzugewinnen. Die Wohnung scheint ihr nicht mehr ein verlassenes Gewölbe, sondern eher ein kleines Schlößchen zu sein, in dem sie nach Belieben schalten und walten kann. Die Möglichkeit, sich den Tag so einzuteilen, wie sie mag, und einstmaligen lieben Gewohnheiten frönen zu können, ohne sich auf Vorwürfe gefaßt machen zu müssen, kommt ihr wie eine große Entdeckung vor. Sie genießt es, des Morgens länger im Bett zu bleiben. Kein jähes Herausreißen aus dem Schlaf verleidet ihr den Tag, noch bevor er überhaupt begonnen hat. Sanft gleitet sie in das Wachsein, öffnet ihre Sinne so einem herrlichen Morgen, läßt sich als Gipfel eines frevelhaften Genußlebens das Frühstück ans Bett bringen und von den einfallenden Sonnenstrahlen anlächeln. Sie genießt die Frische der Luft wie ein belebendes Elixier, ißt in Ruhe, schlürft gemächlich ihren heißen Tee und findet es wohltuend, keine Aufträge entgegennehmen zu müssen. Meist stellt sie sich die Vase mit den gelben Immortellen, ihren Lieblingsblumen, ans Bett und betrachtet den Strauß so hingebungsvoll, als wäre in ihm das Geheimnis der ganzen Natur geborgen. Wie auf Schmetterlingsflügeln gleitet Victoria in eine wohlig-heitere Stimmung hinüber. Obwohl sie noch keinen Gedanken gefaßt und nichts getan hat, glaubt sie schon alles für sich gewonnen zu haben.

Auch auf die Abende beginnt sie sich mehr und mehr zu freuen, geht frühzeitig zu Bett und gönnt sich das ganz und gar Verschwenderische und Luxuriöse, das Gottsched niemals erlauben würde: Sie stellt sich ein Wachslicht ans Bett und liest. Es gibt für sie nichts Aufregenderes, als bei Kerzenschein zu lesen, noch dazu schwärmerische Gedichte von Haller, die Gottsched nicht ausstehen kann. Sie liest laut, um die Verse wie einen Gesang auf sich wirken zu lassen:

Ich aber liebe, wie man liebte,
Eh sich der Mund zum Seufzen übte,
Und Treu zu schwören ward zur Kunst.
Mein Aug ist nur auf dich gekehret,
Von allem, was man an dir ehret,
Begehr ich nichts als deine Gunst.
Mein Feuer brennt nicht nur auf Blättern,
Ich suche dich nicht zu vergöttern,
Die Menschheit ziert dich allzusehr.
Ein andrer kann gelehrter klagen,
Mein Mund weiß weniger zu sagen,
Allein mein Herz empfindet mehr.

Das unruhig flackernde Licht gibt dem Raum etwas Geheimnisvolles und stimmt sie fast feierlich auf ihre Empfindungen ein. Hin und wieder lehnt sie sich in das Kopfkissen zurück und wiederholt einige Verse mit dem Wunsch, sie sich noch tiefer einzuprägen. So angeregt überläßt sie sich wohlig dem Hinübergleiten in den Schlaf. Meist beschäftigt sie sich im Geiste noch einmal mit ihrer Arbeit, legt sich in Gedanken die Abschnitte einer Übersetzung für den kommenden Tag zurecht, baut die Dialoge für ihr Lustspiel oder sinnt über den Inhalt einzelner Begriffe nach, um sie in der treffendsten Bezeichnung wiedergeben zu können. Auf diese Weise vermag sie ohne das Gefühl einer Unterbrechung am anderen Morgen den geistigen Faden wieder dort aufzunehmen, wo sie ihn fallengelassen hat. Selten war ihre Lust auf den kommenden Tag so groß. Sie ist neugierig auf das, was sie zuwege bringen wird, und fühlt sich in so hochgemuter Stimmung, daß sie glaubt, die ganze Welt in ihre Arme nehmen und leichten Fußes davontragen zu können.

Gottsched kommt früher als erwartet und nicht mit leeren Händen. Er hat lange überlegt, was ihr Herz erfreuen könnte, und ist zu dem Schluß gekommen, daß eine so treufleißige Frau wie Victoria nach Phasen angestrengtester Arbeit Ruhe und Beschaulichkeit braucht. Deshalb hat er ihr einen Garten gekauft. Einen Garten, wie er nicht alle Tage zu bekommen ist, in guter Lage, zu vertretbarem Preise – wie er hofft, ein nützliches Geschenk für sie.

– Victoria ist überwältigt. Es sind Momente, in denen sie zu verstehen glaubt, warum so viele diesen Mann fast zwanghaft bewundern müssen. In allem, was er tut, liegt die suggestive Kraft des Genies. Andere Ehemänner schenken ihren Frauen Ringe, Broschen, Spitzen, Perlen und dergleichen langweiligen Zierat. Gottsched dagegen überreicht mit dem Gegenstand zugleich die Idee. Eine wirklich treffliche Idee, ihr einen Garten zu schenken, denn wenn sie sich bislang erholen wollte, mußte sie die Hauptpromenade vom Barfuß- zum Thomaspförtchen auf und ab wandeln, sich den kritischen Blicken des eleganten Leipzigs aussetzen oder mit Gottsched ins Rosenthal gehen, wo ihr stets viel zuviel Menschen beisammen sind.

Noch am selben Tage nimmt sie mit ihm das Geschenk in Augenschein. Als sie inmitten dieser grünen Abgeschiedenheit steht, scheint es ihr wie ein Wunder, daß nur eine Fußwanderung von dem bunten, lärmenden Treiben der Stadt entfernt, eine solche Idylle gedeihen kann. Sie lauscht in die Stille hinein, als müßten aus ihr ganz besondere Geräusche kommen, hellere, klarere, und atmet die Luft in tiefen Zügen ein, die ihr hier draußen reiner, aromatischer erscheint. Innig umarmt schreitet sie mit Gottsched das Areal ab. Hin und wieder bleibt sie stehen und schließt die Augen. Sie muß sich vergewissern, daß sie nicht träumt und es wirklich diesen Garten gibt, der fortan auch noch ihr gehören soll.

Gottsched, der sehr schweigsam ist, entschuldigt sich lediglich für den leicht verwahrlosten Zustand des Grundstücks. Natürlich muß da sofort kräftig Hand angelegt und alles nach den Prinzipien von Ordnung, Symmetrie und Strenge gestaltet werden. Denn die Anlage eines Gartens ist immer zugleich auch ein Ausdruck für das Kulturempfinden seines Besitzers. Überdies zeigt es sich gerade hier besonders deutlich: Wer keinen Sinn für die Gestaltung seiner unmittelbaren Umgebung hat, wird auch nichts Eigenes aus sich heraus schaffen können.

Für Gottsched steht die Anlage des Gartens bereits fest: links und rechts vom Eingang eine abgezirkelte Baumallee. Am besten Taxus, pyramidenförmig geschnitten. Die Wege mit bunten Kieselsteinen belegt, die ornamentale Zeichnungen ergeben. Statt einer gewöhnlichen Wiese weißes Muschelwerk, das dem Boden etwas Marmorartiges und dem Garten etwas Hochartifizielles gibt. Genau gegenüber dem Eingang als Blickpunkt ein Buchsbaum, aus dem eine Buchsfigur geschnitten ist. Am besten Adam und Eva oder der heilige Georg im Kampf mit dem Drachen. Einen Baum im Garten zu dulden, so wie ihn die Natur geschaffen hat, zeugt von plebejischem Sinn. Ein Formbaum dagegen ist Ausdruck höchster Kunstsinnigkeit. Sie wird bald merken, wieviel Freude es einem schöpferischen Menschen bereitet, Natur in Kunst zu verwandeln.

Victoria ist so fasziniert von ihrer neuen Umgebung und so beschäftigt mit ihr, daß sie Gottscheds Vorstellungen keine weitere Beachtung schenkt. Sie entdeckt Margeriten, die ihr aus dem Gras wie weiße Sterne entgegenleuchten, und betrachtet sie andächtig von allen Seiten. Dann lehnt sie sich an den hohen Walnußbaum und blinzelt in das Blau des Himmels. Victoria will nur eins: ein dichtes Ineinander von Blumen, Sträuchern und Bäumen und mittendrin ein Häuschen, wo sie sitzen, lesen und schreiben kann. Kein auffälliger Bau, sondern schlicht wie aus der Natur heraus geschaffen muß er wirken und in der Mitte des Gartens stehen, damit sie sich ganz vom Grün umfangen weiß. Ein Refugium, abgeschieden von der aufdringlichen Geschäftigkeit der Stadt – was gibt es Schöneres? Vor allem unberührt muß der Garten aussehen, am liebsten mit Bäumen, wie sie sie aus der niederländischen Malerei kennt: die Erlen und Eschen wie bei Hobbema, die Eichen wie bei Ruisdael, die Weiden wie bei Cuyp und Potter. Sie will Bäume, die ihr Laub verlieren, eine Kastanie auf alle Fälle, eine Linde unbedingt. Dazwischen ausladender Jasmin, wuchernde Heckenrosen und selbstversamter Rittersporn. Eine rechte Idylle wird sie schaffen.

Victoria weiß zwar, daß Gottsched eine Antwort erwartet, aber sie mag ihm im Augenblick nicht widersprechen, noch das Geringste äußern, was die Stimmung trüben oder ihn sein herrliches Geschenk bereuen lassen könnte. Überglücklich fällt sie ihm um den Hals und fragt sich im stillen, was sich eigentlich eine Frau im Leben noch mehr wünschen kann als einen Mann, der hinreißende Ideen hat.

Jetzt erst bemerkt sie, daß sein Gesicht nicht die gewohnte Zuversicht ausstrahlt. Behutsam bringt sie das Gespräch auf seine Reise, und plötzlich scheint ein angestauter Zorn aus ihm herauszubrechen: König hat ihn nicht empfangen und sich demonstrativ verleugnen lassen. Doch er hieße nicht Gottsched, hätte er nicht an Ort und Stelle erfahren, was dahintersteckt! Freunde am Hofe haben ihm angedeutet, daß König seit der Vertreibung des Harlekins über Gottsched nur mehr abfällig spricht. Es heißt sogar, er sei sein Gegner geworden, weil er so grobes Geschütz gegen die Oper auffährt. Gottsched ärgert sich. Hofpoet! Wasserpoet! Er hätte es wissen müssen: Ein amtierender Dichter hat stets die Meinung seines Herrn. Solange August und Brühl ihr Vergnügen in seichten Harlekinaden und verschwenderischen Opern suchen, muß König sie bedienen. Dafür wird er gut bezahlt, und dafür hat er sich in die Knechtschaft des Hofes begeben. Dennoch: Gottsched läßt sich nicht wie ein Lakai behandeln von einem Mann, der ihm nicht die Schuhriemen aufzulösen wert ist. Was nimmt er sich denn heraus, dieser schweifwedelnde Dichter, dem Höflinge einreden, er säße auf dem Musenroß, dieweil er in Wirklichkeit doch höchstens den hölzernen Gaul bestiegen hat? Es geht auch anders! Gottsched ist

Herausgeber der einflußreichsten und angesehensten Literaturzeitschrift in den deutschen Landen. Er wird ihm eine gehörige Antwort erteilen. Beleidigung kann nur mit Beleidigung heimgezahlt werden.

Victoria versucht ihn zu beschwichtigen. Sie erzählt ihm, daß sie in seiner Abwesenheit eine Betrachtung für die *Vernünftigen Tadlerinnen* geschrieben hat, worin sie die verheerenden Folgen des Müßigganges bei Frauen untersucht, doch Gottsched hört nicht zu. Sie möchte, daß er wenigstens einmal an einer Blüte riecht, einen Baumstamm berührt oder ein Blatt zwischen den Fingern fühlt, aber ihm steht der Sinn nach nichts als Rache.

Nur einmal bückt er sich, pflückt ein Tausendschön und fragt sie, warum Ovid es die Samtblume genannt hat. Auch da will er eigentlich gar keine Antwort hören, steckt ihr die Blume ins Haar und drängt nach Hause.

Zu Victorias Leidwesen trifft ihn hier ein noch viel größerer Ärger. Unter der Post auf seinem Schreibtisch liegt ein Päckchen ohne Absender. Als er es öffnet, findet er Siebrands Biographie über Johann Christian Günther vor. Ein Beischreiben fehlt. Gottsched weiß, daß sich hinter Siebrand der Breslauer Arzt Christian Ernst Steinbach verbirgt, der ihm bekannte Verfasser eines Wörterbuches, zu dem Johann Ulrich König das Vorwort geschrieben hat. Er ahnt nichts Gutes, denn Steinbach gehört zu jenen Schlesiern, die Gottsched vorwerfen, er würde als ein Geschmacksdespot die Sprache der mitteldeutschen Landschaften zur einheitlichen Literatursprache erklären und das Schlesische nur mehr als eine provinzielle Mundart behandeln, wozu ihm niemand das Recht gibt. Gottsched liest sogleich in der Biographie. Was da geschrieben steht, ist ungeheuerlich.

Steinbach wirft ihm vor, daß er in einer Rezension an Günthers Gedichten herumgemäkelt hat, ohne sich in deren Schönheiten zu vertiefen, macht ihn höchstpersönlich für jeden Artikel in den *Beiträgen* verantwortlich, bezichtigt Gottsched, den verdienstvollen Senior der *Deutschen Gesellschaft*, der Überhebung, Aufgeblasenheit, Unfähigkeit und verworrenen Schreibart, nennt ihn eine Kreatur seines Verlegers Breitkopf und beschimpft ihn als Affen, Narren, „pecus campi" und kritischen Wurm.

Gottsched ist außer sich. Das hat nichts mehr mit einer sachlichen Auseinandersetzung zu tun, das sind persönliche Verleumdungen und Kränkungen, die er auf keinen Fall unwidersprochen hinnehmen wird. Und solch ein Subjekt gehört auch noch der *Deutschen Gesellschaft* an!

Gottsched geht davon aus, daß den anderen Mitgliedern gleichfalls dieses Machwerk zugeschickt wurde. Er wartet noch ein paar Tage, um die empörten Reaktionen der Mitglieder zu sammeln. Dann wird er vereint mit ihnen gegen Steinbach losschlagen und allen zeigen, daß es keiner wagen darf, derart verächtliche Reden gegen ihn zu führen. Steinbach soll ihn kennenlernen und König gleich mit!

Seltsamerweise geschieht nichts. Es kommt kein Brief, kein Besuch. Die Mitglieder der *Deutschen Gesellschaft* schweigen. Gottsched ist darüber so erbost, daß er an der üblichen Versammlung der Gesellschaft nicht teilnimmt. Statt dessen schickt er einen Brief, in dem er sie mit einer Drohung zum Handeln bewegen will: Entweder die Mitglieder distanzieren sich von Steinbach und schließen ihn umgehend aus ihren Reihen aus, oder Gottsched tritt augenblicklich als Senior der *Deutschen Gesellschaft* zurück.

Wieder wartet er, doch diesmal nicht ungeduldig, sondern gelassen, denn er weiß, bei dieser Kraftprobe werden die Mitglieder sich ihre Handlung genau überlegen und sorgfältig abwägen, wer ihnen mehr gilt. Immerhin ist er derjenige, der die Gesellschaft großgemacht hat, und sie werden es nicht auf die Spitze treiben und wegen eines Steinbach, eines fanatisierten schlesischen Partikularpatrioten, einen Gottsched verlieren wollen. Schließlich sind namhafte Männer wie er nicht in Hülle und Fülle zu haben und zu ersetzen schon gar nicht. Doch nach neun Tagen geschieht das Unerwartete: Die Mitglieder nehmen seinen Rücktritt an.

Fassungslos liest Gottsched wieder und wieder den Brief und den Satz, der ihm wie der blanke Hohn vorkommt: „Wir sprechen Sie auch demnach von der bisher getragenen Last des Seniorats gänzlich los und lassen uns gefallen, daß Sie sich wegen Ihren beiwohnenden Ursachen aus der Zahl unserer Mitglieder freiwillig ausschließen wollen. Wir erkennen aber hierbei nochmals unsere Schuldigkeit Ihnen, Hochzuehrender Herr Professor für die viele gehabte Mühe den aufrichtigsten Dank zu sagen." Der Brief trägt bereits die Unterschrift des neugewählten Seniors May. Auch Frau von Ziegler hat mit unterzeichnet.

Gottsched versteht die Welt nicht mehr. Nur Gutes hat er der *Deutschen Gesellschaft* getan, und das ist nun der Dank: Mit viel Mühe hat er ihnen die Richtung gewiesen, doch sie ziehen es vor, als Schafe Gottes ihre eigenen Wege zu gehen!

Bestürzt liest er den Brief Victoria vor, und auch sie ist betroffen, denn es scheint ihr ganz so, als hätten die Mitglieder es eilig gehabt, ihn loszuwerden, und nur auf einen Anlaß gewartet. Im stillen dankt sie ihrem weisen Entschluß, dieser Gesellschaft nicht beigetreten zu sein, denn nun hätte es der Peinlichkeiten für sie kein Ende gehabt. Gleichzeitig beunruhigt es sie, daß seine Gegner, die sich bislang nicht aus ihren Verstecken trauten, so dreist an die Öffentlichkeit treten und auch noch Sympathien erhalten. Gottsched als „pecus campi", als Rindvieh und Erzdummkopf zu beschimpfen, hat noch keiner gewagt. Das übertrifft an Bosheit alles bisher Dagewesene.

Vor allem aber stimmt es sie nachdenklich, daß diesem Steinbach keiner widerspricht. Vielleicht hat Gottsched die Mitglieder der *Deutschen Gesellschaft* mit seinen Reformplänen überfordert oder hätte behutsamer vorgehen sollen. Denkt sie daran, daß sie ihm seinerzeit jene Mitglieder entdecken mußte, die keinen sauberen Alexandriner setzen oder sich nicht der Meißner Mundart bedienen, damit er auf den Versammlungen sogleich gehörig mit ihnen ins Gericht gehen konnte, wird ihr im nachhinein klar, was geschehen ist: Sie sind seine Bevormundung leid. Sie wollen sich nicht vorschreiben lassen, wie sie zu dichten haben, und sich nicht länger nach seinen poetischen Regeln richten.

Gottsched bringt behutsam den Mitgliedern der *Deutschen Gesellschaft* nahe, daß sein Brief mit dem Rücktrittsangebot mehr eine verbale Drohung und nicht so ernst gemeint war. Er versucht einzulenken und alles rückgängig zu machen, doch erfährt nur die Demütigung, sehr bestimmt an sein Schreiben erinnert und beim Wort genommen zu werden. Es ist nichts mehr zu machen: Gottsched hat das Seniorat verloren.

Zerschlagen sind seine Pläne von einer großen Dichterakademie, die aus der *Deutschen Gesellschaft* einmal hervorgehen sollte; gestorben ist die Möglichkeit, an der Spitze einer Dichterschule zu stehen, die über die Landesgrenzen hinaus Maßstäbe setzt und von sich reden macht. Alles vorbei und zerschollen. Und wie hat er sich in den Mitgliedern getäuscht. Er hat sie die einheitlichen Regeln der Poesie gelehrt, hat ihnen gezeigt, wie zu dichten ist, und den moralischen Nutzen der Poesie offenbart, hat ihnen Veröffentlichungsmöglichkeiten geschaffen, und nun das!

Doch was immer die Mitglieder der *Deutschen Gesellschaft* zu ihrer Handlungsweise bewogen haben mag, wer immer ihn damit treffen und herabsetzen wollte – eines weiß er schon jetzt: Sie werden es bereuen, bitter bereuen!

Victoria ist verblüfft, daß sich seine Voraussagen so rasch bewahrheiten, denn nur wenige Monate nach diesem Eklat wird er zum Rektor der Leipziger Universität gewählt.

Gottsched ist außer sich vor Freude. Mit achtunddreißig Jahren an der Spitze einer bedeutenden Universität zu stehen übertrifft seine kühnsten Erwartungen. Er kann dem Concilium Professorum, das ihn dieser hohen Ehre für würdig befunden hat, nicht dankbar genug sein. Nun, da er das auf Zeit gewählte Oberhaupt der Universität ist, werden die Mitglieder der *Deutschen Gesellschaft* begreifen, wie falsch es war, ihn gehen zu lassen. Immerhin steht er fortan in seiner Amtsführung im Rang nach dem Domdechanten zu Meißen und hätte mit dieser Position der Gesellschaft noch mehr Ansehen und Einfluß verschaffen können. Gottsched kostet die Genugtuung aus. Jetzt ist es allen sichtbar: Wer sich mit ihm anlegt, hat das Nachsehen. Victoria fühlt, wie sehr der Gemahl einen solchen Triumph brauchte, um wieder obenauf zu sein und sich in seinen Zielen bestätigt zu wissen.

Bei seiner feierlichen Amtseinführung verzichtet er zwar darauf, sich von den Leipziger Stadtsoldaten das Gewehr präsentieren zu lassen, und begnügt sich mit einem Vivat der Studenten, dafür aber bestellt er gleich anschließend einen der ersten Porträtkünstler der Stadt zu sich nach Hause. Er läßt sich im vollen Ornat des Rector magnificus malen. Victoria kann verstehen, daß Gottsched den Augenblick seines Triumphes in einem Bild festhalten möchte, und tut alles, um dem Maler angenehme Arbeitsbedingungen zu bereiten und für gutes Essen und Trinken zu sorgen.

Eine Woche lang sitzt ihm Gottsched Nachmittag für Nachmittag in seinem Arbeitszimmer. Er hat den Schreibtischstuhl vor seine Bücherschränke gerückt, den Erd- und Himmelsglobus neben sich gestellt, sitzt kerzengerade, mit leicht vorgestrecktem Kinn, das Entschlossenheit und Tatkraft zum Ausdruck bringt. In seinen Händen hält er ein aufgeschlagenes Buch und schaut an der Staffelei des Malers vorbei im Halbprofil zum Fenster hin. Sein Blick schweift in die Ferne. Die langlockige Perücke gibt dem

Gesicht des Gemahls etwas Würdevolles, die kostbare Amtskette, die schwer und gediegen auf dem Talar prangt, seiner Erscheinung etwas Majestätisches. Obwohl er auf seinem hochlehnigen Schreibtischstuhl stets wie auf dem Thron eines Olympiers sitzt, ist doch diesmal der Anblick unvergleichlich. Diesmal scheint es Victoria, als wüchse Gottsched über sich hinaus und wolle ein höheres Prinzip verkörpern. In der Pose eines überlegenen Denkers gleicht er der Gelehrsamkeit an sich.

Sie betrachtet ihn voller Bewunderung. Er kommt ihr so unnahbar vor, daß ihr einen Moment lang unbegreiflich ist, wie sie mit diesem Mann lachen und scherzen und sich in die profanen Niederungen des Fleisches begeben konnte. Wüßte sie nicht, daß es sich tatsächlich um Gottsched handelt, würde sie meinen, der Weisheit Ebenbild leibhaftig gegenüberzustehen. Unleugbar, die Universität hätte keinen würdigeren Repräsentanten an ihre Spitze wählen können.

Der Maler bittet den Herrn Rektor, nicht so weihevoll dreinzublicken und gar so steif zu sitzen. Er möge an etwas Liebliches denken, damit die innere Lebendigkeit sich im Gesichtsausdruck widerspiegelt und seine Züge etwas Lichtes, Offenes bekommen, wie es einem aufgeklärten Geist gebührt.

Sosehr sich Gottsched auch darum müht – das Feierlich-Erhabene will nicht aus seinem Gesicht weichen.

Am dritten Tag möchte der Maler ein paar Kinder von der Straße holen lassen, die mit ihrem Spiel Gottsched ablenken und auf unbeschwerte Gedanken bringen, doch er will keine Kinder in seinem Arbeitszimmer haben. Müßte er dann doch ständig auf der Hut sein, daß sie keine Unordnung schaffen, von der Unruhe ganz zu schweigen. In einem anderen Zimmer würde er Kinder durchaus dulden, aber da stehen eben nicht seine Bücher, die unbedingt den Hintergrund des Porträts ausfüllen müssen. Lieber soll ihm Victoria ein paar schöne Stellen aus dem Horaz vortragen.

Doch sie hat eine bessere Idee, holt Noten und Notenständer, einen Stuhl und ein Fußbänkchen, stimmt ihre Laute und beginnt zu spielen.

Gottsched, der bisher nie die Zeit gefunden hat, sich ihrer Kenntnisse im Lautenspiel zu vergewissern, ist entzückt. Auf diese Weise kann er gleich zwei nützliche Dinge vereinen: prüfen, ob Bachs bester Schüler wirklich ein so guter Musiklehrer ist, wie es der Meister von ihm behauptet, und sich außerdem noch angenehm unterhalten lassen. Auswendig kennt Victoria mehrere kleine Instrumentalstücke, die sie zwar sehr mag, aber dennoch nicht zu spielen wagt, weil sie nicht weiß, ob der Maler den Komponisten erkennen würde. Dann müßte Gottsched erfahren, daß sie von Hasse stammen, dessen Opern nicht nur den Dresdner Hof in einen Taumel versetzen. Doch das Risiko, den Gemahl im Augenblick seines Triumphes an einen Mann zu erinnern, dem die Gottschedsche Kunstauffassung gleichgültig ist und den er daher zu seinen Feinden zählen muß, will sie nicht eingehen. So wählt sie Sonatinen von Telemann, die sie hintereinander darbietet. Sie zeitigen den gewünschten Erfolg. Gottscheds Gesichtszüge hellen sich auf. Er lächelt Victoria zu, lauscht hingegeben ihrem Spiel und läßt sich in musische Sphären davontragen.

Der Maler ist zufrieden. Gottsched verliert mehr und mehr sein amtliches Gesicht und bekommt etwas Freundlich-Zugewandtes, das auf den Betrachter eines Bildes stets vorteilhaft wirkt. Eigentlich möchte Victoria viel lieber dem Maler bei der Arbeit zusehen. Aber ihr ist daran gelegen, daß das Porträt gelingt und Gottsched auf dem Bild als der Mann erscheint, der nicht nur für sie eine faszinierende Ausstrahlungskraft besitzt. Unentwegt wiederholt sie deshalb ihr Repertoire, kehrt das unterste Notenheft immer wieder zuoberst und improvisiert schließlich eigene Weisen. Sie gefallen ihm ganz besonders, denn sie überzeugen ihn im nachhinein davon, daß er seinerzeit recht getan hat,

Victoria zusätzlich Kompositionsunterricht nehmen zu lassen.

Am vierten Nachmittag schmerzen ihre Fingerkuppen von der ungewohnten Spieldauer so sehr, daß sie pausieren möchte. Doch der Maler bittet sie inständig auszuharren, denn für ihn hat das Gesicht des Professors endlich jenen gelösten lichten Ausdruck erreicht, der die natürliche Größe und Autorität seines Modells gut darstellbar macht. Als Victoria dann sieht, daß das Bildnis auf der Leinwand Gottsched tatsächlich auch ähnlich wird, überwindet sie sich und greift als tapfere Ehefrau erneut zur Laute. Immerhin wird dieses Porträt in der Ehrengalerie der Magnifizenzen hängen. Viele werden es betrachten. Womöglich wird es gar Generationen überdauern, und wer fragt später noch, wie dieses Bild entstanden ist? Am Ende zählt nur, daß auf den ersten Blick sein Genie offenbar wird. Keiner Ehefrau kann gleichgültig sein, wie ihr Mann in der Öffentlichkeit dargestellt ist. Ruhm oder Nichtruhm, Größe oder Geringfügigkeit – etwas von allem fällt immer auch auf sie zurück.

So zupft sie denn mit fast heldenhafter Selbstüberwindung und zusammengebissenen Zähnen eine spanische Tonadilla. Sie scheint die Kräfte seines Gemütes so sehr zu beleben, daß er unwillkürlich mit dem Fuß den Takt dazu klopft. Gebannt schaut sie auf den feinen Schnallenschuh, der unter dem ehrwürdigen Talar hervorlugt und sich im Rhythmus einer spanischen Liedfolge bewegt. Was für ein köstlicher Gegensatz: ein Rektor der Universität, der vor seinen Büchern und zwischen seinen Globen sitzt, im Halbprofil den Blick gedankentief in die Ferne schweifen läßt und unter dessen würdevoller Amtsrobe ein Fuß den Klängen der Musik gehorcht. Das wäre das rechte Bild für die Götter, das der Maler festhalten müßte! Und doch ist es gerade dieser Anblick, der ihr den Gemahl aus den metaphysischen Höhen herabholt, ihn ihr wieder nahebringt und so vertraut macht, daß sie augenblicks die Laute beiseite stellen und ihn dafür umarmen möchte. Heftig umarmen. Aber sie wagt nicht die Arbeit des Malers zu stören. Je eher er zum Ende kommt, um so eher ist auch sie von dieser Strapaze erlöst.

Um neue Kräfte für den Kampf gegen seine Feinde zu sammeln, hält sich Gottsched eine Zeitlang von allen öffentlichen literarischen Fehden fern, konzentriert sich auf die Aufgaben des neuen Rektoramtes und widmet sich einer Arbeit, die er sich schon lange vorgenommen hat: der Übersetzung des *Historischen und kritischen Wörterbuches* von Bayle.

Es scheint ihm höchste Zeit, die Deutschen mit einem Denker bekannt zu machen, der sich nicht scheute, das ganze bisherige Wissen einer kritischen Prüfung zu unterziehen. Gottsched weiß zwar, daß wegen des Umfanges der Arbeit noch keiner vor ihm sich an dieses große Unternehmen gewagt hat, aber er hofft auf einige getreue Mitarbeiter und seine geschickte Gehilfin.

Victoria beteiligt sich auch mit Eifer an der Übersetzung des Bayle, doch die Arbeit geht so mühsam voran, daß sie es mehr als einmal bereut, sich darauf eingelassen zu haben. Sie verläßt kaum noch das Haus, empfängt keinen Besuch, und selbst die abendlichen Geselligkeiten sind mit seiner Zustimmung bis auf wenige Ausnahmen gänzlich eingestellt. Dafür steht sie des Morgens wieder in aller Herrgottsfrühe auf, begibt sich nach einem kleinen Imbiß an die Arbeit und übersetzt ohne Unterbrechung, bis er von der Universität nach Hause kommt. Nach dem gemeinsamen Mittagsmahl trägt sie ihm dann in der deutschen Fassung Passage für Passage laut vor, während er im französischen Originaltext mitliest, vergleicht, ergänzt oder korrigiert. Manchmal geraten sie in einen heftigen Disput dabei, ereifern sich, erregen sich, streiten und beschimpfen sich, weil jeder seine Wortwahl für die treffendere hält. Doch er lobt sie dann sogleich auch wieder, und sie spürt die Absicht: Sie soll nicht verzagen und nicht die Lust an dieser Mühsal verlieren.

Nach der mittäglichen Verständigung begibt sie sich erneut an die Arbeit und übersetzt bis in die späten Abendstunden. Entwurf, Skizze, Niederschrift, Reinschrift. Erste Fassung, zweite Fassung, ein kurzes Abendbrot, dann geht sie zu Bett. Tag um Tag, Stichwort um Stichwort, ohne aufzuschauen, ohne auszuruhen. So gern sie auch einmal für ein paar Stunden in ihren Garten gehen möchte, um die stockenden Säfte und erschlaffenden Fasern einer frischen Bewegung auszusetzen – es fehlt in dieser knapp bemessenen Zeit bis zum Erscheinungstermin jeder Augenblick. Breitkopf will den ersten der vier stattlichen Foliobände bereits zur Michaelismesse herausbringen, und so müssen sie sich auf diesen erbarmungslosen Wettlauf gegen die Zeit einlassen. Ob es regnet oder die Sonne scheint, ob auf dem Hof gelärmt wird oder das Personal Unruhe in die Wohnung bringt – Victoria nimmt nichts davon wahr. Sie ist versunken in die Welt der Geschichte, ihrer großen Namen, ihrer Daten, ihrer Ereignisse, und glaubt manchmal, gar kein lebendiges Wesen mehr zu sein.

Hin und wieder hält sie ein und schaut wehmütig von ihrer Arbeit auf, weil sich diese seltsame innere Unruhe bemerkbar macht, die in letzter Zeit immer häufiger ihre Gedanken abschweifen läßt: Sie möchte ein Kind haben. Ein Kind würde ihr das Bewußtsein weiblicher Vollendung geben und die Neugier auf sich selbst stillen. Vor allem würde es sie in Gottscheds Augen wichtiger, größer machen und vielleicht sogar ihrer beider Wesen ändern. Wie oft hat sie sich schon eine Geburt ausgemalt! Die Gewißheit, sich mit diesem Vorgang körperlich zu teilen, gäbe ihr die Gewißheit, sich körperlich zu vervollkommnen. Soll ihr einer sagen, was er will – sie belügt sich nicht: Ein Kind ist die wichtigste Erfahrung einer Frau und ihr größtes Selbsterlebnis.

Häufig ertappt sie sich dabei, den jungen Frauen mit

ihren Kindern nachzuschauen, ja, sogar eine Wäscheleine mit Kindersachen löst ein Gemisch von Neid und Wehmut aus. Dieses gleiche, fast schmerzende Gefühl stellt sich ein, wenn sie von einer Freundin oder Nachbarin die Nachricht von einer glücklichen Niederkunft erhält. Ein Geschenk eigens dafür zu verfertigen, hat sie längst aufgegeben, weil ihr dann jedesmal die Frage: Warum die anderen, warum nicht ich? zu lebendig vor Augen steht und wie ein schwerer Schicksalsschlag anmutet. Sie zwingt sich zwar, stoisch den Dingen zu begegnen und nicht soviel darüber nachzudenken, aber kommt doch immer wieder in Versuchung, die Ursache zu ergründen. Schließlich ist sie kerngesund, hat keine schweren Krankheiten hinter sich, keine Spur von Schwindsucht, hat weder Nikotin noch Rauschmittel geschluckt, geschweige denn vor ihrer Ehe sich mit irgendeinem Mannsbild eingelassen. Unberührt hat sie sich Gottsched in die Arme gegeben, und nun diese Enttäuschung! Dieses durch nichts zu verdrängende Gefühl, als Frau nur etwas Halbes, Hüllenhaftes zu bleiben.

Sie glaubt nicht an das Absichtslose, wenn Frauen in ihrer Gegenwart mit ganz besonderer Vorliebe von ihren Kindern sprechen, den allerliebsten Kleinen, die sabbern, lutschen und lallen und ach so süß und putzig sind. Derlei Beschreibungen empfindet Victoria wie Trumpfkarten, die vor ihr ausgespielt werden. Sie hört es deutlich heraus: Ihr, der gutsituierten Gottschedin, soll gesagt werden, daß nichts im Leben vollkommen sein kann und jeder ein angemessenes Unglück zu tragen hat. Auch die indirekten brieflichen Nachfragen der Verwandten, ihrer Schwestern und seiner Schwägerinnen, häufen sich: Solltest Du in gewisse Umstände kommen, so laß uns rechtzeitig davon wissen, damit wir uns gemeinsam auf das Fest vorbereiten können. Oder jüngst der Hinweis im PS: Übrigens haben wir nach einem hübschen Taufgeschenk ausgeschaut. Erwartungen dieser Art sind ihr schon deshalb unangenehm, weil sie meint, sie würden das Versagen bloß befördern.

Gottsched dagegen spricht überhaupt nicht darüber, und dies bedrückt Victoria noch mehr. Manchmal glaubt sie, sein Schweigen als Vorwurf deuten zu müssen, ein andermal als Verständnis. Vielleicht bildet sie sich das auch alles nur ein, denn sie wird in dieser Hinsicht immer empfindlicher, feinfühliger und hellhöriger. Will sie damit anfangen, beendet er das Thema mit stets der gleichen Geste: Er streichelt ihr Haar, als müsse er einem ängstlichen Kind Mut machen. Sosehr sie sich auch innerlich dagegen zu wehren versucht – diese Art von Zuspruch vernichtet. Sagt Gottsched doch nichts anderes damit, als daß er ebenfalls diesen Mangel empfindet, allerdings mit einem Unterschied: Er weist ihn weit von sich. Gottsched hat nichts damit zu tun.

Nur ein einziges Mal läßt er es angeraten sein, sich dazu zu äußern und damit gleichzeitig die Summe aller zeitgenössischen Erkenntnisse zu ziehen: Es liegt an den schlaffen inneren Organen. Mehr springen, mehr Bewegung, mehr Einreibungen, und sie werden sich kräftigen.

Sie findet es zwar sinnlos, täglich eine halbe Stunde zu hopsen und eine weitere halbe Stunde die Treppen zwischen Wohnung und Weinkeller zum Übungsfeld zu machen, aber sie zeigt ihm wenigstens den guten Willen. Denn nichts zu tun hieße, von vornherein seine Zeugungskraft in Zweifel zu ziehen, und welcher Mann würde sich da nicht in der Bestimmung seines Wesens verletzt fühlen?

Anderseits denkt sie auch mehr und mehr an den Rat, den sie seinerzeit bekommen hat. Vielleicht ist sie inzwischen an den Punkt gelangt, wo Entwicklung in die ehelichen Nächte gebracht und der einfache Vorgang durch Raffinement gesteigert werden muß. Vielleicht sollte sie sich geschlechtlich mehr illuminieren. Es wäre doch gelacht, wenn sie nicht könnte, was eine ungebildete Dirne kann: sich erotisch präsentieren. Bis jetzt hat sie noch nicht ein einziges Mal die belebende Wirkung grüner Seidenstrümpfe auf ihren Ehegatten in Betracht gezogen. Warum sollte einem solchen Auftritt kein Erfolg beschieden sein? Genaugenommen ist alles im Leben bloß ein Versuch. Und doch möchte sie manchmal verzweifeln, wenn sie daran denkt, wieviel Mühsal der Weg zur Vollkommenheit bereitet und wie weit entfernt sie noch davon ist, sich seinen Vorstellungen von einer idealen Frau zu nähern.

Obwohl sie gerne an der Übersetzung des Bayle arbeitet, stimmt es sie doch verdrießlich, daß sie ihre eigenen Vorhaben zurückstellen muß. Dabei war sie nach dem Erscheinen der *Pietisterei im Fischbeinrocke* in einer guten Phase und hätte nacheinander mehrere Lustspiele schreiben können. Aber es scheint ihr nicht vergönnt zu sein, ohne äußere Störungen einmal das zu tun, wonach ihr zumute ist. Wenn sie sich wenigstens auf einen Rhythmus einstellen könnte: vormittags die wichtigsten Zuarbeiten für Gottsched erledigen und die Nachmittage für sich zu haben. Doch bis jetzt war es meist so, daß sie gerade dann, wenn sie um sich herum ein poetisches Feld aufgebaut hatte, auf dem ihre Ideen Wort für Wort zu wachsen begannen, unterbrochen wurde. Sie kann sich nicht erinnern, in letzter Zeit einmal ein paar Tage oder eine Woche zusammenhängend für sich gehabt zu haben.

Vielleicht muß sie sich damit abfinden, daß es das Los der Frau eines berühmten Mannes ist, keine eigenen Ansprüche haben zu dürfen. Alles, was sie tut, muß für ihn getan werden. Jüngst waren es die Übersetzungen der französischen Lustspiele für das Repertoire der Neuberin, jetzt ist es der Bayle, und wenn der beendet ist, wird es eine andere dringliche Arbeit sein.

Wäre sie ein schönes Sinnenwesen, eine Tag- und Nachtarbeiterin der Liebe, geboren, um zu gefallen und zu verführen, sähe ihr Leben leichter aus. Sie hätte viel mehr Freiheiten. Launen und Vorlieben würden ihr verziehen, und als Gipfel des Amüsanten dürfte sie vielleicht sogar ungestört ihre Lustspiele schreiben. Aber als ein gelehrtes Geschöpf besitzt sie bloß den Reiz des Geistes, der letztlich ihn auch nur dann in Entzücken versetzt, wenn er ihm dient.

Victorias Verdruß wird dadurch verstärkt, daß sie sich mühsam Stichwort um Stichwort durch den Bayle kämpft und das Ende des ersten Bandes noch gar nicht absieht, dieweil er bereits an der Vorrede arbeitet. Gottsched nennt es zwar wissenschaftlich, in einer Vorrede zu begründen, warum sich der Autor für dieses und kein anderes Werk entschieden hat, warum er die Dinge so und nicht anders sieht und weshalb er aus der umfänglichen Materie nur einen kleinen Teil behandeln konnte, doch Victoria kommen derlei Rechtfertigungen höchst überflüssig vor. Es mutet sie jedesmal wie eine Entschuldigung an, überhaupt zur Feder gegriffen zu haben. Und wie peinlich gar, die Vorrede zu benutzen, um sich als ein armseliger Diener des Wortes darzustellen, in der eitlen Hoffnung, dann doch als Meister der Sprache erkannt zu werden.

Mag jeder andere aus der akademisch geweihten Gilde in der Vorrede mit demutsvollen Worten um mildernde Umstände bitten oder sich als Leibwächter der Gründlichkeit ausweisen und in den Fußnoten seines Werkes die Höhe der Erkenntnis vermerken – sie findet, ein Mann wie Gottsched hat das nicht nötig. Er braucht nicht vorab hinzuweisen, zurechtzurücken, beizufügen und anzumerken. Er kann die Arbeit für sich selbst sprechen lassen und den Lesern vertrauen, daß sie sich darüber schon das richtige Urteil bilden werden. Aber nein, auch er muß umständlich und beflissen begründen, warum er es für nötig befunden hat, bei manchen Stellen zu bezeugen, weshalb er nicht Herrn Bayles Meinung ist, so bei gewissen Urteilen von den Alten, bei gewissen übermäßigen Lobsprüchen auf französische Schriftsteller, bei einigen sonderlich metaphysischen Zweifeln, bei gewissen freien moralischen Gedanken und bei manchem politischen Lehrsatze, der auf die eine oder andere Art wider die Grundlage eines Staates zu laufen schien.

Doch sie wird sich wegen seiner Liebe zu den Vorreden nicht streiten. Soll er das alles Wissenschaft nennen – für sie ist es eine höhere Form von Krämerseligkeit. Soll er wie ein artiger Quartaner bekennen: Falls der gütige Leser nicht alles, was er geschrieben, mißbilligt, so wird er sich künftig desto mehr angelegen sein lassen, dessen Beifall zu verdienen. Soll er tun, was er für richtig hält. Sie ist ja nicht Professor der Philosophie, nicht des großen Fürstencollegii Präposito und nicht der Königlich Preußischen Sozietät der Wissenschaften Mitglied. Sie ist nur Adelgunde Victoria Gottsched, geborene Kulmus, und muß zusehen, daß sie diese Übersetzerfron so schnell wie möglich hinter sich bringt, um sich wieder ihren Lustspielen widmen zu können.

Doch Sommer und Herbst gehen dahin, Winter und Frühling kommen, und sie bemerkt es kaum. Nur ab und zu tritt sie ans Fenster, als müsse sie sich vergewissern, daß draußen das Leben weitergeht, daß gehämmert und gezimmert, gefeilscht und gehandelt, geliebt und gehaßt, gefeiert und gelacht wird. Dann taucht sie wieder in die Tiefen gelehrten Wissens hinab und gräbt sich durch die fremde Sprache hindurch. Meist schlägt sie noch die lateinischen Schriftsteller, die ins Französische übertragen sind, in ihren Originaltexten nach, um sie von dort direkt ins Deutsche zu übersetzen.

Allmählich fühlt sie sich von der Fülle der Zahlen, Ereignisse und Namen so zugeschüttet, daß sie glaubt, für sich selbst nie wieder etwas frei und unvoreingenommen formulieren zu können und in diesem Universum der Worte für immer verlorenzugehen. Sie weiß oft nicht den Tag, nicht die Uhrzeit, sondern spürt nur mit hereinfallender Dämmerung eine Erschöpfung, die alles in ihr zum Erlöschen bringt.

Einmal allerdings wird sie in das profane Leben zurück-geholt, als ein Bote vom ersten Maßatelier der Stadt für Seine Exzellenz, den Herrn Rektor, einen großen Karton abgeben läßt. Victoria überwindet ihre Neugier und wartet mit dem Öffnen, bis Gottsched nach Hause kommt, denn sie ahnt, daß er sich gerade jetzt, da sie ihm eine so unent-behrliche Mitarbeiterin geworden ist, mit einem galanten Geschenk erkenntlich zeigen will. Er würde es ihr übelneh-men, die Freude, die er sich für sie ausgedacht hat, nicht selber präsentieren zu dürfen.

Um so erstaunter ist sie dann, als Gottsched eine exzel-lent gearbeitete Trauerrobe auspackt, sie hocherfreut an seinen Körper hält und vor den Spiegel tritt. Victoria fragt bestürzt, wer denn gestorben sei, und vernimmt nur ein ge-lassenes: Niemand. Niemand ist gestorben. Verwundert be-trachtet sie ihren Ehemann, der überaus angetan ist von dem Einfall des Tailleurs, passend zum Anzug noch ein Ta-schentuch mit breitem schwarzem Trauerrand beigelegt zu haben. Daran zeigt sich für Gottsched die besondere Quali-tät einer Arbeit, weil sie bis ins kleinste Detail durchdacht worden ist. Fabelhaft, einfach fabelhaft!

Victoria begreift nicht, wofür sich der Gemahl eine so kostbare Trauerrobe hat anfertigen lassen, und dringt so lange in ihn, bis er ihr schließlich etwas genierlich erklärt, daß dies einzig und allein mit seinem neuen Amt zu tun habe: Als Rector magnificus gehört er zweifelsohne nun-mehr zu jenem Kreis hoher Persönlichkeiten, die bei Hofe aus und ein gehen und zu festlichen Anlässen geladen wer-den. Wer zu Feierlichkeiten gebeten ist, hat natürlich auch bei Traueranlässen zu erscheinen. Gewiß, August und Brühl sind im besten Mannesalter, aber der Hof ist groß, und jeder weiß, daß hier wegen des Lasters und des Müßig-ganges häufiger gestorben wird als anderswo. Eben für diese traurigen Fälle hat er vorgesorgt. Wenn eine so schmerzliche Nachricht erst einmal die Runde macht, wer-den gewöhnlich die besten Tailleure derart bestürmt, daß in der Kürze der Zeit gar keine Aussicht besteht, ein gutsitzendes Gewand zu erhalten. Unvorbereitet dem Ernstfall zu begegnen kann für einen Mann in seiner Position trauriger als der Ernstfall selbst sein.

Victoria ist verblüfft. Ein Mann, der inmitten seiner vielfachen Beschäftigungen auch daran noch denkt, muß wohl doch mit einer intuitiven Weitsicht begnadet sein. Dennoch kann sie sich eines leichten Schmunzelns nicht erwehren, als sie die Trauerrobe in die Truhe legt. Nur wenige Augenblicke hält sie sich damit auf, dann taucht sie sogleich wieder in die Wortwelt des Bayle hinab.

Sosehr Gottsched auch gewillt ist, sich von allen öffentlichen literarischen Fehden fernzuhalten, so widerstrebt es doch seiner Natur, Dinge, mit denen er nicht übereinstimmen kann, schweigend hinzunehmen.

Jüngst dieser kleine Ärger über die Neuberin, die in Hamburg Voltaires *Alzire* nicht in der Übersetzung Victorias, sondern in der Übersetzung eines Herrn Stüven zur Aufführung brachte, ist längst verziehen, wenn auch nicht vergessen. Doch was Gottsched auf einmal von den beiden großen Literaturkritikern aus Zürich vernimmt und in Bodmers *Kritischer Abhandlung von dem Wunderbaren in der Poesie* lesen muß, versetzt ihn derart in Grimm, daß er augenblicks seine Arbeit am Bayle unterbricht und dem Schweizer eine gehörige Antwort erteilt.

Gottsched ist außer sich, daß Bodmer, ein Schriftsteller deutscher Zunge, einen englischen Poeten wie Milton preist und sich in der Einleitung seines Werkes über den Kaltsinn beklagt, mit dem die Deutschen seine vor Jahren erschienene Miltonübersetzung aufgenommen haben. Die Begründung, es läge daran, daß sich die Deutschen von dem Ergötzen, das sie von ihren gemeinen Poeten empfangen, nicht haben entwöhnen können, empfindet Gottsched als anmaßend. Diese Lästerung wider das Vaterland und alle seine Poeten kann er nicht unwidersprochen lassen. Es geht nicht an, von diesem eigenmächtigen Kunstrichter aus Helvetien gezwungen zu werden, ein ausländisches Buch zu bewundern, nur weil jener es übersetzt hat. Als ob die Deutschen ihren Opitz, Fleming, Dach, Canitz, Besser, Neukirch, Günther und Haller aus dem Gedächtnis zu tilgen hätten, um nur noch einen Mister Milton gelten zu lassen!

Bleibt Bodmer unwiderlegt, bekommen jene Auftrieb, die immer schnell zur Stelle sind, wenn es gilt, Ausländisches zu bejubeln und alles Eigene geringzuschätzen. Es schmerzt Gottsched ohnehin, daß die Deutschen so wenig Zusammengehörigkeitsgefühl haben, geistige Vorzüge immer bei Fremden suchen, alles Überseeische beweihräuchern und vor den Qualitäten und philosophischen Potenzen der eigenen Nation die Augen verschließen. Dabei gäbe es Grund genug, auf die eigenen Kulturleistungen stolz zu sein! Warum sollen die Deutschen nach Herrn Bodmers Wunsche einen Milton preisen, der doch nichts weiter als ein gefühlsschmachtendes Gedicht geschrieben hat, das statt klarer Erkenntnis nur neblige Empfindungen hervorlockt?

Es empört Gottsched auch, daß Bodmer in seiner Abhandlung behauptet, die Deutschen philosophierten zuviel und ihre Neigung zu gründlichen Wissenschaften und allgemeinen Wahrheiten hätte sie seit einiger Zeit so vernünftig gemacht, daß sie zugleich matt und trocken würden. Die Lustbarkeiten des Verstandes hätten ihr ganzes Gemüt eingenommen und diese unterdrückten die Lustbarkeiten der Einbildungskraft.

Gottsched dagegen ist stolz darauf, daß im Heiligen Römischen Reich Deutscher Nation mehr als je zuvor philosophiert wird, daß die Vernunft die Landsleute geläutert hat, der wilde Witz gebändigt und die ausschweifende Phantasie in gebührende Grenzen eingeschränkt worden ist. Schließlich wurde dadurch auch der Geschmack in den freien Künsten verbessert, und man hat Dinge zu verachten begonnen, die vorher die Gemüter entzückten. Daß die schwülstigen Dichter wie Hofmannswaldau und Lohenstein nichts mehr gelten, haben seine Landsleute letztlich nur diesem philosophischen Lichte zu danken, womit das glänzende Nichts dieser gaukelhaften Art zu denken und zu schreiben ein für allemal beleuchtet worden ist. O ja, der Verstand hat zu Klarheit und gehobenem Geschmack geführt, und er, Gottsched, wird nicht zulassen, daß die Schweizer die deutsche Gedankentiefe verspotten und dafür die englische Empfindsamkeit und diesen Miltonschen Gefühlsschwulst verherrlichen.

Ganz persönlich fühlt er sich angegriffen, wenn Bodmer schreibt, der Dichter sei ein Seher und Prophet. Gottsched hat alle deutschen Stämme gelehrt, daß der Dichter ein Lehrer der Tugend und Vernunft ist, hat in seinem Lehrbuch der Poetik den Verstand als die Triebkraft dichterischer Einbildung dargelegt, hat dies zum Maßstab aller Krönungen und Ehrungen erhoben, hat mehrere Generationen von Studenten danach ausgerichtet, eine ganze Schule darauf gegründet, war schon fast am Ziel – und nun kommt dieser Dolchstoß aus der Schweiz: der Dichter ein Seher und Prophet. Aber es liefe seiner Natur zuwider, würde er sich seine Kunsttheorie so ohne weiteres von irgendwem erschüttern lassen. Er bleibt dabei: Die wahre Bestimmung eines Dichters ist keine andere, als die Menschen zu bilden und zu bessern und zum Lichte der Vernunft zu führen. An diesem übergeordneten Interesse mitzuwirken und gemeinsam mit den Staatslenkern die Menschen zu Höherem zu führen – dafür soll der Dichter seinen Verstand gebrauchen und ihn auf das Naheliegende und Reale lenken. Von wegen ein Seher und Prophet! Vielleicht gar noch ein Träumer und Phantast? Ein Meister des Wahns?

Dieser eidgenössische Angriff dient zweifelsohne den Wirrköpfen, die statt eindeutiger und überschaubarer Prinzipien das Mehrdeutige, Unbestimmbare setzen und Verwirrung statt Ordnung anstreben. Soll der helvetische Urteilspächter diesen John Milton als Seher und Propheten preisen und die Erregung der Gefühle als höchste Dichtung feiern – die Quelle der wahren Poesie liegt in den lichten Regeln des Verstandes und niemals in so etwas Undefinierbarem, Wankelmütigem wie dem Gemüt. Daran wird kein Irdischer etwas ändern können.

In wenigen Stunden hat Gottsched seine Erwiderung geschrieben. Er ist zufrieden. Die Worte sitzen. Die Vergleiche stimmen. Der polemische Ton ist der Art der Herausforderung angemessen. Bevor er die Arbeit in Druck gibt, liest er sie Victoria vor. Sie sieht, daß ihm der Furor poeticus wieder die gewohnte Spannkraft gibt und er ganz in seinem kämpferischen Element ist. Es erweckt sogar den Anschein, als freue er sich, eine so günstige Gelegenheit geboten bekommen zu haben, verworrene Ansichten zurechtzurücken und seine Auffassung von Poesie erneut unmißverständlich kundtun zu können.

Und doch spürt sie, je länger sie über die Ansichten Bodmers nachdenkt, daß sie etwas Erregendes an sich haben. Der wahre Dichter ist ein Seher und Prophet. Er bewegt sich zwischen dem Wunderbaren und dem Wahrscheinlichen. Miltons *Verlorenes Paradies* hat sie nicht als schwülstig, sondern als ergreifend empfunden. Denkt sie an Haller, ihren Lieblingsdichter, dann fühlt sie, daß Bodmer sich dem Kern der Dinge nähert: Die Poesie ist ein Himmelshauch, unsichtbar, unmeßbar und nur in den Tiefen der Empfindung spürbar. Sie gleicht einem Zugvogel, der sich nicht einfangen läßt – sein Flug trägt die Phantasie, sein Ziel lenkt die Eingebung, seine Kraft bestimmt die Imagination. Doch Victoria wagt ihre Gedanken nicht auszusprechen. Nicht in diesem Augenblick, da Gottsched sich seiner Unfehlbarkeit sicherer denn je ist und erst recht in Zorn geraten würde, wenn er spürte, daß sie ihn davon zurückhalten möchte, sein Lehrgebäude zu verteidigen.

Hätte sie Gottsched einmal gesagt, die Poesie ist eines von den vielen Dingen zwischen Himmel und Erde, das sich nicht erzwingen läßt, nicht durch Studium, nicht durch Krönung und schon gar nicht durch ein Amt, dann hätte er ihr für immer alle literarischen Fähigkeiten abgesprochen oder das Wort verboten oder wäre in einen unversöhnlichen Streit mit ihr geraten. Nun kommt es laut und aus berufenerem Munde: Die Poesie ist keine Wissenschaft. Ihr Wesen läßt sich nicht in Kategorien einteilen. Keine noch so gute Theorie kann ihre Sinngebung erfassen, denn in ihrem Mittelpunkt steht nicht der regelnde Verstand, sondern die nach allen Seiten hin schweifende Phantasie.

Wäre Victoria unverheiratet, könnte sie jetzt im Kreise der Freunde oder auch in der Öffentlichkeit zugeben, wie sehr sie die Bodmerschen Ansichten über Poesie bewegen, ja, daß sie ihr wie ein befreiendes Aufatmen vorkommen. Aber sie muß Rücksicht nehmen. Rücksicht auf Gottscheds Stellung, auf sein Ansehen, seinen Namen, tausenderlei Rücksichten. Würde sie sich dem widersetzen und sagen, wonach ihr zumute ist, was sie aufwühlt und berührt, spräche es letztlich nur gegen sie. Niemand hätte Verständnis dafür, daß sie als verheiratete Frau sich nicht, wie es die Pflicht verlangt, zu ihrem Mann bekennt, noch dazu zu einem solchen Mann, auf den die ganze Gelehrtenrepublik schaut. Undankbar, leichtfertig, taktlos, vermessen – sie hört sie schon, diese Worte hinterrücks, die rasch gesagt und nicht vergessen werden. Sie muß sich wohl damit abfinden, daß die Ehe mit einem berühmten Mann für die Frau eine besonders heimtückische Form von Abhängigkeit bereithält – sich gegen sich selbst stellen zu müssen.

Hier, so scheint es Victoria, zeigt sich überhaupt der wahre Unterschied zwischen den Geschlechtern: Ein Mann kann eine Frau lieben, ohne auch nur im entferntesten ihre Ansichten teilen zu müssen. Doch wenn eine Frau einen Mann liebt, muß sie stets seiner Meinung sein, sonst würde er sie nie für vollkommen und schon gar nicht wie geschaffen für sich wähnen. Es bleibt ihr nichts weiter übrig, als sich herauszuhalten. Ist Schweigen etwa keine beredte Äußerung?

Was Gottsched auch unternimmt – ob er dabei recht hat oder sich irrt – Victoria steht immer wieder staunend vor dem Phänomen, wie viele Tätigkeiten er nahezu gleichzeitig zu bewältigen vermag. Das Verwalten des Rektoramtes, das Ausarbeiten der Vorlesungen, die Leitung der Übersetzung Bayles, die Herausgabe der *Beiträge zur kritischen Historie der deutschen Sprache,* die Zeitschriftenpolemik – alles geht ihm leicht von der Hand und scheint sich wie von selbst zu tun. Besonders jedoch verblüfft sie die Gewißheit, daß er bei all der Belastung längst noch nicht an die Grenzen seiner Kräfte gekommen ist. Er scheint überhaupt zu den Menschen zu gehören, denen auf geheimnisvolle Weise Energien zuwachsen, je mehr sie gefordert werden. Ganz offensichtlich hat ihm der Angriff Bodmers neue Impulse gegeben, denn seitdem verstärkt er seine Aktivitäten und bemüht sich mit aller Vehemenz, seiner Kunstauffassung neue Anhänger zu gewinnen.

Daß die Neuberin mit ihrer Compagnie ins russische Reich gerufen wurde und dort ihr Glück machen will, ist zwar ein Verlust für ihn, weil er damit seine beispielgebende Schauspieltruppe verloren hat und befürchten muß, daß die übrigen Bühnen wieder in den alten Schlendrian hinabsinken, aber er hält sich nicht mit dem Bedauern darüber auf. Er ist eben ein Mann der Tat, der die Eingebung des Augenblicks zu nutzen versteht und eine Idee nicht nur mühelos faßt, sondern auch mühelos verwirklicht.

Was für ein glänzender Einfall, gleichsam über Nacht eine Sammlung regelmäßiger Dramen, Originaldichtungen wie auch Übersetzungen zusammenzustellen und ohne Umschweife herauszubringen! Für Victoria ist die Gründung der *Deutschen Schaubühne* ein erneuter Beweis, daß

Gottsched mit einer ganz besonderen Weitsicht begnadet ist. Eine solche Tat wirkt in ihren Augen letztlich überzeugender als die geschliffenste Polemik, denn der Nutzen ist ganz und gar praktischer Natur und liegt auf der Hand: Je mehr Bühnen das Repertoire nach Gottscheds Intentionen einrichten und das regelmäßige Drama zur Aufführung bringen, um so einleuchtender erweist sich seine Theorie und um so größer wird sein Einfluß.

Natürlich ahnt sie, daß Gottsched über das Naheliegende hinaus mit seinen Bemühungen noch ein weiteres Ziel verfolgt: Hat er endgültig eine feste Gemeinde um sich geschart, dann kann er andere für sich sprechen lassen und ausschließlich den Höhen der Theorie leben. Denn für jeden großen Lehrmeister und Verfechter einer Idee kommt der Zeitpunkt, wo er sich aus dem alltäglichen Tintensumpf erheben darf und sich nicht mehr mit Talmitalenten, Versifexen oder Afterpoeten herumzuschlagen braucht, sondern in höheren Sphären wandeln kann, von denen herab er gleich einem Lichtbringer das ganze Säkulum erhellt.

Noch nicht ein einziges Mal hat Victoria Anzeichen von Erschöpfung an ihm bemerkt. Kein Zögern, kein Zweifeln, keine Angst, etwas falsch zu machen, im Gegenteil: Die Turbulenz der Ereignisse steigert sein Wohlbefinden. Jüngst, als sie ihn in seinem ureigensten Interesse bat, an seine Gesundheit zu denken und sich gemeinsam mit ihr im Garten zu ergehen, nahm er sie in die Arme und sagte mit dieser tiefen Stimme, die sie so liebt: Was heißt leben anderes als geschäftig sein, als wirken und die große Absicht erfüllen, warum man in der Welt ist?

Sie kann reden, warnen und mahnen, soviel sie will – er macht in allem eine Antwort überflüssig. Er hat immer recht, ist immer obenauf. Was er anpackt, gelingt ihm. Er ist außerordentlich.

Manchmal fragt sie sich im stillen, ob sie ihn nicht eigentlich mehr aus Bewunderung denn aus Liebe geheiratet hat. Allein schon diese Überlegung läßt eine selt-

same Wehmut in ihr aufsteigen. Liebe, ach, was weiß sie
denn schon von Liebe? Sie kennt von ihr doch nur das,
was die großen Dichter über sie geschrieben haben. Liebe – ein süßes Gift, eine erfreuliche Krankheit, eine angenehme Folterkammer, ein begehrlicher Wahn, eine ho-
nigsüße Bitternis, eine leichte Last und weise Torheit.
Worte, wieder nur Worte und nichts als Worte. Es scheint
ihr Verhängnis zu sein, über die Welt der Worte nicht
hinauszukommen.

Hin und wieder denkt sie daran, wie es wäre, wenn sie
sich plötzlich verlieben würde. Plötzlich, ja. Denn eines
weiß sie inzwischen ganz sicher: Liebe, so wie sie sie
meint, beseligend und sinnberauschend, kann nicht allmählich wachsen und schon gar nicht zu erlernen sein. Sie muß
wie eine Flutwelle hereinbrechen, hochheben und nieder-
werfen, wahnsinnig und kopflos machen, über sich selbst
hinaustragen und diesem gewöhnlichen Dasein entreißen.

Häufig und mit Lust überläßt sich Victoria der Vorstellung, daß einmal ein Mann auf sie zukäme, ohne Berühmt-
heit, ohne Ehrgeiz, ein Mann, dem ihre gelehrten Kenntnisse nichts und der körperliche Genuß alles bedeuteten,
der sie wild und ungestüm begehrte und ein großes einma-
liges Gefühl in ihr wecken könnte. Sie sehnt sich nach diesem Rausch des Augenblicks und möchte ein einziges Mal
erleben, in den Armen eines Liebhabers sich dinghaft und
zugleich körperlos zu fühlen, möchte wissen, wie es ist,
von Zärtlichkeiten ausgelöscht und von Leidenschaft fort-
gerissen zu werden. Manchmal ist die Sehnsucht danach so
groß, daß sie wie eine Wunde aufbricht und ihr ein Gefühl
von Schmerz und Verlust vermittelt. Da liegt sie stundenlang wach, versucht, die quälenden Gedanken zu vertrei-
ben, und träumt dann wie zur Beruhigung von diesem großen Gefühl, das sie auf Wolken gehen ließe, sie schön und
unüberwindlich machte, in ihr Leben ein Glitzern und
Funkeln brächte und sie an die äußersten Grenzen der Existenz führte. Doch morgens, wenn sie sich an ihren

Schreibplatz begibt und die Nüchternheit des Alltags auf sie zukommt, sagt sie sich, daß nicht jeder Mensch alles haben kann und wohl nur den wenigsten das Glück zuteil wird, die ganze Vielfalt ihrer eigenen Möglichkeiten kennenzulernen.

Vor Jahren hat sie Bewunderung für Liebe gehalten und Gottsched nicht ohne ein gewisses enthusiastisches Gefühl geheiratet. Heute weiß sie, die vernünftige, philosophische Liebe, von der er so gern spricht und die er als vollkommen preist, ist nur ein Teil des Ganzen und für sie zuwenig. Vielleicht reicht ihr Verstand nicht aus, um wie der Gemahl zu entdecken, daß im Rausch der Ratio die höchste Lust liegt. Sie spürt diese Lust ganz einfach nicht. Sie ist ihr zu anstrengend, zu logisch, zu berechenbar. Sie ist nicht das ganz andere, das plötzlich und ungestüm daherkommt, von innen belebt und sie total verwandeln könnte.

Und doch, seltsam genug: Nach solchen Gedanken stürzt sie sich beinahe wütend auf ihre Arbeit, als müßte sie ihr Gewissen beruhigen oder hätte Grund, einen Fehltritt wiedergutzumachen.

Friederike Karoline Neuber kommt früher als erwartet aus Rußland zurück. Gottsched begrüßt sie freudig, aber bald spürt er, daß sich das gewohnte gute Einvernehmen nicht so recht einstellen will. Sie ist ungehalten, daß auf dem Platz, wo sie einst ihre Bühne aufgeschlagen hatte, eine andere, die Schönemannsche Truppe spielt, und verlangt von Gottsched, dagegen einzuschreiten und die alten Verhältnisse wieder herzustellen. Gottsched weicht aus. Im stillen liebäugelt er mit dem Gedanken, sich fortan nicht mehr nur eine, sondern zwei musterhafte Schauspielertruppen zu halten, um die Vorzüge seiner Theaterreform noch deutlicher jedermann vor Augen zu führen. Die Neuberin will einen ersten Platz mit keiner anderen Theatertruppe in der Stadt teilen. Auch von einem Professor Gottsched läßt sie sich ihre angestammten Rechte nicht nehmen. Schließlich ist sie diejenige gewesen, die den Harlekin von der Bühne vertrieben und für die Verbreitung der Gottschedschen Reformen gesorgt hat. Der Herr Rector magnificus schuldet ihr nicht wenig Dank.

Gottsched vertraut seiner Autorität. Er denkt nicht daran, gegen den braven Schönemann einzuschreiten, der ihm bislang nur Freude bereitet und regelmäßige Dramen zur Aufführung gebracht hat. Als Antwort läßt die Neuberin den hochverehrten Professor kurzerhand wissen, daß sie Voltaires *Alzire* geben wird, wie damals in Hamburg nicht in der Übersetzung der Gottschedin, sondern in der Übersetzung des Lizentiaten Stüven.

Gottsched ist aufgebracht. In Hamburg mochte dieser Streich noch hingehen, aber in Leipzig, vor seinen Augen, duldet er eine solche Brüskierung nicht. Er stellt sie zur Rede. Was erlaubt sich die Vermessene, ihn, den Kopf des deutschen Gelehrtenstandes, mit solcher Impertinenz ihre gallige Laune fühlen zu lassen? Sie sollte dem Himmlischen danken, daß er sich ihrer Truppe angenommen und ihre Bühne zur hohen Kunst geführt hat. Ohne ihn hätte sie niemals in den großen deutschen Städten Epoche gemacht. Wenn er sagt, daß die Übersetzung der Gottschedin die wertvollere ist, weil sie den französischen Freigeist treffend erfaßt, dann hat sie das hinzunehmen. Schließlich verfügt er, ein Mann der Theorie, über die tieferen Einsichten, und sie sieht ja selbst, wie weit sie ohne seine Führung in Petersburg gekommen ist. Nimmt sie ihren Entschluß nicht auf der Stelle zurück, soll sie ihn kennenlernen!

Victoria ist peinlich berührt, als sie von der Unterredung erfährt, denn der Gegenstand scheint ihr der Heftigkeit seiner Vorwürfe nicht im geringsten angemessen zu sein. Was bedeutet es schon, wenn die Neuberin eine andere Übersetzung bevorzugt? In der Literatur entscheidet sich ohnehin nicht im Augenblick, was gut und beständig ist. Er hätte besser daran getan, diese Lappalie schweigend zu übergehen. Auch die Neuberin hat viele Anhänger, und der Dresdner Hof begönnert ihre Compagnie.

Gottsched weicht keinen Schritt zurück. Wem er sein geistiges Gerüst gibt, der soll dankbar daran emporranken und ihm gefälligst mit Achtung begegnen. Soweit kommt es noch, daß eine Komödiantin es wagt, sich über ihn zu erheben!

Victoria ärgert diese trotzige Rechthaberei, die sich verstärkt, je älter er wird. Als ob ihm der Vorfall mit der *Deutschen Gesellschaft* nicht ein für allemal zu denken geben müßte. Er ist ja nicht als Alleinbeglücker auf die Welt gekommen. Wie will er seine Mission, Erzieher des Volkes zu sein, erfüllen, wenn er sich jedermann zu seinem Feinde macht? Gar noch die Prinzipalin zu maßregeln! Hätte er Menschenkenntnis, wüßte er, daß einer Schauspielerin, die nur ihren Ruhm vor Augen hat, mit vernünftigen Gründen nicht beizukommen ist.

Schon wenige Tage später werden Victorias Befürchtungen noch übertroffen. Aufgeregt bringen Freunde des Hauses die Nachricht, daß die Neuberin die *Alzire* gegeben und danach des Herrn Professors *Sterbenden Cato* in einer Posse zum Ergötzen des Publikums verhöhnt hat. Gottsched ist außer sich. Das soll sie ihm büßen, diese Lästerzunge! Auf der Stelle will er sie gehörig zurechtstutzen, und sollte sie ihm nicht Genugtuung geben, wird er ihr ein für allemal gründlich das Maul stopfen.

Victoria beschwört Gottsched, den Vorfall zu ignorieren und nicht alles noch zu verschlimmern. Sie hat nur einen Wunsch: Leipzig zu verlassen und damit jedem weiteren Ärger den Rücken zu kehren. Vorsichtig bringt sie das Gespräch auf eine Reise, für die es nach all der angestrengten Arbeit an der Zeit wäre und die ihnen beiden guttun würde. Zu ihrer Überraschung stimmt Gottsched zu. Eine treffliche Idee seiner kleinen Pythia, die ihm wieder einmal zeigt, daß die Natur des Weiblichen Sanftmut und Ausgleich ist und das Wesen des Mannes harmonisch ergänzt.

Ach, wenn er sie nicht hätte! Was wäre er ohne ein weibliches Gegenstück!

Gottsched trifft mit gewohnter Sorgfalt seine Reisevorbereitungen, denn wenn er sich schon einmal auf den Weg macht, dann nur als ein Reisender von Condition. Er legt sich den Newtonianisch-Elbingischen Tubus zurecht, füllt die Reisekanzlei mit frischer Tinte und Papier, wählt sorgsam seine Perücken, seine Garderobe wie auch sein Schlafhabit aus, packt etliche seiner zuletzt erschienenen Bücher als Geschenke ein und ordnet einige Amtsgeschäfte an der Universität. In seinen Vorbereitungen wird er jäh gestört.

Von einer Stunde zur anderen verwandelt sich Gottscheds Wohnung in einen Taubenschlag. Magistratsherren, Hofräte, Magister und Ordinarien bekunden ihm mitfühlend ihre Sympathie: Die Neuberin hat sich erneut erfrecht, den Rektor der ehrwürdigen Alma mater als allerkostbarsten Schatz, als Zuchtmeister der Poesie zu verhöhnen, und ihn in der Person des Tadlers auf der Bühne erscheinen lassen, phantastisch ausgestattet als die Nacht in einem Sternenkleide mit Fledermausflügeln, in der Hand eine Blendlaterne und eine Sonne von Flittergold um den Kopf. Der große Haufen raste vor Vergnügen.

Die Magistratsherren bitten Gottsched, sich diese Schmach nicht zu Herzen zu nehmen, und versichern ihm, daß ein solcher Vorfall sich nicht ein zweites Mal wiederholen wird. Kunst soll Kunst bleiben und nicht in die schmutzige Gosse des Skandals hinabgezogen werden.

Um das Maß des Verdrusses voll zu machen, muß er auch noch erfahren, daß ausgerechnet dieser Vorstellung der Herr Minister Brühl aus Dresden beigewohnt und sich gleichfalls aufs köstlichste amüsiert hat.

Sosehr Gottsched die Distanzierung der Ratsherren befriedigt – Victoria spürt, daß das Stück der Neuberin seine Wirkung nicht verfehlt hat. Überall begegnen ihr schadenfrohe Gesichter, und mit jeder Post kommen anonyme Briefe ins Haus, die ihr Gottsched von Mal zu Mal empör-

ter vorliest. Deine Zeit ist vorüber, großer Teutobock. –
Die Kunst braucht keinen Despoten, es grüßen die Musen
vom Pleißestrand. – In alles mengt sich der Professor keck
wie untern Pfeffer der Mäusedreck. – Auch für den höchsten Kunstrichter gibt es einen Henker. – Gib auf, großer
Duns, Empfehlung von den besten Pleißathenern. Wütend
wirft er die Wische ins Feuer.

Was Victoria vorausgeahnt hat, ist eingetreten: Seine
Halsstarrigkeit kehrt sich gegen ihn. Erneut redet sie auf
ihn ein, bittet ihn, beschwört ihn, durch Stillschweigen
seine Lästerer zu beschämen und doch noch die Reise nach
Königsberg anzutreten, aber Gottsched lehnt ab. Er muß
am Ort bleiben und handeln, da ganz offensichtlich ein
Mob gegen ihn wütet. Er ist fest entschlossen, sich nicht
zum Gegenstand des Spottes machen zu lassen.

Als ihm hinterbracht wird, daß eine zweite Aufführung
bevorsteht, setzt er alles in Bewegung, um ein Aufführungsverbot zu erwirken. Es wäre ja gelacht, wenn sein
Wort, das Wort des Mitglieds der Königlich Preußischen,
Kurmainzischen und Kurbayrischen Akademie der Wissenschaften, das Wort des Vorsitzenden des großen Fürstenkollegiums und des Dekans der philosophischen Fakultät,
kein Gewicht mehr haben sollte! Er ist zwar kein gebürtiger Leipziger wie Leibniz, aber er hat der Stadt bisher nicht
weniger Ruhm gebracht. Die ihm wohlgesinnten Magistratsherren kommen seinem Wunsche entgegen. Gottsched schwelgt im Gefühl der Genugtuung.

Da trifft überraschend ein Kabinettsbefehl des Grafen
Brühl ein, der die Magistratsherren anweist, das Stück ferner ungestört aufführen zu lassen, ohne künftiges Protestieren und Appellieren im geringsten zu beachten.

Nun ist alles verloren. Ganz Leipzig strömt zur zweiten
Vorstellung. Auch von Dresden und Halle reisen Vornehme an, als seien sie begierig darauf, den historischen
Augenblick nicht zu versäumen und der Verurteilung des
sächsischen Cicero beizuwohnen.

Gottsched versteht die Welt nicht mehr. Gewohnt, die Fäden in der Hand zu behalten, erlebt er plötzlich, wie sie ihm entgleiten. Er fühlt sich in die Rolle eines Zuschauers gedrängt. Gewiß, am Dresdner Hofe stand er noch nie in hohem Ansehen – welcher Prophet gilt schon etwas im eigenen Lande –, aber daß sich Graf Brühl so offen gegen ihn wendet, zeigt Gottsched, wie sehr das Lager seiner Feinde sich vergrößert und an Einfluß gewinnt. Hinter allem, daran zweifelt er nicht, steckt der Hofpoet König, der mit seinen Dichtungen die Fluren bewässert und sich darin übt, die wirklichen Talente bei seinem Brotherrn in das denkbar schlechteste Licht zu rücken, um in den Augen des Mächtigen desto glanzvoller dazustehen. Soll die Meute kurzsichtiger Zeitlinge über ihn, Gottsched, den Sachwalter wahrer deutscher Dichtkunst, herfallen – bald wird es offenbar werden, daß man mit seiner Person doch nur die Wahrheit verhöhnt, denn sie allein gründet sich auf klare, eindeutige Prinzipien, die er lediglich ans Licht stellt.

Um Beruhigung zu finden, begibt sich Gottsched zur Paulinerbibliothek und setzt seine altdeutschen Studien fort. Bislang hat ihm noch immer die Beschäftigung mit der Wissenschaft neue Kraft gegeben.

Victoria verläßt nicht das Haus. Sie schämt sich. Nicht nur seinem, auch ihrem Ansehen ist ein Schaden zugefügt worden, wie er ärger nicht sein könnte. Nun darf jedermann, hoch wie niedrig, seine Frevelzunge an ihnen wetzen und Kübel des Spottes über sie ausgießen. Des Nachts liegt sie stundenlang wach und fragt sich, wie es so weit kommen konnte.

Je länger sie darüber nachdenkt, um so deutlicher wird ihr, daß Gottsched nicht mehr im Einklang mit seiner Zeit lebt. Er ist in seinen Auffassungen zwar unverändert geblieben, doch der Geschmack hat sich gewandelt. Sie fühlt schon seit langem, daß sich für den gravitätischen Stelzenschritt der Vernunft keiner mehr recht zu begeistern vermag und die poetischen Gemüter die Schnürbrust der Regeln gründlich satt haben. Seine Widersacher Bodmer und Breitinger sind nur deshalb zu neuen Propheten emporgestiegen, weil sie die Phantasie auf den Thron setzen und die Empfindsamkeit, die von England herüberweht, als den wahren Lebensgehalt preisen. Victoria erlebt ja im nächsten Umkreis, was gelesen wird und die Gemüter bewegt: Richardsons Familienromane, Miltons *Paradies* und Youngs *Nachtgedanken*. Nicht mehr die Vernunft, das Gefühl trägt den Zauberschimmer in die Wohnstuben und entdeckt die schöne Seele, die innere Welt als das große, bewegende Abenteuer.

Hätte sie als Gottscheds Ehefrau ihm gegenüber nicht gewisse moralische Verpflichtungen, würde sie ganz anders teilhaben an diesem hoffnungsvollen Aufbruch. Denn was sind schon die lichtesten Kategorien der Vernunft gegen eine alles durchflutende Leidenschaft? Mag Gottsched in der ringsum erwachenden Empfindsamkeit nur britannische Gefühlsduselei, seichten Schwulst und eine Irreführung der Gemüter wittern – die Stimmung, die sich jetzt so heftig gegen ihn wendet, zeigt ihr, wie allein er mit seiner Auffassung steht. So sicher sie ist, daß einige schon seit langem zielstrebig an seinem Niedergang arbeiten, so weiß sie auch, daß sie dieses Mal Erfolg haben werden, denn sie handeln in Übereinstimmung mit dem neuen Geschmack der Zeit, und die Sympathien fließen ihnen in breiten Strömen zu.

Victoria redet Gottsched behutsam ins Gewissen, sein Schicksal nicht weiter herauszufordern, das Maßregeln der Poeten aufzugeben und Toleranz gegenüber ihren Auffassungen walten zu lassen. Ist seine Theorie richtig, wird sie auch vor dieser neuen Empfindsamkeit Bestand haben, ist sie falsch, dann kann er sie durch ständiges Rechtfertigen und Verteidigen nicht glaubwürdiger machen. Sie wagt an Gellert zu erinnern, den feinen, noblen Gellert, der hoch erhaben über jeglichem Tintenkrieg steht und von allen bewundert und verehrt wird. Gottsched braust auf. Schon seit längerem hat er den still sinnenden Gellert in Verdacht, ein literarischer Revolutionär zu sein. Soll er sich mit seinen Verschlüsselungen in die Unsterblichkeit fabeln, er, Gottsched, schätzt Zeitgenossen, die die Karten offen auf den Tisch legen. Victoria spürt, wie sinnlos es ist, einem Mann, der stets sein Urteil gesprochen hat, einen Rat geben zu wollen. Andererseits mag sie nicht zusehen, wie er vor dem neuen Zeitgeschmack die Augen verschließt und so tut, als gäbe es ihn nicht. Es muß ihn doch nachdenklich stimmen, daß immer mehr seiner Getreuen von ihm abfallen und sich gegen ihn stellen.

Gottsched ist gerührt, daß sie an das Wohl ihres Gatten denkt und sich seinetwegen Sorgen macht. Aber gerade bei gewissen öffentlichen Dingen fehlt den Frauen der nötige Überblick. Sie kann sich darauf verlassen, daß er noch immer eine Menge Freunde und Mitstreiter hat und zuviel Verstand besitzt, als das Schlachtroß zu sein, das sich für eine vergebliche Sache ins Getümmel stürzt. Er gehört nicht zu den Aposteln eines kurzlebigen Glaubens wie die vielen kleinen Schöngeister um ihn herum. Er verficht das erhabene Ziel, die Menschen zum Besseren zu erziehen und mehr hellichten Geist in das Hirn des großen Publikums zu tragen. Hätte er bis jetzt bei jedem Angriff Furcht gezeigt und gezögert, wäre er wohl auf seinem Wege keinen einzigen Schritt vorangekommen. Herzhaft dreinschlagen – das ist die Sprache, die verstanden wird und an der sich die Gemüter erhitzen. Die Niedertracht der Neuberin schreit geradezu nach einer Antwort. Wer im Recht ist wie er, dem lächelt das Glück.

Seine Zuversicht läßt merklich nach, als Brühls Sekretär, der reimfertige Rost, sich in einem Epos über das Leipziger Theaterereignis verbreitet und genüßlich den Skandal auskostet. Zu Gottscheds Leidwesen findet die Schmähschrift reißenden Absatz. Über den Bücherkommissar und die Zensurkommission erreicht er zwar, daß die Exemplare konfisziert werden, doch die in Umlauf befindlichen Abschriften sind nicht mehr aufzuhalten. Sie kursieren bereits unter den Vornehmen der Stadt, und der Skandal flammt erneut auf. Bodmer und Breitinger lassen in Bern das Pamphlet Rosts nachdrucken. In einem Vorwort feiern sie die Neuberin als Hüterin des gesunden Geschmacks und danken ihr dafür, daß sie den kaltsinnigen Schwachheiten des Leipziger Magisters für immer entsagt hat.

Schlimmer, das fühlt auch Gottsched, kann es nicht kommen.

Seit seiner öffentlichen Verhöhnung ist Victoria die ganze Stadt ein einziger Verdruß. Die Ostermesse, die gerade eingeläutet wurde, bringt wieder einmal Trubel und Lärm mit sich, der ihr dieses Leipzig vollends unerträglich macht. Sie sieht nur noch Grelles, Buntes, Aufgeblähtes, hört nur noch Schrilles und Gewöhnliches und möchte sich irgendwohin verkriechen. Es scheint ihr, als fluteten Tag und Nacht in einem nicht enden wollenden Strom Menschen über Menschen herein, um die Straßen, Gassen und Plätze zu bevölkern, die Kaffeehäuser, Weinstuben, Gastwirtschaften, Tanzböden und Schützenhöfe zu belagern und den Einwohnern die Luft zum Atmen zu nehmen. Sie hat den Eindruck, als pilgerten zwischen den Reisewagen, Kutschen, Coupés, Bühnen und Buden mit Komödianten, Seiltänzern, Gauklern, Springern, Balancierern und Wunderheilern Scharen von Schaulustigen auf und ab, um dort, wo sich eine Sensation ankündigt, die Straßen sogleich in belagerte Festungen zu verwandeln.

Victoria würde sich den Schauzug der fünfhundert Pferde ansehen, die durch die Stadt geführt und zum Verkauf gebracht werden, oder das kurfürstliche Paar in Augenschein nehmen, das mit großem Gefolge sich zur Messe begeben hat und auch noch eine prächtig ausgestattete Infanterie- und Kavallerieabteilung zum persönlichen Schutze mit sich führt. Selbst die Fackelserenaden vor

Apels Haus am Markt würde sie sich anhören wollen, aber sie erträgt das Gedränge nicht. Gedränge macht alles so häßlich. Die Leiber muten sie nur noch grobwanstig an, die Gesichter blatternarbig, die Schminke schlecht, die Kragen speckig, die Degen störend, die Hüte lästig. Wo Menschen sich in großen Haufen zusammenfinden, bekommen sie für Victoria etwas Rohes und Gewalttätiges und machen ihr angst. Nicht weniger unerträglich ist ihr dieser Geld- und Geschäftssinn, der an den Meßtagen allerorts hervorbricht, jedem noch so unscheinbaren Leipziger etwas von einem Pfefferkrämer, Dukatenmacher, Beutelschneider und Wichtigtuer gibt und selbst notorische Phlegmatiker in vielbeschäftigte Herren verwandelt.

Victoria meidet den Weg in die Stadt aber auch deshalb, weil sie keine Bekannten treffen und auf die theatralische Verhöhnung Gottscheds nicht angesprochen werden möchte. Überall sieht sie seitdem schadenfrohe Gesichter und hört hinter ihrem Rücken hämisches Getuschel.

Um diese ganzen Mißhelligkeiten zu vergessen, stürzt sie sich mit besonderer Vehemenz in ihre Arbeit. Glücklicherweise liegt die Übersetzung des Bayleschen Wörterbuches hinter ihr, und sie hat wieder Zeit, sich den eigenen Vorhaben zu widmen. Gelänge es ihr jetzt, etliche gute Lustspiele zu verfassen, könnte sie das Ansehen des Hauses wieder aufrichten. Während sie ihre Aufzeichnungen sichtet, erinnert sie sich an das Gespräch mit einer Edeldame und an deren Frage, was der Grund sein könne, weshalb ein reicher Bürgersmann ausgerechnet sie heiraten wolle. Victoria gefällt ihre einstige Antwort so gut, daß sie Lust hat, daraus eine Komödie zu machen. Nicht den Hochmut des Adels, sondern das eitle Emporstreben des Bürgersmannes will sie aufspießen und beginnt das Handlungsgerüst zu entwerfen.

Doch schon nach den ersten Szenen hat sie den Eindruck, das Schreiben falle ihr schwerer als sonst. Zum spielerischen Umgang mit der Sprache findet sie mit einemmal keinen Mut mehr. Sie fühlt sich wie zugeschnürt. Was ihr bislang an Bildern und Begriffen zugeflogen ist, macht sie plötzlich nur noch mißtrauisch. An jeder Vorstellung, an jedem Gedanken haftet eine bleierne Schwere. Sie gibt der Arbeit am Bayle die Schuld daran. Die Beschäftigung mit der Wissenschaft, die Fülle der Namen und Zahlen, die Häufung von Beweisen, Schlüssen und Postulaten, dieser ganze Ballast des Detailwissens, den sie in den zurückliegenden Monaten mit sich herumtragen mußte, hat ihre Phantasie zugeschüttet. Überall sieht sie Definitionen, Kategorien oder Begriffsfolgen und hat Angst, die Worte unvoreingenommen zu gebrauchen. Sie fragt sich, wozu sie noch schreiben und sich mitteilen soll, wenn die Wissenschaft doch bereits alles erkannt und enträtselt hat.

Sie sitzt an ihrem Tisch im Toilettenzimmer, ein weißes Blatt Papier vor sich, den Kopf auf die Hände gestützt, und denkt daran, was sie alles bei ihrer Wortwahl bedenken müßte, denkt über das Denken nach, horcht in sich hinein, wartet auf einen Einfall und glaubt, einem Zustand der Leere entgegenzuschweben: nicht müde genug, um zu ruhen, und nicht wach genug, um tätig zu sein. Angestrengt konzentriert sie sich auf die Dialoge des Lustspiels, aber ihre Gedanken schweifen ab.

Gottscheds Halsstarrigkeit beschäftigt sie. Anstatt einzusehen, wieviel Schaden er damit anrichtet, ist er allem Anschein nach auch noch stolz darauf! Wie soll sie einen Mann, der alles weiß, alles besser weiß, alles viel, viel besser weiß, von seiner Engstirnigkeit abbringen, wie ihm seinen Wahn, unfehlbar zu sein, zerstören?

Sie lauscht auf das gleichmäßige Ticken der Uhr, wagt nicht auf die Zeiger zu sehen, läßt sich einen Tee brühen, nimmt ein neues Blatt und formuliert den Anfang des Dialoges. Doch kaum will sie ihn zu Papier bringen, findet sie die Worte dafür nicht mehr treffend genug.

Hätte sie einen anderen Beruf, einen, wo äußere Arbeit auf Erledigung wartet und sie mit einem sichtbaren Ergebnis den Tag beenden könnte, wäre alles viel leichter. So aber, als Schriftstellerin, als Begründerin und Vollstreckerin ihrer Arbeit, wird dieses erzwungene Nichtstun zu einer inneren Folter. Wenn die Stunden des Nachmittags vergehen und nichts auf dem Papier steht, was Befriedigung brächte, kommt ihr im nachhinein jeder Augenblick vergeudet vor. Wieviel Nützliches hätte sie inzwischen tun, wieviel Briefe beantworten, wieviel Verschönerungen in ihrer Wohnung vornehmen können! Dennoch sagt sie sich, daß nichts ohne einen festen Willen zu erreichen ist, und zwingt sich, gegen diese Leere anzuarbeiten. Schreiben, dessen ist sie sich längst im klaren, Schreiben ist eine einsame Wanderung durchs Ungewisse, die ohne die tägliche Selbstermutigung nur ein kurzer Ausflug bliebe.

Sie stellt sich Osterglocken in ihr Zimmer, spielt zwischendurch auf dem Klavier Arien von Hasse und Scarlatti, liest gemütvolle Gedichte von Young:

> Im Menschen schaue ein unsterblich Wesen:
> Wie klar wird alles nun und alles groß,
> Durchsichtigkeit, rein wie Kristall, beherrscht
> Mit vollem Licht den ganzen Kreis des Menschen.
> Doch sieh im Menschen nichts als Sterblichkeit,
> Und überall ist schwarze Nacht und Jammer,
> Und trauernd sieht dies Schauspiel die Vernunft.

Doch sosehr sie sich auch um eine stimmungsvolle Atmosphäre müht – die Phantasie schweigt. Der Wortflug will sich nicht einstellen.

Kurzerhand bricht sie die Arbeit ab und übersetzt etliche Komödien von Voltaire, Destouches, Dufresny und Molière. Übersetzungen sind zwar nicht das eigentlich Eigene, das Ursprüngliche, das ihr im tiefsten Innern vorschwebt, aber wenn sie sich dabei der bleiernen Begriffe entledigen kann, dann ist dies die momentan wichtigste Arbeit für sie.

Gottsched nimmt jede der Übersetzungen wie ein Geschenk entgegen. In ihnen sieht er einen Beweis für seine Theorie von der gereinigten Komödie, die das Lasterhafte und das Lächerliche auf gleichen Schalen wägt. Er lobt und rühmt seine geschickte Muse und hat wieder einmal die vieltausendschönen Namen für sie. Victoria ist seine Liebste, sein Leben, sein Alles, sein Einziges, sein Täubchen, sein Turteltäubchen, seine Perle, sein Edelstein, sein Licht, sein Glück, und natürlich wird er die Lustspiele sofort in der *Deutschen Schaubühne* als Vorbilder für Nachahmungen abdrucken lassen. Sie freut sich, wenigstens etwas Sinnvolles getan zu haben und ihm in seiner vertrackten Lage nützen zu können. Das Gefühl des Trostlosen vergeht. Die Dinge um sie herum verlieren ihre grauen Schatten. Selbst die Stadt scheint ihr wieder einen Spaziergang wert zu sein.

Und doch, es ist seltsam: Jedesmal, wenn sie spürt, daß Freude in sie kommt und sie mit Lust sich allem zuzuwenden beginnt, wenn sie das Leben wieder fest in den Händen zu halten meint und auch die Zauberberge nicht mehr weit scheinen, jedesmal dann folgt die Ernüchterung auf dem Fuße. Manchmal glaubt sie, zu den Menschen zu gehören, denen es nicht vergönnt ist, längere Zeit hintereinander sich einer ungetrübten, heiteren Stimmung hingeben zu können.

Äußerlich vermißt sie zwar nichts, im Gegenteil: Sie lebt in wohlsituierten Verhältnissen. Ihre Wohnung ist vornehm eingerichtet. Ihr Silbergeschirr kann sich sehen lassen. Die erlesensten Schätze des Geistes stehen in Gottscheds Bibliothek, und wenn sie wollte, könnte sie wie vor Jahren jeden Abend Gäste aus den ersten Familien der Stadt in ihren Salon bitten. Es wird geradezu erwartet von ihr, denn Frau von Ziegler ist aus Leipzig weggezogen, und alle sehen nun im Hause Gottsched das führende literarische Zentrum der Stadt. Es sind die inneren Verhältnisse, die sie bedrücken – seine Rechthaberei, das Schweigenmüssen, die Zugeständnisse, und um welchen Preis!

Sie ist enttäuscht, als das Baylesche Wörterbuch erscheint und sie unter den Übersetzern ihren Namen nicht findet. Alle anderen, die an diesem Werk beteiligt waren, hat Gottsched im Vorwort genannt: den gelehrten Herrn Schwabe, den Herrn Königslöwen, den Herrn Müller, den Herrn Gärtner, den Herrn Ibbeken, den Herrn Gellert. Nur sie ist als „seine Gehilfin" erwähnt. Ohne Vornamen. Ohne Zunamen. Die gute Fee, der treue Beistand, die zärtliche Mutmacherin im Hintergrund. Klarer, meint sie, konnte er der Welt nicht mitteilen, was er von ihr hält: Seine Frau, das ist nicht Fleisch und Blut, das ist mehr, viel, viel mehr. Nicht zu erfassen mit Worten, nicht zu bezeichnen mit einem Namen; eine magische Kraft, die in ihm aufgeht wie eine Morgensonne, hoch in seinem Herzen steht und sich bei Nacht offenbart. Das ist das ganz andere, geheimnisvolle Wesen, das sich in ihm erfüllt und folglich mit unter seine Talente gerechnet werden muß.

Das Demütigende einer weiblichen Existenz glaubt sie leibhaftiger noch nie erfahren zu haben: In den körperlichen Genüssen soll sie möglichst sein ein und sein alles sein, in den geistigen Genüssen nur sein Beistand und seine Gehilfin. Ihr kommt der Verdacht, er hat ihren Namen verschwiegen, um den wissenschaftlichen Charakter des Werkes nicht durch eine Mitarbeiterin zu schmälern. Denn heißt es nicht alleweil: Wo Frauen im Spiele sind, ist immer eine Profanation im Gange. Frauen mit ihrem Zwergenverstand sind übergreifenden Betrachtungen nicht gewachsen, und wenn sie schon einmal einen schlüssigen Beweis erbringen, dann geht auch der stets vom Herzen, doch nie vom Kopfe aus.

Bestimmt wollte Gottsched den guten Ruf eines solchen gewichtigen Werkes durch einen weiblichen Namen nicht beflecken. Anderseits will Victoria gerade das nicht glauben. Würde er sonst in der Öffentlichkeit stets Bildung für Frauen fordern und die gelehrte Frau rühmen und preisen? Oder gilt, was er sagt, etwa nur für die anderen und nicht für die eigene Frau?

Als sie ihm ihre Enttäuschung andeutet, weiß er nicht recht, was sie will. Wozu ihren Namen gesondert benennen? Ihr Name ist in seinem aufgehoben. Hätte er sie zusätzlich namentlich im Bayle aufgeführt, würden die Leute vielleicht denken, sie harmonierten nicht mehr miteinander. Wenn zwei Ehegatten gemeinsam mit einer Arbeit an die Öffentlichkeit treten, dann steht er stellvertretend für sie. Das ist doch sehr korrekt!

Victoria sieht es anders. Sie hat das Gefühl, ausgelöscht zu sein. Es wäre schön gewesen, gerade unter dieser beschwerlichen, mühevollen Arbeit ihren Namen stehen zu sehen, gleichsam als Lohn für die tägliche Selbstüberwindung. Von Anfang an hätte sie darauf bestehen müssen. Aber konnte sie ahnen, wie selbstverständlich es für ihn ist, daß sie nichts einfordert? Ein zweites Mal wird ihr das nicht passieren. Nicht noch einmal wird sie sich für seine Zwecke einspannen lassen!

Tage später nähert sich Gottsched mit einer dringenden Bitte: Sie soll eine Satire gegen Bodmer und Breitinger schreiben. Er stellt sich vor, wie die beiden über die ganze Handlung hin weinselig vom Wunderbaren in der Poesie faseln und das, was sie sagen, selber nicht verstehen. Wirr ihre Wohnung, wirr ihre Beziehungen, wirr ihre Köpfe. Oder sie kann sie auch als gute Hirten zeigen, die dem Schafsvolk in der Literatur einen neuen, wunderbaren Weideplatz ankündigen, doch selber nicht wissen, wo der ist. Es muß auf alle Fälle eine Satire sein, die den glühenden Unwillen gegen diejenigen erregt, die die Regeln der Vernunft in der Poesie leugnen wollen. Ihr, der Meisterin des Witzes, wird gewiß etwas Rechtes dazu einfallen. Denn wer wollte es leugnen: Die Waffen der Satire, sind sie sicher geführt, übertreffen an Schärfe jede wissenschaftliche Polemik. Er mußte sich ja auch von der satirischen Speerspitze der Neuberin pieken lassen und außerdem noch zusehen, wie sich die Schweizer an seinem Schmerze weiden.

Gottsched ist zuversichtlich, daß Victoria dieser gefühlstriefenden Clique eine gehörige Antwort erteilen wird. Eine Antwort, die alle niederlacht! Am besten, sie läßt ihre anderen Vorhaben liegen und setzt sich unverzüglich an die Arbeit. An Veröffentlichungsmöglichkeiten mangelt es nicht. Der Verleger druckt jedes Werk, das Gottsched ihm empfiehlt. Victoria weist sein Ansinnen als eine Zumutung zurück. Sie teilt in diesem Streit nicht Gottscheds Position und ist betroffen, daß er keinerlei Absichten hegt, sich von den literarischen Fehden fernzuhalten. Sie sieht auch nicht ein, nur weil sie mit ihm verheiratet ist, sich vor aller Welt zum Gespött zu machen.

Wie damals, als sie Mitglied der *Deutschen Gesellschaft* werden sollte, redet Gottsched auf sie ein, seinen Rat zu befolgen und ihr Talent für eine gute Sache zu verwenden. Er ist zuvorkommend und galant, als gelte es, das spröde Herz einer Angebeteten zu erweichen, liest Victoria den kleinsten Wunsch von den Augen ab, schickt ihr Blumen, prüft nicht die wöchentlichen Ausgaben im Haushaltungsbuch nach, brennt auch die Wachslichter des Abends länger als gewöhnlich und befreit sie sogar von den vormittäglichen Zuarbeiten, mit denen sie sich nicht unnützerweise belasten soll. Victoria läßt sich nicht umstimmen. Bis jetzt hat sie immer ein sicheres Gefühl für das gehabt, was gut oder schlecht für sie ist, und wurde noch nie enttäuscht.

Innerlich ist sie seit langem auf einen offenen Streit gefaßt, doch als er dann ausbricht, gleicht er einer bösen Überraschung. An einer Lappalie, wie dem Geburtstagsgeschenk für ihr Patenkind, entzündet er sich. Gottsched ist ungehalten. Er müht sich ab, um auf einen grünen Zweig zu kommen, und Victoria wirft das Geld zum Fenster hinaus. Eine Kleinigkeit hätte durchaus ihren Zweck erfüllt. Aber nein, es muß ja gleich ein Kleid für dieses allerliebste junge Menschenkind sein, das es noch nicht einmal für nötig hält, seiner Patentante wenigstens einmal im Jahr einen netten

Brief zu schreiben! Gottscheds Stimme hebt sich bedrohlich.

Victoria sollte sich endlich einmal daran gewöhnen, daß in einem Akademikerhaushalt Sparsamkeit oberstes Gesetz ist. Sie sieht ja selbst, wie die Verleger die Honorare herunterhandeln und so tun, als bringe der Autor sie an den Rand des Ruins. Von den Honoraren für Übersetzungen ganz zu schweigen.

Victoria wagt zu bemerken, daß wohl in keinem Akademikerhaushalt soviel Geld für Repräsentation ausgegeben wird wie bei ihnen, und erinnert an seinen großen Perükenvorrat und an den Traueranzug, den er sich nach seinem Amtsantritt als Rektor hat anfertigen lassen. Wozu? Damit er in der Truhe liegt? Und sei's drum, daß irgendwann jemand am Hofe stirbt, so ist doch noch längst nicht sicher, ob er dann auch zu den Trauerfeierlichkeiten geladen wird.

Wie ein Ungetüm wächst Gottsched vor ihr auf. Die Wut sitzt in seinen Augen, in seinen Mundwinkeln, in seinem Nacken, überall.

Da soll sie sich gefälligst heraushalten, denn das sind Dinge, die sie nicht beurteilen kann. Wer Ämter und Funktionen bekleidet, dem obliegt nun einmal ein würdevolles Auftreten in der Öffentlichkeit. Gerade am äußeren Gewand eines Menschen zeigt sich ein gut Teil seiner Kultur.

Gottsched steigert sich immer mehr in seinem Zorn, und Victoria hält es für geraten zu schweigen. Sie möchte durch kein Widerwort ihn zu Dingen veranlassen, die ihr Bild von ihm zerstören würden. Doch diese Distanz bringt ihn noch mehr auf. Wenn sie sich schon mit seinen Angelegenheiten beschäftigt, dann sollte sie sich um das Normalste, um das Mitdenken bekümmern. Aber das ist ihr gleichgültig. Statt seine Bemühungen zu unterstützen, baut sie ihre ehrgeizigen eigenen Vorhaben immer mehr aus und erkennt nicht, daß sie zu nichts und wieder nichts führen. Jawohl, die ganze Schreiberei, die sie sich – ohne seinen Rat einzuholen – in den Kopf gesetzt hat, ist nur vergeudete Zeit. Im besten Falle gutgemeint, mehr nicht.

Er sagt es genüßlich und seltsam schadenfroh, mit einem versteckt-triumphalen Lächeln, als wolle er sie kleinlächeln und niederzwingen. Nein, ohne ihn wird sie nichts zuwege bringen. Oder will sie etwa behaupten, daß ihr auch nur eine einzige Zeile im Bayle gelungen wäre, wenn er ihr nicht ständig auf die Finger gesehen hätte?

Victoria meint, ihr Herz müsse stehenbleiben. Sie sieht ihn an und spürt, wie ein Haß in ihr aufsteigt, der sie körperlich und seelisch so tief durchdringt, daß sie selbst erschrickt. In der Person Gottscheds scheint sich für sie auf einmal die ganze Ungerechtigkeit und Gemeinheit dieser Welt zu vereinen, der nicht mit Worten, sondern nur mit Gewalt begegnet werden kann. Sie fühlt plötzlich Kräfte in sich, die aus bisher unbekannten Tiefen aufsteigen, ihr eine übermächtige Stärke verleihen und mit rasender Entschlossenheit zum Ausbruch drängen. Einen Moment lang fürchtet sie, die Beherrschung zu verlieren. Wie von Entsetzen gepackt, verläßt sie den Raum, stürzt in ihr Zimmer und schließt sich ein.

Sie ist so durcheinander, daß sie meint, die Welt sei aus den Bahnen geraten. Victoria blickt in die Kastanie, nimmt sie nicht wahr, spürt auch sich selbst nicht und möchte nur weit weg sein, weit, weit weg sein.

Am nächsten, am übernächsten Tag, ja sogar die ganze Woche, noch eine Woche und selbst die darauffolgende Woche huscht sie an ihm vorbei wie eine Fremde. Wortlos. Blicklos. Ein gemeinsames Frühstück, ein gemeinsames Mittagessen gibt es nicht. Wenn er geht, läßt sie sich auftragen. Wenn er kommt, zieht sie sich in ihr Zimmer zurück. Schweigen legt sich über alles, läßt Vertrautes fremd werden und schafft in den eigenen vier Wänden eine Welt unüberwindbarer Entfernungen. Es scheint ihr sogar, als trüge jeder schon deshalb seine Feindseligkeit so entschlossen vor sich her, um dem anderen keinen Anlaß für eine Annäherung zu geben. Verläßt er die Wohnung, fühlt sie sich jedesmal so, als weiche ein Druck von ihr. Hört sie ihn kommen, schnürt sich ihr innerlich alles zusammen, und sie meint ersticken zu müssen. An den Nachmittagen, da er zu Hause arbeitet, nimmt sie dankbar die Einladungen zu den Teestunden wahr, zu denen sie die Professorengattinnen regelmäßig bitten, für die sie bislang aber selten Zeit gefunden hat.

Je länger das Schweigen anhält, desto mehr denkt sie über das Geschehene nach. Noch nie hat Gottsched so tief in seine Seele blicken lassen wie in den Augenblicken des Zorns. Ohne ihn ist sie nichts. Ohne ihn hätte sie keine einzige Zeile im Bayle zustande gebracht. Wäre dies alles als eine Beleidigung gedacht gewesen, sähe sie darüber hinweg, bedürfen doch außergewöhnliche Menschen eines außergewöhnlichen Verständnisses. Aber dies war mehr, war unüberhörbar eine Warnung. Sie soll es nicht wagen, an seiner Seite eigene Ziele zu verfolgen, und stets daran denken: Alles, was sie ohne ihn unternimmt, unternimmt sie gegen ihn.

Victoria kann sich des Eindruckes nicht erwehren, daß er in ihr noch immer die Schülerin sieht, die es zu lenken und zu leiten gilt. Mag sein, daß sie unter seiner Leitung selbständig geworden ist. Mag sein, daß er sie dahin gebracht hat, wohin sie immer wollte. Mag alles sein. Nur – jetzt ist sie angekommen, und er muß sich mit dieser neuen Situation abfinden. Kinder werden erwachsen und Ehefrauen selbständig. Das ist das Gesetz, welches sie in den gesammelten Werken seiner Weltweisheit nicht finden kann. Es wird höchste Zeit, ihm zu zeigen, daß sie auch ohne ihn zu großen Unternehmungen fähig ist.

Obwohl sie weiß, daß der Umgang mit der Wissenschaft ihre Phantasie einengt und sie als Schriftstellerin zurückwirft, entschließt sie sich, ein Werk zu übersetzen, an das sich noch keiner gewagt hat: größer als der Bayle, schwieriger als der Bayle: die *Geschichte der königlichen Akademie der schönen Wissenschaften zu Paris.* Eine Unmenge von Abhandlungen trefflicher Geistesbeflissener, die von Frankreich aus ihre Lichtstrahlen in die gelehrte Welt senden. Zehn Bände, ein Wahnsinnsunternehmen für eine einzelne, gewiß, aber sie muß Gottsched beweisen, daß sie seiner Führung nicht mehr bedarf – koste es, was es wolle.

Nicht genug, daß Gottsched von der Neuberin verhöhnt und von den Schweizern bekämpft wird – nun muß er auch noch erleben, wie sich seine ehemaligen Schüler nacheinander von der Mitarbeit an seinen Zeitschriften zurückziehen und eine eigene Zeitschrift gründen.

Über die *Neuen Beiträge zum Vergnügen des Verstandes und Witzes* ist er so erzürnt, daß er sein Schweigen gegen Victoria aufgibt und wieder ganz der alte ist: im gründamastenen, mit rotem Taft gefütterten Schlafrock geht er unruhig im Zimmer auf und ab, stößt Drohungen gegen die Welt und ihre undankbaren Poeten aus und sinnt über Vergeltungsmaßnahmen nach. Schließlich haben die jungen Dichter seine Vorlesungen gehört, seine Kollegien besucht; er hat sie zur Liebe für den Alexandriner erzogen und sie gelehrt, wie ein regelmäßiges Drama und eine gereinigte Komödie gegliedert sein muß; er hat ihnen den philosophischen Blick auf die Welt eröffnet und ihnen die Moral als Endzweck aller Poesie erhellt; hat sie gefördert, ihnen Veröffentlichungsmöglichkeiten geboten, ihre Werke wohlwollend rezensiert, und auf einmal kehren sie ihm und seiner Schule den Rücken. Das kann nur das Werk der helvetischen Feuerschürer gewesen sein!

Als besonders schmerzlich empfindet es Gottsched, daß sich gerade die begabtesten Köpfe und hoffnungsvollsten Talente um die neue Zeitschrift geschart haben – Gärtner, Elias Schlegel, Cramer, Rabener, Zachariä. Die Absicht der Herren Redakteure, in Zeiten, wo alles Partei ist, eine überparteiische Zeitschrift gründen zu wollen, nimmt Gottsched natürlich nicht ernst, denn ein solches Blatt kann keinen Bestand haben. Außerdem ist ihm bereits hinterbracht worden, daß Elias Schlegel in vertrautem Briefwechsel mit Bodmer steht, und das zeigt genug von der Richtung der Zeitschrift: antigottschedisch. Nichts anderes hat Herr Bodmer im Sinn.

Entsetzt stellt Gottsched fest, daß einige Poeten sich sogar von dem Weg einer einheitlichen deutschen Literatursprache abwenden. Jahre hat er dafür geschrieben, war keinem Streit aus dem Wege gegangen, und nun folgen sie einem alpinischen Ohrenbläser, der die sprachliche Einheit durch Mannigfaltigkeit und Gebrauch der Dialekte wieder auflösen will. Wie traurig, mit ansehen zu müssen, daß die jungen Poeten auf das Geschrei eines Plattfußes hören. Es stünde ihnen weit besser an, ihren klaren Verstand zu gebrauchen und zu erkennen, daß in einer einheitlichen Literatursprache etwas Großes, Verbindendes und vor allem die Hoffnung liegt, über die Provinzgrenzen hinweg auch in den letzten Winkel das Gefühl einer Zusammengehörigkeit zu tragen.

Doch Gottsched sagt sich, daß die Abkehr seiner Schüler von seinen Idealen nur eine momentane Verirrung sein kann. Sie werden keinen Widerhall finden, wenn sie gegen die ordnenden Regeln in der Kunst in ihrer Zeitschrift zu Felde ziehen, denn die Liebe zur Vernunft wurzelt tief in den alemannischen Herzen. Gegen die inneren Regungen eines Volkes anzudichten mag sich für den Augenblick lohnen, aber ist auf die Dauer ein erbärmliches Geschäft.

Gottsched kann das Opponieren nur ihrer Jugend zuschreiben. Jugend hat sich schon immer in der Rebellion gefallen, und dies ist nicht der schlechteste Zug an ihr. Aber er wird dafür sorgen, daß sie ihren Irrtum nicht für eine Wahrheit halten. Noch ist er da und hat ein gewichtiges Wörtchen mitzureden!

Wie schon so oft in einer betrüblichen Situation, gibt

sich ihm auch diesmal ein Lichtstrahl zu erkennen: Graf Manteuffel bringt die Nachricht, daß Christian Wolff im Triumphzug in die Stadt Halle zurückgekehrt ist. Gerade jetzt könnte es für Gottsched keine bessere Nachricht geben, denn er sieht darin ein verheißungsvolles Zeichen für die Zukunft, die die Vernunft endgültig auf den Thron setzen wird. Als Übeltäter verjagt und als Geheimer Rat und Vizekanzler mit einem jährlichen Gehalt von zweitausend Talern in die Heimat zurückberufen werden – das sind die Sternstunden, die das Schicksal für jene bereithält, die fest an ihre Sache glauben und eine als richtig befundene Wahrheit aufrecht verfechten.

Wie feierlich muß es gewesen sein, als Wolff mit prächtigem Komitat in die Stadt einzog. Voraus drei Postillone, die das Horn bliesen, hinter ihnen fünfzig Studenten in den Farben der Landsmannschaften, dann die mit vier Pferden bespannte Karosse des begnadeten Denkers, in der er höchstselbst mit Gattin saß. Nach ihm seine getreuen Studenten aus Marburg und in anschließenden Wagen die Honoratioren der Universität und weitere Würdenträger des Geistes. Wie bedauert Gottsched, nicht inmitten der großen Suite gewesen zu sein, als vor dem Thomasiusschen Hause Hautboisten und Stadttrompeter dem Philosophen ein bewegendes Vivat darbrachten. Welchem Sohne der Wissenschaft und Sendboten der Vernunft ist schon eine solche Begrüßung zuteil geworden!

Gottsched kann sich des Gefühls nicht erwehren, als gäbe es eine gewisse Parallelität zwischen seinem eigenen und dem Wolffschen Schicksal. Sollen sie ihm in den Rükken fallen, sollen sie ihn als den großen Teutobock verhöhnen und ihm die Zuchtrute andichten, mit der er die Poeten angeblich maßregeln will – er bleibt wie Wolff seiner Überzeugung treu. Komme, was wolle – aus Erfahrung weiß er, daß die Angst zu irren schon der Irrtum selbst ist.

Eine Stimmung der Zuversicht erfüllt ihn. Victoria muß eine Flasche Champagner holen lassen. Dafür, daß der unvergleichliche Wolff Licht und Klarheit in das philosophische Denken bringen wollte, wurde er mit Ausweisung bestraft und mit Ehren zurückberufen. Er, Gottsched, der Licht und Klarheit in die Sprache und Poesie bringen will, erntet Undank und Spott, aber er weiß schon jetzt, daß die Rückkehr zu seinem Lehrgebäude nicht weniger glanzvoll sein wird.

Gottsched trinkt auf das Hallenser Ereignis und fühlt sich in seinem Tun bestärkt wie nie. Nur Männer, die sich aus dem Streit der Welt nicht heraushalten, setzen etwas in Gang und bringen die Dinge vorwärts. Auch er wird mit der rasch wechselnden Gunst seiner Mitmenschen leben müssen, wird bald hoch, bald niedrig in ihrer Achtung stehen, und das ist noch nicht einmal der höchste Preis, den ein Mann für seine Überzeugung zu zahlen hat. Sollen sie ihn nur verlachen in ihrer jammerseligen Beschränktheit, sollen sie Zeitschriften gründen gegen ihn oder Schmähschriften verfassen – spätere Generationen werden ihm dennoch recht geben.

Victoria enthält sich jeglicher Äußerung. Sie nippt an dem Champagner und hofft, daß sich seine Worte bewahrheiten mögen.

Fragte sie jemand, was Glück ist, würde sie antworten, eine Arbeit, die von innen her das ganze Wesen erfüllt, die einen Menschen trägt und bestimmt und ohne die er sich nicht mehr denken kann. Hätte sie selbst keine solche Arbeit, in der sie vollkommen aufgehen und ihren Lebenssinn finden könnte, stünde sie jetzt leer und verzweifelt da. Inmitten unliebsamer Bewegungen, die um sie herum immer wieder aufbrechen, ist ihre Arbeit der einzige feste Punkt, an den sie sich halten kann und der ihr die Gewißheit gibt, ihrer Fähigkeiten und Talente sicher zu sein. Hätte es das Schicksal gewollt und würde sie Kinder haben, hielte sie es damit wohl genauso.

Im tiefsten Innern bedauert Victoria jene Frauen, die den Inhalt ihres Lebens einzig und allein in ihrem Gemahl sehen und das Glück, ihm dienen zu dürfen und die Stunden zu versüßen, als ihre ureigenste Bestimmung betrachten. Sich derart auf Gedeih und Verderb einem Menschen, noch dazu einem Ehemanne auszuliefern, hält sie schon darum für verhängnisvoll, weil Frauen als Wesen angesehen werden, deren ganzes Kapital in ihrer Jugend und ihrer Schönheit liegt. Mag sein, daß die meisten ihr Ausgeliefertsein nicht empfinden, solange sie diese Vorzüge besitzen. Verlieren sie aber jenes Kapital, schwindet ein wesentlicher Teil der Zuneigung des Mannes dahin, und sie stehen plötzlich nur mehr als eine beklagenswerte Hülle vor ihm, die nichts weiter umschließt als eine Erinnerung. Und wie trostlos ist es dann, die dahinschwindenden äußeren Reize mit stets dem gleichen wehmütigen Lamento über die Vergänglichkeit der Jugend zu begleiten, statt ihnen eine ganz andere Art von Schönheit, den Geist und sein Feuer, entgegenzusetzen.

Schon deshalb, meint Victoria, müßten die Frauen Zugang zu allen Tätigkeiten des Verstandes haben, um rechtzeitig ihr Augenmerk auf Dinge richten zu können, die unabhängig von allen Gunstbezeigungen des Mannes sind. Verliert er etwa mit fortschreitendem Alter an Anziehungskraft? Wenn er mit geistiger Lebendigkeit alle in seinen Bann zieht, wer fragt da nach seinem Alter? Nur die Landestöchter dürfen nicht zuviel lernen, keine Universität besuchen, keine akademische Ausbildung bekommen, um nicht zu tief den Dingen auf den Grund zu gehen und ihre sinnlichen Talente als höchste Erfüllung ihres Daseins etwa in Frage zu stellen. Denkt Victoria an dieses schreiende Unrecht, tröstet sie nicht einmal die Gewißheit, daß wenigstens sie zu den Ausnahmen gehört, die damit gebrochen haben. Auch ohne ihren Gemahl und Gebieter würde sie die bleiben können, die sie geworden ist. Mag er auch ihre eigenen Arbeiten für vergeudete Zeit halten – Victoria glaubt, jeder Mensch kann ohnehin nur das hervorbringen, was er in sich selber findet, und darin ist sie noch nicht getäuscht worden.

Obwohl sie niemand zu der großen Arbeit an der *Geschichte der königlichen Akademie der schönen Wissenschaften zu Paris* zwingt und sie lediglich Gottsched zeigen möchte, daß sie nicht mehr seine gelehrige Schülerin ist, löst doch die Aussicht, in den kommenden Jahren in das Übersetzerjoch eingespannt zu sein und sich darüber hinaus mit hochgelehrten Gegenständen befassen zu müssen, eine innere Bedrängnis aus. Die Angst, ihre Phantasie könnte in der staubtrockenen Wissenschaft verdorren oder in den akademischen Abgründen der Weltweisheit für immer verlorengehn, ist auf einmal so groß und übermächtig, daß sie alles stehen- und liegenläßt und hintereinander die Lustspiele schreibt, die sie schon lange beschäftigen.

Ob es das ehrgeizige Streben nach einer guten Partie, der Ärger mit den französischen Gouvernanten, das Spekulieren auf eine reiche Erbschaft oder das lockere Leben eines Musensohnes ist, der gegen Gottscheds Vernunftschule rebelliert – überall entdeckt sie das Komische, das sie nur noch herauszulösen und nachzuerzählen braucht. Was ihr jüngst nicht gelingen wollte und quälende Kopfschmerzen bereitet hat, stellt sich plötzlich ganz von selber ein, und sie kann wieder voll draufgängerischer Direktheit, unvoreingenommen und respektlos gegenüber aller höheren Vernunft mit den Worten umgehen. Begriffe und Bilder fliegen ihr zu. Sie fängt sie ein, hält sie fest und ist verblüfft, wie leicht Seite um Seite die Dialoge geraten.

All die kleinen körperlichen Mißhelligkeiten, die ihr sonst zu schaffen machen, die Kopfschmerzen, die Rückenschmerzen, sind verschwunden, vergessen, ausgelöscht. Sie fühlt sich gesund wie nie und von einem wunderbaren körperlichen Behagen durchströmt. Jede Stunde, die sie in dieser poetischen Glücksphase nicht nutzt, kommt ihr wie ein unwiederbringlicher Verlust vor. Ihr Schreibdrang ist so groß, daß sie nicht einmal mehr durch einen Spaziergang in ihren Garten, sondern wiederum nur durch Worte entspannen kann und zur Erholung meist noch Zeitschriftenartikel aus dem *Spectator* und dem *Guardian* ins Deutsche übersetzt. Erschöpft, aber mit einer tiefen inneren Zufriedenheit sinkt sie abends ins Bett.

An den Erfolg denkt sie nicht. Kommt er, ist es gut. Bleibt er aus, wird sie darum ihre Arbeit nicht als vergeblich oder gar unnütz betrachten. Und was heißt schon Erfolg? Sie kennt zu viele, die zu ihm hinkriechen, und weiß um die Mittelmäßigkeit ihres Weges. Außerdem sieht sie ja in ihrer nächsten Umgebung, daß das, was dem einen als öffentliche Belobigung gilt, dem anderen eher peinlich ist. Erfolg war schon immer eine Frage des Blickwinkels. Einige sind eben berühmt und andere sollten es sein. Die innere Zufriedenheit aber, die einer gelungenen Arbeit entspringt, läßt sich für Victoria mit nichts aufwiegen, denn die gibt ihr die Kraft, für sich selbst zu stehen. Als ob das nicht der wahre Lohn aller Anstrengungen ist!

Nach und nach allerdings bekommt sie einen gewissen Abstand zu dem Geschriebenen und bemerkt die sehr unterschiedliche Qualität. *Die ungleiche Heirat* und die *Hausfranzösin* sind ihr nicht so gut gelungen wie das *Testament* und der *Witzling*. Aber die Stücke gefallen dem Verleger, und der Bedarf an Prosalustspielen in der *Deutschen Schaubühne* ist so groß, daß Breitkopf sie sogleich zum Druck befördern möchte. Victoria willigt ein. Warum auch zögern? Sie hat noch genügend andere Ideen. Sie fühlt sich reich und vermögend, weil sie sich im Besitze poetischer Reserven weiß.

Als sie mit der Übersetzung der *Geschichte der königlichen Akademie der schönen Wissenschaften zu Paris* beginnt, kommt ihr das Widersinnige einer schriftstellerischen Existenz zum erstenmal in vollem Maße zu Bewußtsein: Sie möchte so gerne viel erleben, um es beschreiben zu können, und sie schreibt, weil sie nichts erlebt. Tagaus, tagein sitzt sie in ihrem Zimmer, ihrer Kartäuserzelle, und übersetzt mit steter Gleichförmigkeit einen Abschnitt um den anderen. Einmal ist es eine Betrachtung über die Größe der Riesen, ein andermal über die Religion der Reisenden oder über Hannibals Feldlager am Ufer der Rhône. Die Woche darauf sind es die Reichtümer des Tempels zu Delphi und neuste Erkenntnisse über die Ammen des Bacchus oder über die chinesische Gelehrsamkeit. Von morgens bis abends Worte, Begriffe, Synonyme.

Hin und wieder schaut sie von ihrer Arbeit auf, lehnt sich in den Stuhl zurück und träumt sich in die Ferne hinaus. In solchen Momenten formt sich die Welt draußen zu einem funkelnden Stern, der so farbig und faszinierend wird, daß sie augenblicks ihren Platz verlassen möchte, um eine Erfahrung zu machen durch Augenschein. Dann stellt sie sich vor, in das Land ihrer zweiten Muttersprache, nach Frankreich, zu reisen, die Menschen, die Landschaften wie bewegte Bilder in sich aufzunehmen und als unvergängliche Eindrücke zu bewahren. Wie gerne würde sie einmal etwas von dem Reichtum, den Schönheiten und der Fülle der Welt erfahren, aber sie sitzt immer nur zu Hause. Tag um Tag vergeht, und nichts geschieht, was diese Ereignislosigkeit unterbrechen könnte: keine Überraschung, kein Höhepunkt, kein Fest, kein Konzertbesuch. Nicht die kleinste Abwechslung.

Im stillen beneidet sie diejenigen, die die Weite und Wollust des Daseins in verschwenderischem Maße erfahren. Wenn sie hört, wie sich andere in den Sturzbächen des Geschehens tummeln, wie reich, wie aufregend ihr Erleben ist, erfaßt sie jedesmal eine tiefe innere Unruhe, und sie meint, auf der Stelle nachholen zu müssen, was sie in ihrem eigenen Leben bislang versäumt hat. Sie glaubt dann, alles Große und Einmalige sei an ihr vorübergegangen.

Victoria würde sich für das beklagenswerteste Geschöpf

unter der Sonne halten, wenn es in solchen Momenten nicht auch etwas anderes, sehr Tröstliches gäbe: das Bewußtsein, daß die Glücklichen, die den Augenblick genießen, ihn damit auch schon verloren haben. Sie dagegen hält ihn fest und gestaltet ihn. Die Lust, Worte auf das Papier zu bringen und darin das Abenteuer zu suchen, muß sie zwangsläufig von allem äußeren Geschehen entfernen und ganz auf sich selbst werfen. Victoria ist gezwungen, zu dichten und in ihrer Vorstellung zu erleben, was ihr die Wirklichkeit versagt. Verzweifeln müßte sie an der äußeren Gleichförmigkeit ihres Daseins, wenn nicht das Schreiben selber ihr größtes Erlebnis wäre.

Obwohl ihr die Texte der Übersetzung der *Geschichte der königlichen Akademie* wenig zusagen, weil sie ihr so vorkommen, als vereinte sich in ihnen die ganze hochgelahrte Wissenschaftskrämerei, empfindet sie doch eine tiefe Befriedigung, wenn ihr ein Abschnitt gelungen ist. Allmählich erwacht in ihr auch das Bewußtsein, daß sie die erste ist, die sich an dieses große Übersetzungswerk heranwagt, und sie fühlt sich so, als würde sie ein unbekanntes Land betreten, das ungeheure Entdeckungen bereithält.

Der Pioniergeist, der ihr von Mal zu Mal mehr Mut gibt, die Hürden zu überwinden, die sich vor ihr auftürmen, wird doppelt so groß, wenn sie daran denkt, sich in ein Gebiet zu begeben, das zu betreten bislang nur ein männliches Vorrecht war. Sie weiß, wie verwegen, wie herausfordernd ihr Unternehmen ist, weiß um die Aufmüpfigkeit ihres Tuns und genießt es wie eine stille Lust.

Der Tisch, an dem sie schreibt, ist inzwischen viel zu klein geworden. Die Nachschlagewerke und Wörterbücher, die sie mit einem Griff zur Hand haben muß, türmen sich neben ihr auf dem Fußboden. Im ganzen Zimmer verteilt liegen in kleinen Papierbergen die Fassungen der bereits übersetzten Passagen. Auf ihrem Lesepult die zuletzt eingegangenen Briefe und Zeitschriften. Auf dem Toilettentisch die Korrekturbögen ihrer Übersetzungen des englischen *Spectators*. Auf den Stühlen die Mappen mit den unerledigten Korrespondenzen und Entwürfen. Es ist ein Chaos, in dem sie sich zwar mühelos zurechtfindet, das aber ihrem Bedürfnis nach Ordnung und Übersicht, nach einer anmutigen Umgebung gründlich widerstrebt. Sie will ja nicht ein gelehrtes Kabinett für sich beanspruchen, mit Münzen- und Mineraliensammlung, mit Globen zur Rechten und zur Linken. Sie will nur einen Platz, an dem sie ihre Arbeitsunterlagen und Bücher in Griffweite um sich herum vereinen kann. Vor allem ist sie es leid, immer wieder alles forträumen zu müssen, wenn Besuch kommt, weil dies empfindlich in den Fortgang ihrer Arbeit eingreift. So prangt eines Nachmittags, als Gottsched das Zimmer betritt, vor ihm ein großer, anmutig furnierter Schreibsekretär mit einer breiten Schreibplatte.

Freudestrahlend führt sie ihm ihre Neuerwerbung vor, zeigt ihm, was sie alles in den einzelnen Fächern untergebracht hat, und ist glücklich, endlich ihre Arbeitsmaterialien auf einen Ort konzentriert zu wissen. Doch wider Erwarten löst bei Gottsched der Anblick des neuen Möbels nicht annähernd soviel Entzücken aus. Im Gegenteil. Skeptisch betrachtet er es von allen Seiten und bemerkt schließlich mit einem spöttischen Unterton, daß der Schreibschrank wohl etwas zu groß für sie geraten sei.

Für ihre Zwecke hätte ein zierlicher Damensekretär durchaus genügt und sich weit anmutiger in das Toilettenzimmer einer verheirateten Frau gefügt. Stünde ein solch geräumiger Sekretär im Kabinett eines Gelehrten, der mit umfänglichen Arbeiten befaßt ist, würde er nichts sagen. Aber zu ihr paßt dieses Möbel ganz einfach nicht, ja, es könnte sogar als Anmaßung empfunden werden. Immerhin hat sie als Frau ein gewisses Bild von sich zu wahren. Oder will sie etwa leugnen, daß Bescheidenheit die größte Zierde ihres Geschlechts ist und einer Frau die höchste Würde verleiht? Wenn schon nicht einmal er einen so großen Schreibsekretär in seinem Zimmer stehen hat, wie unpassend ist er dann erst für sie.

Victoria atmet innerlich auf, das Möbelstück von ihrem zuletzt eingetroffenen Honorar bezahlt zu haben und nun sich nicht auch noch Vorwürfe anhören zu müssen, daß sie sein Geld mit beiden Händen zum Fenster hinauswerfe. Sie läßt sich die Freude an ihrem neuen Schreibplatz nicht nehmen und setzt sich sogleich an ihre Arbeit.

Wenige Augenblicke später trägt Gottsched einen Stapel Bücher in ihr Zimmer. Von jedem einzelnen entfernt er sorgfältig mit seinem Schnupftuch den Staub und stellt sie nacheinander in gerader Linie oben auf den Sekretär. In Schweinsleder nachgebunden, in Quart und Oktav seine eigenen Werke: Gottscheds *Ausführliche Redekunst*, Gottscheds *Versuch einer kritischen Dichtkunst für die Deutschen*, Gottscheds *Sterbender Cato*, Gottscheds *Vernünftige Tadlerinnen*, Gottscheds *Beiträge zur kritischen Historie der deutschen Sprache, Poesie und Beredsamkeit*, Gottscheds *Deutsche Schaubühne*, Gottscheds *Erste Gründe der gesamten Weltweisheit*, Gottscheds *Neuer Büchersaal der schönen Wissenschaften und freien Künste*, Gottsched, nichts als Gottsched.

Victoria bemerkt, daß sein Unmut nachläßt und er sichtlich beeindruckt ist, wie prächtig seine Werke auf dem Sekretär zur Geltung kommen. Andachtsvoll steht er davor und meint, daß seine Bücher dem Möbel erst die rechte Gestalt geben. So sieht natürlich alles gleich ganz anders aus! Wenn es schon ein solch großes Schreibmöbel sein mußte, hat es auch entsprechend repräsentativ und würdig ausgestattet zu sein.

Gottsched erhebt den Zeigefinger und ermahnt Victoria, häufig in seinen Werken zu lesen, tüchtig in ihnen nachzuschlagen, zumal sie alle eine übersichtliche Gliederung haben und sich auch dem zarteren Geschlecht ohne sonderliche Schwierigkeiten erschließen. Bücher, wie er sie geschrieben hat, gehören nun mal an den Arbeitsplatz eines jeden Schreibenden oder anderswie für die Vernunft tätigen Menschen. So gesehen, ist es sogar ein guter Entschluß von ihr gewesen, einen so großen Schreibsekretär gewählt zu haben, denn die Reihe seiner Werke wird an Umfang stetig zunehmen.

Victoria hatte diesen Platz eigentlich für die Bücher von Haller, Milton und Young vorgesehen. Doch nun, da sie Gottscheds Freude erlebt, fühlt sie, daß es ungehörig wäre, ihm diese zu zerstören. Einerseits belächelt sie ihn. Anderseits rührt sie diese Geste auch. In ihr liegt ein so besitzergreifender Anspruch, wie ihn nur ein Liebender haben kann. Gottsched will in ihrer Welt an erster Stelle stehen. Er will nicht nur ihr Ehemann, sondern auch noch ihr Lieblingsschriftsteller sein.

Victoria empfindet die Besetzung des Sekretärs mit seinen Büchern aber auch als eine Warnung. Mag sie so eigenmächtig handeln, wie sie will – das letzte Wort wird immer er sprechen. In ihrer Welt – das beweist diese ansehnliche Reihe – ist er stets zugegen. Alle Beachtung, die sie erfährt, begründet sich in ihm. Ohne ihn ist sie nichts und wird ihr nichts gelingen. Doch was immer er darüber hinaus mit dieser Geste noch mitteilen will – sie denkt nicht weiter darüber nach, sondern freut sich, endlich einen wohlgestalteten Schreibplatz für sich zu haben.

Gottsched fügt bald darauf der stattlichen Reihe seiner Werke ein weiteres Exemplar hinzu: die *Grundlegung zu einer deutschen Sprachkunst.*

Es scheint ihm höchste Zeit, all denen, die sich um ein gutes Hochdeutsch bemühen, eine nützliche Materie in die Hand zu geben. Denn obgleich er die Deutschen bei jeder Gelegenheit ermahnt hat, sich in ihrer Muttersprache geschickt zu machen, tönt sie ihm noch immer nicht rein entgegen und zeigt sich in einem dürftigen Gewand. Was gut oder übel geschrieben ist, wissen manche noch sowenig zu unterscheiden, wie das Huhn die Perle von einem Gerstenkorn zu schätzen weiß. Nun wird es anders. In seiner Sprachkunst sind die Regeln der Rechtschreibung und Wortführung eindeutig festgelegt. Die besten der alten Sprachlehrer und der neueren Schriftsteller hat er dafür als Beispiele herangezogen und unmißverständlich niedergelegt, daß die Sprache der mitteldeutschen Landschaften als verbindlich für alle gelten soll. Ob Märker, Pommer, Frank, Schwab, Mecklenburger oder Niedersachs – er will ihre Heimatdialekte weder abwerten noch einschränken. Er will ihnen nur zu Bewußtsein bringen, daß es etwas Erhebenderes gibt als die Mundart der Provinz – die gemeinsame Sprache der Nation nämlich, die ein Volk zusammenhält und dessen Hoffnung stärkt, eines Tages die Knechtseligkeit des Winkelgeistes zu überwinden.

Mögen gewisse Federkrieger die hiesigen Poeten aufwiegeln, das Meißnisch-Obersächsische als Mustersprache abzulehnen und dafür ihnen wärmstens den Schweizer Dialekt wegen seines Reichtums an volltönenden Vokalen empfehlen – diesmal hat Gottsched den beiden Herren recht tüchtig die Nase geschneuzt. Diesmal müssen die Pächter des Kantönligeistes schweigen, denn schon jetzt wird sein Buch allerorts als ein Ereignis aufgenommen. In der *Berlinischen privilegierten Zeitung* will zwar einer von diesen Neulingen an der Spree, ein Herr Ephraim Lessing, wissen, daß die Provinz in Deutschland, wo das beste Deutsch geredet wird, gewiß nicht in der Mitte Deutschlands liegt, aber er kann auch nichts anderes dagegenhalten und etwa sagen, wo sie denn liegen sollte.

Die schalen Kritteleien deutscher Journale haben Gottsched noch nie von seiner Überzeugung abbringen können. Wer nicht sieht, wie groß das Chaos in der Sprache ist, und nicht erkennt, daß hier einmal gründlich Ordnung geschafft und durchgegriffen werden muß, kann ihm nur leid tun.

Er leugnet nicht, daß es im Garten der Muttersprache anlachende Lilien und Rosen wie auch süße Äpfel und gesunde Kräuter geben muß. Aber bevor dies alles gedeihen kann, muß der Nährboden bereitet und jeglicher Wildwuchs getilgt werden. Bevor sich junge Menschen in lateinischer, englischer oder französischer Grammatik kundig machen, sollen sie erst einmal ein sauberes Hochdeutsch reden und schreiben lernen.

Er hört ja täglich von seinem Verleger, wie rasant sein Buch abgeht und wie sehr es benötigt wird. In den Gegenden entlang dem Rhein und der Donau, wo noch der Dialekt herrscht, ist es bereits zum Katechismus einer deutschen Schriftsprache geworden. In Österreichs Schulen gilt es als ein Lehrbuch für die Jugend, und manch ein bemühter Poet bekennt ihm unumwunden, daß er fortan nicht bloß ein guter deutscher, sondern ein guter hochdeutscher Schriftsteller sein möchte. Das läßt sich hören. Das läßt er sich gefallen. Und erst die Dankesbriefe, die vielen Dankesbriefe. Die Einladungen der *Deutschen Gesellschaften* zu Vorträgen, die Bitten um Gutachten, das Einsenden der Manuskripte – all das zeigt ihm, daß er nunmehr zum ersten Sprachlehrer der deutschen Provinzen geworden ist. Wahrlich, er hat allen Grund, zufrieden zu sein. Die sich von ihm abgewandt haben, werden sich ihm wieder zuwenden. Selbst die Züricher Kampfhähne, die von Alp zu Alp ihre Wut gegen ihn hinauskrähen, werden vor dem Fels seines neuen Werkes verstummen müssen. Was gelten noch ihre Bedenken, was ihre Wühlarbeit? Kein anderer, sein Rat wird eingeholt. Genaugenommen ist er schon viel mehr als der erste Sprachlehrer der Nation – er ist zum Sprachgesetzgeber avanciert. Jetzt endlich sind die Dinge wieder auf den rechten Fuß gestellt. Er hat allen gesagt, wie es sein muß, und sie richten sich dankbar nach ihm.

Die Sympathie, die ihm allerorts entgegenschlägt, deutet er ganz im Sinne des edlen Leibniz: Wer sich um die Verbesserung der Sprache bemüht, arbeitet an der Wohlfahrt des Vaterlandes. Gottsched weiß sich wieder auf der Seite der Sieger und ist in prächtiger Stimmung. Was hat ein

Mann wie er, der in den besten geistigen Traditionen steht, von diesen helvetischen Gefühlsduselanten nun noch zu befürchten?

Je länger Victoria an der Übersetzung der *Geschichte der königlichen Akademie der schönen Wissenschaften zu Paris* arbeitet, um so größer werden ihre Zweifel, wen das überhaupt interessieren könnte. Genaugenommen dient die Gelehrsamkeit keinen anderen als den Gelehrten, die sie lehren. Sicher werden ein paar wenige Weltweise, Naturforscher, Kräuterkundige, Zergliederer, Sternseher, Erdbeschreiber, Meßkünstler und andere ehrenwerte Mitglieder der Akademie der Wissenschaften daran Gefallen finden. Auch den wenigen Liebhabern des Altertums wird es nützen, aber die anderen, die vielen anderen? Was interessiert sie Herrn von Bozes Erklärungen einiger griechischer, lateinischer und phönizischer Münzen oder Herrn Hardions Anmerkungen über den Text von des Euripides Andromacha oder Herrn von Valois Abhandlung, daß vorzeiten das Gelübde der Keuschheit und die Anlegung des Schleiers zugleich geschehen?

Sie ist verunsichert und mutlos, denn dieser Zweifel nimmt ihr von Monat zu Monat mehr den Elan. Ab und zu schaut Gottsched in ihr Zimmer herein, erkundigt sich nach dem Stand der Dinge und ermahnt sie, an ihre Gesundheit zu denken. Sie soll sich nicht übernehmen und keinen falschen Ehrgeiz entfalten. Letzthin ist er der Leidtragende, wenn er zu Hause eine kranke Frau hat.

Er gibt Victoria den guten Rat, das Ganze nicht allzu ernst zu nehmen, sondern als einen Versuch zu betrachten. Gelingt er, nun gut. Gelingt er nicht, hat sie sich wenigstens eine Zeitlang mit erhabenen Gegenständen beschäftigt und einmal einen Eindruck gewonnen, was Wissenschaft wirklich bedeutet: Schinderarbeit. Jawohl. Ausdauer, Gründlichkeit und Disziplin bei fortgesetzter geistiger Strapaze. Reicht es nicht, wenn sich ihr armer geplagter Ehemann diesen Torturen aussetzt? Sie dagegen hat es doch gar nicht nötig, sich derart abzurackern. Es ist ja geradezu unnatürlich, wenn eine Arbeit solche Ausmaße annimmt, daß sie den Sinn für alles andere löscht.

Natürlich weiß Victoria, worauf diese Bemerkung Gottscheds zielt, denn des Nachts liegt sie oft lange wach und kann vor Erschöpfung nicht einschlafen. Die Entfernung zu dem Mann, der neben ihr liegt, scheint ihr riesengroß. Nichts in ihr strömt zu ihm. Nichts löst ein Begehren aus. Kommt die Ehepflicht auf sie zu, nimmt sie sich jedesmal vor, den Rat der Freundin ihrer Mutter zu befolgen und mit kühlem Verstand das Unvermeidliche anzugehen: Lust zu heucheln und so zu tun, als sei dieser lästige Vorgang ein Höhepunkt ihres Tages, und natürlich den Schrei vorzutäuschen, der inbrünstig und nach Enthemmung klingen muß. Aber Victoria kann es nicht. Sie versteht nichts von der Hohen Schule der Weiblichkeit.

Vielleicht hat er recht. Vielleicht liegt dieser Zustand in ihrer Arbeit begründet, die wie ein Moloch ihre Energie aufsaugt und sie tot für alles Lebendige macht. Manchmal glaubt sie aber auch, das andere Geschlecht ganz allgemein hat nichts Reizvolles mehr für sie. Die Gattung des Homo vir findet sie banal und gleichförmig. Immer mit demselben Anspruch, immer mit der gleichen Ausführung und dazwischen keine Nuancen, kein Abweichen von der angemaßten Bestimmung, siegen zu müssen. Der Wahn, das Eingeständnis eines Irrtums könne ein Zeichen von Schwäche sein, ist ihr unbegreiflich. Mag sein, daß ein Mann sie faszinieren könnte, der davon frei wäre und mit dem sie eine Ebenbürtigkeit verbände, die ihr ein Gefühl der Geborgenheit und Übereinstimmung gäbe. Mag sein, doch sie wird die Möglichkeit des Vergleichs nicht suchen.

Victoria verschließt sich, weil sich ihr die Sehnsucht nach Zärtlichkeit nicht erfüllt. Wie lange ist es her, daß Gottsched sie einmal umarmt hat, einfach so, beiläufig und nur als Zeichen dafür, daß sie in ihm lebt? Kein Wort, das sie aufrichten könnte, kein Blick, kein Kuß, der außerhalb der Ehepflicht darauf schließen ließe, von ihm wahrgenommen zu werden. Nichts, was ihr das Gefühl gibt, unentbehrlich für ihn zu sein und im Zentrum seiner Existenz zu stehen.

Würde sie Vormittag für Vormittag die Zuarbeiten für ihn erledigen, zwischendurch anmutige Lustspiele verfassen und darüber hinaus ganz für ihn leben, sähe alles anders aus. Ihm jeden Wunsch von den Augen ablesen, ihn bewundern, ihn umtun und für eine Atmosphäre der Lust sorgen, wenn er von der Universität kommt – o ja, dann wäre sie die ideale Frau für ihn. Aber jetzt, da sie von morgens bis abends an ihrem Sekretär sitzt und sich nur noch notdürftig um die Leitung des Haushalts kümmert, jetzt ist sie ihm eine Bürde. Sie fühlt es deutlich: Insgeheim wartet er darauf, daß sie die Arbeit an ihrem großen Übersetzerwerk abbricht, um wieder ganz für ihn dazusein. Er würde sie tröstend in seine Arme nehmen und ihr mit väterlich-verständnisvollem Lächeln raten, in Zukunft auf ihn zu hören: Für manch kleinen Winkel in der Wissenschaft sind Frauen wie geschaffen. Aber für große, übergreifende Werke haben sie keinen Atem und brauchen ihn auch nicht. Ihr Verdienst besteht darin, den Mann in seinen Bemühungen zu unterstützen. Alles andere sind nur eitle Flausen, die sie sich in den Kopf gesetzt haben, um ihre Mitmenschen zu täuschen.

Victoria wird unter keinen Umständen ihre Arbeit abbrechen – mag er auch noch so oft in ihr Zimmer hereinschauen und sich mit scheinbarer Anteilnahme nach dem Stand der Dinge erkundigen.

Inzwischen geht es ihr nicht mehr darum, ihm zu beweisen, daß sie auch ohne sein Zutun etwas zuwege bringen wird. Es geht um sie selbst. Um ihren Namen, um ihr Ansehen, um ihren Ruf. Sie hat den Ehrgeiz, sich dieser Arbeit gewachsen zu zeigen. Ihre Kenntnisse und Fähigkeiten sind nicht geringer als die der anderen Wortkundigen. Warum also scheitern? Victoria sieht zwar, daß die Schwierigkeiten von Mal zu Mal größer werden, aber sie erschrickt nicht vor ihnen. Sie will sich selbst den Beweis erbringen, daß sie zu etwas Außerordentlichem fähig ist, und will eine Arbeit liefern, die keiner einer Frau zutraut.

Und doch – nie hat sie das Übersetzen als eine solche Fron empfunden. Manchmal mag sie an nichts mehr erinnert werden, was lebendig ist, mag sich selbst keinem zeigen, mag nicht einmal dem Personal begegnen, weil sie sich einbildet, kein lebendiges Wesen zu sein, weder Frau noch Mann, nicht einmal ein Neutrum, sondern ein Metawesen, das ausschließlich in seiner Vorstellung lebt und als Abstraktion vom Abstrakten zum Schrecken der Mitmenschen umherwandelt. Immer wieder ist sie kurz davor, ihre Arbeit abzubrechen und wie ein Schmetterling ins Freie zu fliegen, erlöst, erleichtert, und immer wieder wendet sie sich ihr zu. Noch rigoroser zieht sie sich von allem zurück. Sie empfängt keinen Besuch mehr, konzentriert sich ganz auf den Gegenstand, kämpft, wühlt, gräbt und quält sich durch die gelehrte Materie und arbeitet mit äußerster Willenskraft.

Würde die Welt um sie herum versinken, würde sich die Ordnung in ein Chaos verwandeln, würde sie sich selbst abhanden kommen – alles wäre ihr unwichtig, alles nebensächlich. Nur eines zählt: nicht aufgeben. Koste es, was es wolle.

Als der erste Band der *Geschichte der königlichen Akademie der schönen Wissenschaften* erscheint, gerät ihr Name in vieler Munde. Zu ihrer größten Überraschung sind die Zeitungen voll des Lobes. Die Anmut der abgehandelten Materien und die saubere Ausführung wird all denen, die das Altertum kennenlernen wollen, zur Beruhigung ihres gelehrten Hungers empfohlen. Ihre Übersetzung gilt als Zeugnis dafür, daß die deutsche Sprache durchaus fähig ist, die gelehrtesten Sachen, von welcher Art sie auch sein mögen, deutlich, nachdrücklich, lebhaft, ja schön und anmutig vorzutragen. Ihr Werk schafft mehr Nutzen als die Menge abgeschmackter Romane, von denen die Buchläden überquellen.

Nicht einmal im Traum hat Victoria daran gedacht, daß sie so viel Beachtung erfahren könnte. Eine besondere Genugtuung bereitet ihr Gottscheds Vorwort. Obwohl sie seine Manie, allem Geschriebenen eine erläuternde Bemerkung voranzusetzen, stets getadelt hat, findet sie diesmal ein Vorwort angebracht. Wenn ein gelehrtes Werk, das eine Frau übersetzt hat, von einem Mann der Wissenschaft, und noch dazu von einem so berühmten, eingeleitet wird und er als Bürge für ihre Gediegenheit steht, erhöht das nur ihre Glaubwürdigkeit. Vielleicht hilft es sogar, gegenüber all den Frauen, die ihre Lust in der Erkenntnis suchen, Vorurteile auszuräumen.

Daß Gottsched im Vorwort bekennt, an diesem Werk gar keinen Anteil zu haben, und es ihm lediglich ein Vergnügen sein wird, ferner bei der Ausfertigung einer so nützlichen Arbeit hilfreiche Hand zu leisten, berührt Victoria merkwürdig. Was für ein seltsamer Wandel der Dinge! Beim Bayle war sie die namenlose Gehilfin. Jetzt ist er derjenige, der als guter Geist im Hintergrund wirkt.

Das Echo auf ihre Arbeit ist ihr beinahe unheimlich. Fortgesetzt bekommt sie Briefe, und täglich lassen sich neugierige Besucher bei ihr melden, in der Hoffnung, ein paar Worte mit der berühmten Frau wechseln zu dürfen. Sie bittet manch einen ihrer enthusiastischen Bewunderer, einzuhalten mit seinem Überschwang und abzuwarten, denn neun stattliche Bände werden noch folgen.

In helle Freude allerdings gerät Victoria, als sie Gottsched auf einer Reise nach Wien begleiten darf. Dies bedeutet ihr mehr als alles Zeitungslob und alle volltönenden Bewunderungen. Nun endlich kann sie einmal ihre heimliche Sehnsucht stillen, eine Erfahrung machen durch Augenschein und das papierne Dasein auf ihrer gelehrten Galeere vergessen. Nur am Rande nimmt sie wahr, daß Gottsched in der kaiserlichen Haupt- und Residenzstadt allerhöchste Stellen für die Gründung einer Sprachakademie interessieren will, die sich unter dem Patronat Maria Theresias zur führenden geistigen Einrichtung Deutschlands entwickeln könnte. Victoria drängt es hinaus. Sie ist in Gedanken schon ganz in der Ferne.

Sie reisen über Karlsbad, wo sie seinem Wunsche gemäß in den Kreisen des böhmischen Adels die Sitten der großen Welt studieren und sich seelisch auf die alte Kaiserstadt einstimmen soll.

Kaum sind sie in Wien angekommen, stürzt sie sich in die Donaumetropole, als gelte es, die ganze Welt zu erobern. Die Schönheit der Bauten, die Eleganz der Straßen, die Fülle der Geschäfte und der Luxus der Moden versetzen sie in einen Wahrnehmungsrausch. Wo sie auch hinschaut – überall Extravaganz, Pracht, Glanz, Üppigkeit. Alles groß und weitläufig, würdevoll und majestätisch. Sie glaubt, nicht genug Augen zum Sehen, nicht genug Sinne zum Entzücken zu haben. Kaiserliche Bibliothek, Münzkabinett, Gemäldegalerie – was immer sie besichtigt, allerorts scheint ihr die Größe und Kunstsinnigkeit einer kaiserlichen Haupt- und Residenzstadt hervorzuschauen. Der geschäftige Müßiggang gibt den Straßen eine Weltfülle, die selbst dem beschaulich dahinflutenden Menschenstrom etwas Weites und Planetarisches verleiht.

Denkt sie an zu Hause, fühlt sie plötzlich die Enge und Eingeschlossenheit ihres Daseins. Was Wien bietet, hat ganz Sachsen nicht. Denn Sachsen – was ist das schon? Dresden, der Hof, Leipzig, die Universität, Meißen, das Pfarrhaus und dazwischen Dämmerschein. In Wien leben ihre erstorbenen Sinne auf. Sie öffnet sich voller Hingabe der neuen Umgebung, findet es wunderbar, einmal jenseits aller Wortmaterien die Ereignisse genießen zu können, fühlt eine tiefe Übereinstimmung mit den Ansichten der Vornehmen, die sie großzügiger und weltgewandter als die der Leipziger anmuten, gleitet wie im Traumflug durch die Tage und erfährt die größte Gnade ihres Lebens: Gottsched bringt die Nachricht, daß Maria Theresia, römisch-deutsche Kaiserin, Königin von Ungarn und Böhmen und Erzherzogin von Österreich, das Leipziger Musenpaar empfangen wird.

Victoria kann es nicht fassen. Vor Freude außer sich, fällt sie ihm um den Hals, doch er erteilt ihr sofort die wichtigsten Verhaltensregeln: nur reden, wenn sie dazu aufgefordert wird. Nicht lachen und nicht laut sprechen. Alles bloß andeuten. Andeuten zeugt von feiner Sinnesart. In die Haltung Demut legen und keine Fragen stellen. Fragen an eine allerhöchste Person zu richten, geziemt sich nicht. Selbstverständlich stets in der dritten Person zu Höchstderoselbigen reden. Dann die dreifache Verbeugung nicht vergessen. Beim Betreten des Saales die erste, in der Mitte des Saales die zweite und vor dem Thron die dritte. Das gleiche beim Hinausgehen, und zwar im Rückwärtsgang. Denn niemals darf ein Untertan der Herrscherin den Rücken zuwenden.

Schließlich läßt Gottsched einen großen Spiegel bringen, und Victoria muß den spanischen Hofknicks üben. Er führt ihn ihr vor und dankt dem Himmel, daß er keine Arthritis vaga mehr hat und keine Sorge haben muß, nach der Kniebeugung vor der Kaiserin in gebückter Haltung verharren zu müssen. Wieder und wieder muß Victoria unter seinen gestrengen Blicken auch noch den Handkuß probieren, der ihm nicht elegant und geschmeidig genug erscheint. Eines soll sie bei jeder Geste und jedem Wort bedenken: Einen guten Eindruck auf so hoher Ebene zu hinterlassen, kann von schicksalhafter Bedeutung sein.

Zu guter Letzt legt Gottsched fest, daß sie beide in großer Gala erscheinen. Im stillen hatte er natürlich mit einer Audienz gerechnet. In Wien ist sein Ansehen als Gelehrter und Poet noch ungebrochen. Hier weiß man wie nirgendwo anders die Klarheit des Denkens zu schätzen. Deshalb hat er die Prunkroben mitgeführt. Victoria soll ihm für seine weise Voraussicht ein Lob spenden, doch ihr steht der Sinn nach anderen Dingen. Der Audienztermin rückt näher und näher, und ehe sie sich innerlich bis ins kleinste auf dieses Ereignis einstellen kann, ist es schon soweit: An dem sonnigschwülen Vormittag des 28. September 1749, pünktlich zehn Uhr, steht Victoria mit Gottsched im Vorsaal des Schlosses Schönbrunn unter hundert anderen Personen, die sich hier versammelt haben, um der Sitte gemäß der Kaiserin vor dem Kirchgang die Hand zu küssen.

Victoria trägt ihr schwarzes Samtkleid mit den reichen Stickereien und der langen Schleppe wie eine Bürde. Es ist viel zu warm für diese Jahreszeit. Inmitten der luftig gekleideten Hofgesellschaft kommt sie sich in der Prachtrobe provinziell vor. Sie fühlt sich unwohl. Ihr fällt auf, daß die hohen Herren die Haare kurz tragen, etliche auch Zöpfe. Nur Gottsched steht als einziger mit einer großen, auf die Schulter herabwallenden Allongeperücke, die seinen Kopf in ein Jupiterhaupt verwandelt und alle Anwesenden an steifer Würde überragt. Victoria schämt sich. Mag sein, daß dieser Aufzug für die Leipziger Universität etwas Erhabenes hat, in Wien wirkt er lächerlich altmodisch. Damit, meint sie, ist allen ihre Herkunft deutlich vorgeführt, denn das Kennzeichen echter Provinz besteht darin, daß man sie niemals los wird. Mit einemmal rinnen Victoria feine Schweißperlen über die geschminkte Stirn. Sie steht und tupft und leidet und tupft und betet, die Tortur möge ein Ende haben. Da kommt ein kaiserlicher Kammerfourier auf sie zu und bittet, ihm zu folgen. Endlich ein paar Schritte gehen zu können, empfindet sie wie eine Erlösung. Die Kühle der Gemächer tut ihr gut. Aufgeregt sieht sie sich um. Die Gemälde, die Lüster, die kostbaren Tapeten – alles verschmilzt zu einer unfaßbaren Fülle von Reichtum, vor der sie einen Moment lang die Augen schließen muß. So schön der Anblick auch ist, er hat für sie etwas Quälendes. Von Schritt zu Schritt fühlt sie sich geringer und möchte sich irgendwo verkriechen.

Die Fürstin Trautson meldet die alsbaldige Ankunft der Kaiserin. Victoria denkt sogleich an die drei Verbeugungen, die ihr Gottsched eingeschärft hat, doch als Augenblicke später Maria Theresia in Begleitung von drei Erzherzoginnen erscheint, fällt sie spontan auf das linke Knie und küßt die allerhöchste und schönste Hand, die jemals den Zepter geführt hat. Gottsched kniet neben ihr. Die Kaiserin heißt beide aufzustehen. Victoria zittert am ganzen Körper vor Aufregung und Bewunderung. Sie schaut in das Gesicht der Kaiserin und braucht ein paar Augenblicke, um zu begreifen, daß sie vor der berühmten Herrscherin steht. Dem fernen, leuchtenden Symbol plötzlich so nahe zu sein, die höchste Instanz weltlicher Macht mit einemmal in körperlicher Gestalt wahrzunehmen, hat für Victoria etwas Faszinierendes, aber auch Verwirrendes. Daß diese Frau wie alle anderen Frauen ihre Kinder gebären muß, ist ihr im Augenblick genauso schwer vorstellbar wie die Tatsache, daß sie in ihren Händen die Schicksalsfäden der Völker hält. Victoria ist sich auf einmal nicht sicher, ob hier die normalen Begriffe und gewöhnlichen Vorstellungen noch Geltung haben. Sie spürt nur ihre Befangenheit, weil ihr mit einemmal bewußt wird, daß alles, was sie im Angesicht der Kaiserin äußern wird, den Charakter des Endgültigen und Unwiederbringlichen bekommt und Gottsched recht hat, daß nichts, aber auch gar nichts auf dieser Ebene ohne Folgen bleibt. Ihre Befangenheit wird so groß, daß sie nur noch Angst spürt, dieser schicksalhaften Begegnung nicht gewachsen zu sein.

Ich sollte mich scheuen, mit dem Meister der deutschen Sprache deutsch zu reden, sagt Maria Theresia, an Gottsched gewandt, wir Österreicher haben eine sehr schlechte Sprache.

Victoria hört wie von ferne die Versicherung Gottscheds,

daß er schon vor Tagen das reine und vollkommene Deutsch bewundert hätte, als Ihre Majestät bei Eröffnung des Landtages Ihre Stände gleich der Göttin der Beredsamkeit angeredet hat.

So, Sie haben mich belauscht, erwidert die Kaiserin und setzt mit hellem Lachen hinzu: Es ist gut, daß ich das nicht gewußt habe, sonst wäre ich steckengeblieben!

Victoria ist froh, daß die Kaiserin das Gespräch mit Gottsched führt und sie als stumme bewundernde Zuhörerin dabeistehen darf, aber da wendet sich Maria Theresia plötzlich an sie und fragt, wie sie es gemacht habe, so gelehrt zu werden.

Ich wünschte es zu sein, antwortet Victoria, um des Glückes, welches mir heute begegnet und mir die Gewißheit gibt, nicht so gar unwert zu sein.

Sie sind zu bescheiden, entgegnet die Kaiserin. Ich weiß es gar wohl, daß die gelehrteste Frau von Deutschland vor mir steht.

Victoria glaubt das Herz stehenzubleiben. Diese Worte aus dem Munde der Kaiserin zu vernehmen ist eine Würdigung, wie sie größer nicht sein könnte. Sie sieht, daß Gottsched aufhorcht. Entgegen seinem weisen Rat hat sie stets Mitgliedschaften und ehrenvolle Ämter abgelehnt und erhält nun eine Auszeichnung, die kaum einer von denen bekommt, dessen Name mit glanzvollen Einrichtungen und ruhmreichen Gesellschaften verbunden ist. Bislang hatte Victoria geglaubt, sie schreibe mehr für sich als für die anderen und ihre Veröffentlichungen würden mehr oder weniger nur zur Kenntnis genommen werden, doch nun hört sie auf einmal, welche Wirkung ihre Arbeit hat. Gelehrteste Frau Deutschlands – sie kann es nicht fassen. Ihr ist, als würde sie mit diesen Worten für die Haltung belohnt, die Gottsched als nutzlosen Eigensinn tadelt: Schreiben und die Kraft haben, für sich selbst zu stehen. Nun hört er, daß sie indirekt dazu auch noch ermutigt wird. Welch ein Augenblick!

Da geht die Tür auf, und ein Mann tritt ein, den Victoria für einen der Staatsmänner am Hofe hält, doch da sagt die Kaiserin: Dies ist der Herr, und Victoria legt sich fast gleichzeitig mit dem Gemahl in die spanische Reverenz. Seine Majestät der Kaiser reicht Gottsched die Hand zum Küssen. Vor Victoria zieht er sie zurück und heißt beide aufzustehen. Wieder rinnen ihr feine Schweißperlen über die Stirn. Glücklicherweise wendet sich der Kaiser mit seinen Fragen an Gottsched, doch Maria Theresia will von Victoria wissen, ob sie denn auch Familie habe.

Nein, allergnädigste Frau, so glücklich bin ich nicht.

Ach, Sie meinen, es sei ein Glück, Kinder zu haben? Sie bringen einem auch viele Sorgen.

Daß mit einemmal das Gespräch auf Kinder kommt, vergrößert Victorias Befangenheit um ein vielfaches. Sie glaubt, Maria Theresia hätte an ihr, der Kinderlosen, einen schweren Makel entdeckt, und meint, jedes weitere Wort werde nur in einem hilflosen Gestotter enden, denn Kinder sind für Victoria ein Thema, über das nur diejenigen befugt reden können, die sie auch haben. Auf alles, doch darauf war sie nicht gefaßt und empfindet es wie eine Erlösung, als der Kaiser wissen möchte, wieviel Sprachen sie versteht.

Allerdurchlauchtigster Herr, beeilt sie sich zu sagen, eigentlich keine recht.

Es tut ihr gut, von den beiden höchsten Personen ein Lächeln zu empfangen, das ganz offensichtlich ihrer übertriebenen Bescheidenheit gilt, doch Gottsched ergreift sogleich die Chance und schaltet sich in das Gespräch ein. Mit professoraler Beredsamkeit zählt er das ganze Register ihrer Sprachkenntnisse auf und läßt es vor allem nicht an dem Hinweis fehlen, daß sie mit Fleiß und Eifer seine Vorlesungen besucht hat. Victoria staunt, mit wieviel Selbstsicherheit er als Bürgerlicher, Protestant und Fremdling vor den Potentaten zu sprechen vermag, und ist froh, daß er ihr dies abnimmt.

Schließlich werden die Kinder der Kaiserin hereingerufen. Gottscheds küssen die kleinen durchlauchten Händchen und erfahren die außerordentliche Gnade, in alle kaiserlichen Zimmer geführt zu werden. Victoria weiß, daß diese Gunst nicht dem tausendsten Fremden geschieht, und vermeidet es erneut, sich bei einem kostbaren Detail aufzuhalten. Sie will nicht zu interessiert und zu neugierig erscheinen. Hin und wieder schließt sie nur die Augen, um die Eindrücke noch tiefer in sich hineinzuholen und das Ganze als Ganzes zu bewahren, wie den Traum von einer großen fernen Welt, in die sie für Augenblicke hineinschauen durfte.

Ein wenig verlegen nimmt Victoria zur Kenntnis, daß sie nach dieser Audienz in Wien wie ein Wunder bestaunt wird. Sie ist die berühmte Fremde, derentwegen die Kaiserin den versammelten Hof eine dreiviertel Stunde lang im Vorsaal warten ließ, um sich dann an seiner Spitze in die Kapelle zu verfügen, wo der Gottesdienst mit Dero allerhöchster Ankunft beginnen konnte. Auf kaiserlichen Befehl darf sie den österreichischen Schatz, die gesamten Kostbarkeiten des erzherzoglichen Hauses ohne Entgelt besichtigen, bekommt für beide Hoftheater freie Passepartouts und wird auf die Plätze gebeten, die sonst nur dem Adel vorbehalten sind. Freudig-befangen folgt sie den Einladungen des Fürsten Liechtenstein und des Grafen Esterházy, die ihr zu Ehren große Bankette geben. In den bewundernden Blicken, den ehrfürchtigen Reden, in den Toasten, die auf sie ausgebracht werden – aus allem wird das Besondere ihrer Situation deutlich, welches einer der Redner mit den Worten eingesteht, daß eine gelehrte Frau so selten wie ein weißer Rabe ist.

Als sie von Maria Theresia auch noch die Erlaubnis erhält, die *Geschichte der königlichen Akademie der schönen Wissenschaften zu Paris* Dero allerhöchsten Namen zueignen zu dürfen und nach Tagen erfährt, wie wohlwollend der erste Band ihres großen Übersetzerwerkes von der Kaiserin aufgenommen worden ist, meint Victoria, daß es in diesem Leben nichts mehr zu wünschen gäbe.

Erhobenen Hauptes verläßt sie Wien und fühlt sich in ihrem Tun bestärkt wie nie. Ihre Arbeit, ihre Mühen haben eine Bestätigung gefunden, die größer nicht sein könnte. Sie ist von der höchsten weltlichen Instanz in einem Maße geehrt worden, wie es Gottsched noch nie vergönnt war. Wer hat ihn schon als den gelehrtesten Mann Deutschlands bezeichnet? Sie braucht nicht mehr um ihre Glaubwürdigkeit zu bangen und keine Sorgen zu haben, sich unbefugt in die gelehrte Welt einzumischen. Das Wort Maria Theresias wiegt alle Bedenken auf.

Obgleich Victoria noch der schwierigste Teil der Arbeit bevorsteht, meint sie diesmal, sie mühelos zu bewältigen, und wähnt sich fast schon am Ziel. Sie spürt soviel inneren Elan wie seit Jahren nicht mehr. Auch ihre Einstellung zum Inhalt der Arbeit ändert sich. Bislang hat sie die gelehrten Abhandlungen nüchtern und staubtrocken empfunden, jetzt aber, da sie die ersten beiden Teile ihres Werkes noch einmal im Zusammenhang liest, kommt ihr die Mannigfaltigkeit der abgehandelten Gegenstände beinahe unterhaltsam vor. Die Altertümer, die Geschichte, die Dichtkunst, die Beredsamkeit, die Malkunst, die Musik, die Baukunst, das Bildschnitzen, das Feldmessen, die Erdbeschreibung, das Kriegswesen, die Wasserleitungen, die Schiffahrt, die Münzwissenschaft – alle Gebiete sind in diesem Werk versammelt, das dadurch fast einen enzyklopädischen Charakter erhält.

Jetzt erst wird Victoria bewußt, was sie geleistet hat und wie wichtig das Werk für die Aufhellung des Verstandes ist. Sie geht mit so viel Freude an die Übersetzung des dritten und vierten Bandes, daß sie gar nicht zu begreifen vermag, wie sie je von einer gelehrten Fron und einem Schreibejoch reden konnte.

Seit sie etwas von der Weite und Schönheit, dem Glanz und der Fülle der Welt in sich hineingeholt hat, sieht sie selbst ihre Umgebung mit anderen Augen. Das Kleine, Enge, dieser Ablauf des Gewohnten erscheint ihr als das Wohltuende und Wärmende. Manches an ihrem Alltag lernt sie neu schätzen: die bequem erreichbare Bibliothek, den kurzen Weg zum Markt, die Druckerei und den Verlag im Hause. Auch der Garten, der ihr schon immer eine Freude war, bekommt eine neue Bedeutung und erscheint ihr als ein Lebenswert, den sie gegen nichts mehr eintauschen möchte. Sie hat den Eindruck, als seien in ihrer Abwesenheit die Bäume und Sträucher besonders schnell gewachsen, als sei alles noch dichter, noch üppiger geworden und schlösse sich zu einem grünen Refugium, das ganz allein für sie geschaffen ist.

Was sie von der Welt draußen gesehen hat, war so schön, daß sie meint, es ließe sich durch nichts mehr überbieten und ihr Fernweh sei für lange Zeit gestillt. Selbst als ihr die lieblichsten Landschaften entgegenlächelten, hat sie deutlich empfunden, daß ihre Welt der Platz am Schreibsekretär ist. Von hier aus kann sie sich weithin verbreiten, und was sie von diesem Platz aus nicht erreicht, wird sie in keinem Land je finden können. Victoria ist froh, wieder zu Hause zu sein und sich an ihre Arbeit begeben zu können, denn letztlich bleibt die Kopfreise der wichtigste Ausflug für eine Schriftstellerin.

Im stillen hofft sie, Gottsched wird mit ihr den Wiener Erfolg noch etwas genießen und nachholen, wozu bisher die Zeit gefehlt hat: sie ins Collegium musicum ausführen oder die Einladungen seiner Freunde und Kollegen annehmen, schon um ihnen von der Audienz am Hofe zu erzählen, vielleicht selber ein Essen geben und damit eine Art Nachfeier verbinden, aber er macht keinerlei Andeutungen, den gewohnten Ablauf der Tage zu unterbrechen. Dies enttäuscht sie um so mehr, weil sie meint, gerade jetzt müßte Gottsched sie ganz besonders verwöhnen, denn nunmehr ist sie durch die Auszeichnung der Kaiserin doch das geworden, was er immer gewollt hat: eine Frau, die über die Grenzen des Landes hinaus Beachtung findet und allen zu erkennen gibt, daß derjenige, der Gottscheds Rat folgt, höchste Höhen erklimmen kann. Jetzt erst wirft sie in vollem Maße das Licht auf ihn zurück, das er in sie hineingetragen hat. Tag und Nacht müßte er stolz auf sie sein und ein Loblied anstimmen. Doch nichts von alledem. Weder schenkt er ihr ein besonderes Augenmerk, noch nennt er einen der vieltausendschönen Namen – im Gegenteil. Kaum zurückgekehrt, hat er nichts Eiligeres im Sinn, als den Tintenkrieg gegen Bodmer und Breitinger erneut anzufachen. Die Schweizer feiern Klopstock, den Sänger des *Messias,* als ihre große Entdeckung. Sie sehen in seinem Werk einen Vorboten des goldenen Zeitalters der Poesie.

Gottsched gerät darüber derart in Zorn, daß er ihnen postwendend die Köpfe gehörig zurechtsetzt: Der *Messias* ist die Geburt eines hochmütigen und allzu stark ausschweifenden Geistes. Ihm fehlen Klang und Wohllaut. Die Härte des hexametrischen Ausganges erregt Widerwillen. Klopstock, dieser schwülstige Poet, will sich mit seinen platten Versen in die Zahl erleuchteter Poeten schwingen, aber seine Schreibart ist nur abgeschmackt, ungeistig und pöbelhaft. Wer sie verteidigt, ist nicht im geringsten fähig, den Deutschen einen neuen Begriff von Dichtkunst zu geben.

Victoria fragt sich, was ihm an dieser herrlichen Dichtung mißfällt:
Sing, unsterbliche Seele, der sündigen Menschen Erlösung,
Die der Messias auf Erden in seiner Menschheit vollendet,
Und durch die er Adams Geschlecht zu der Liebe der Gottheit,
Leidend, getötet, und verherrlichet, wieder erhöht hat.

Sie ist entsetzt über Gottscheds neuerliche Maßregelung eines Poeten. Früher hat sie sich der Meinung ihres Ehemannes untergeordnet, hat andächtig geschwiegen, des öfteren ihn auch besänftigt oder die Kontroversen diplomatisch umgangen, war immer voller Rücksicht und auf Ausgleich bedacht. Doch jetzt spürt sie das Bedürfnis, ihr eigenes Empfinden auszusprechen.

Ganz ohne Bedenken und ganz ohne Scheu sagt sie ihm, was sie von seinem Vorgehen hält: nichts. Mit seinem Starrsinn fordert er das Schicksal nur unnötigerweise weiter heraus. Erst war er gegen Haller, dann gegen Milton, jetzt gegen Klopstock – von den übrigen Gegnerschaften ganz zu schweigen – und immer sinkt er tiefer in den Augen der anderen. Mag sein, daß er als Liebhaber der Weltweisheit und großer Vernunftkünstler einst viele in seinen Bann gezogen hat, aber der Geschmack ist inzwischen ein anderer geworden. Mußte er in letzter Zeit nicht genug Hiebe einstecken? Das Gelächter gegen ihn wird lauter und lauter, er jedoch bleibt unbelehrbar und macht sich weiterhin zum Gespött. Alle jubeln dem Klopstockschen *Messias* zu, nur er nennt ihn poetischen Unrat. Und warum? Weil Klopstock es wagt, entgegen Gottschedschen Vorschriften in Hexametern zu dichten, und er, ihr Herr Gemahl, um jeden Preis recht behalten muß, daß sich dieses Versmaß in die deutsche Sprache nicht fügt. Aber woher nimmt er die Gewißheit, daß ausgerechnet seine Regeln die einzig wahren und richtigen sind?

Sie fühlt Erleichterung nach diesen Worten, und er scheint sie auch gut verstanden zu haben, denn er bietet das erwartungsgemäße Bild. Empört über ihre Anmaßung, geht er erregt im Zimmer auf und ab und heißt sie mit drohend erhobener Stimme zu schweigen. Von der rechten Art zu kämpfen versteht sie nichts und soll sich gefälligst heraushalten. Nur die Dummköpfe sind im Bewundern Klopstockscher Verse nicht faul, und zu denen will sie ja wohl nicht gehören. Was ist das für eine heruntergekommene Sprache, deren sich der junge Sudelkopf bedient und alle damit irremacht? Eine Sprache, die sich außerhalb jeglicher Vernunft dazu versteigt, das Lachen und Weinen, Zittern und Erbeben, Erröten und Erglühen in Versen auszubreiten, ist verderblich für allen erhabenen Geschmack. Wenn es gar nur die platte Sprache wäre, die aus der Klopstockschen Wörterschmiede käme. Der Inhalt ist genauso verheerend. Biblische Themen so zu verhunzen! Wo der Geist der ewigen Wahrheit redet, da soll sich kein Sterblicher erkühnen, Fabeln anzuflicken oder vermeintliche Lükken des göttlichen Vortrages mit seinen Hirngespinsten zu füllen. Daß sie, seine doch eigentlich im Grunde ganz gescheite Gemahlin, für das Dümmste und Platteste unter der Sonne eintritt, ist mehr als enttäuschend, ist reinweg blamabel. Statt ihn in seinem Kampf gegen diesen Seichbeutel zu unterstützen, steht sie noch auf dessen Seite und gesellt sich zu den Verteidigern des *Messias,* die allesamt Menschen sind, die mit Finsternis, Schwachheiten und Leidenschaften erfüllt sind. Und so etwas will Sachsens Minerva sein!

Victoria glaubt, er würde ihr noch ein Pfui Teufel! entgegenschleudern, aber er verläßt nur wutentbrannt das Zimmer und schlägt die Tür hinter sich zu.

Je länger sie mit ihm verheiratet ist, um so deutlicher spürt sie, daß nicht seine ständige Nähe die Sinne für ihn erkalten läßt, im Gegenteil: Es ist abwechslungsreich, alles von ihm zu wissen, alles zu sehen, alles zu hören, sogar mit seinen Beschwernissen so vertraut zu sein, daß sie weiß, wann sie auftreten werden, und seine Vorlieben, seine Angewohnheiten, seine Zärtlichkeiten und Wutausbrüche bis in die letzten Regungen zu kennen. Es sind die geistigen Differenzen, die ihn ihr immer fremder machen.

Wäre sie eine Blumenmalerin oder Bilderstickerin, würden sie die gegensätzlichen Ansichten wohl kaum berühren. Aber so, da sie beide in einer annähernd gleichen Richtung arbeiten und die übereinstimmende Auffassung zu den Dingen das Fundament ihrer Gemeinsamkeit gebildet hat, wirken die aufbrechenden Gegensätze zerstörend.

Sosehr sie sich auch bemüht – das Gefühl des Miteinanders, das aus der gegenseitigen Unterstützung und Bestätigung ihrer Arbeit erwachsen ist, empfindet sie nicht mehr. Hätten sie Kinder, sähe wohl alles ganz anders aus. Dann gäbe es über die Arbeit hinaus noch etwas Gemeinsames, das sie verbände, aber das Schicksal scheint es nicht gewollt zu haben, und sie hat sich damit abgefunden.

Um so trauriger ist es für Victoria, zu erleben, daß Gottsched Ansichten vertritt, denen sie nicht mehr zustimmen kann, weil sie fern aller Vernunft stehen und nur mehr mit Rechthaberei zu tun haben. Obwohl er schon fünfzig Jahre alt ist, will sie an einen Altersstarrsinn bei ihm noch nicht glauben. Vielmehr scheint es ihr an einer Überschätzung seiner Person, seiner Titel und Ämter zu liegen, an dieser Schulmeistersucht, alles nach seiner Methode ausrichten zu wollen. Vielleicht ist diese Rechthaberei aber auch eine Folge der langjährigen Universitätsarbeit. Sie hat den Eindruck, daß ein Professor, der als Leibwächter einer bestimmten Wahrheit inthronisiert wird, stets treu ergeben seines Amtes waltet, selbst wenn es diese Wahrheit längst nicht mehr gibt.

Würde er weniger laut auf seinen Ansichten bestehen, wäre alles leichter zu ertragen. Doch so ist sie genötigt, zuzusehen, wie er seinen Geisteskredit, der stets sein Vermögenskredit war, in der Öffentlichkeit verschleudert. Dessen nicht genug, muß sie es sich als seine Frau auch noch gefallen lassen, mit ihm in einem Atemzuge genannt zu werden und für Auffassungen zu stehen, mit denen sie nichts zu tun haben will. Es schmerzt sie ganz besonders, von Mal zu Mal zu spüren, wie ihr die Hände gebunden sind, nur weil sie mit ihm verheiratet ist und die Gebote der Schicklichkeit zu beachten hat. Diese starrsinnige Rechthaberei macht ihn fremd und läßt ihn ihr so engherzig und verknöchert erscheinen, daß sie keine Lust verspürt, ihm in irgendeiner Weise gefallen zu wollen. Dort, wo die geistige Übereinstimmung fehlt, wo sich verwandte Seelen nicht von weitem grüßen, hat sie noch nie Zugang zu einem Menschen gefunden, geschweige denn das Bedürfnis verspürt, sich ihm mitzuteilen oder gar zu offenbaren.

Voller Sehnsucht denkt sie manchmal daran, was für ein schönes Leben sie führen könnten. Welche Möglichkeiten bietet die Ehe, und welche Erweiterungen läßt sie zu, wenn die gegenseitige Übereinstimmung gegeben ist. Gerade für sie, die von innen her ein bewegtes Leben führt, wäre die Ehe mit einem Menschen, der dieses Leben mittrüge, die ideale Daseinsform, weil sie den äußeren Ausgleich herstellt und die Einsamkeit aufhebt, die die geistige Arbeit mit sich bringt.

Die Vorstellung, daß sie in einer harmonischen Gemeinschaft über sich selbst hinauswachsen könnte und Kräfte gewänne, von denen sie bis jetzt nur eine vage Ahnung hat, macht sie oft so mutlos, daß sie glaubt, ihr ganzes Leben verwirkt zu haben. Ob sie will oder nicht – es zehrt an ihrer Substanz, gegen ihre Überzeugung zu seinen Übergriffen schweigen zu müssen. Sie mag gar nicht daran denken, wohin das noch führen wird. Denn daran, daß seine Auftritte in der Öffentlichkeit von Mal zu Mal peinlicher werden, zweifelt sie keinen Augenblick mehr.

Gottsched sieht in dem beruflichen Verdruß, der ihm in immer größerem Maße bereitet wird, ein Zeichen des allgemeinen Niederganges der geistigen Kultur. Daß sich in Wien niemand für seinen Plan zur Gründung einer Sprachakademie erwärmen wollte, ist ihm ein Beweis für die Engstirnigkeit in den deutschen Landen. Der Oberstkämmerer ließ ihn wissen, die Österreicher brauchten keine Académie des belles lettres, sondern eine Akademie, die auf Verbesserung der Ökonomie, Viehzucht, der Berg-, Sud- und Schmelzwerke und des Münzwesens bedacht sein müsse. Überall nur Knechte wirtschaftlicher Interessen und keine

Strategen einer philosophischen Nation. Geld und Gewinn statt Geist und Größe – das sind die Triebfedern, von der seine Landsleute in Wahrheit bewegt werden. Traurig, wahrlich traurig!

Auch dann, als Gottsched aufgefordert wurde, einen anderen Vorschlag für seine Verwendung in Wien zu machen, und er sich als Erzieher der kaiserlichen Kinder anbot, wurde ihm, dem Protestanten, eine abschlägige Antwort zuteil. Dabei hätte er den kleinen durchlauchten Köpfen soviel Nützliches beibringen und sie zu Genien erziehen können.

Gottsched tröstet sich damit, daß Männer wie er, die an der Wohlfahrt des Vaterlandes arbeiten, in ihrer Bedeutung gewöhnlich erst dann erkannt werden, wenn es zu spät ist. Schmerzlich berührt es ihn auch, daß der König von Dänemark, der als Förderer der deutschen Sprache und Literatur gilt, sich ihm gegenüber so reserviert verhält. Gottsched läßt vorsichtig anfragen, ob er ihm seine *Grundlegung zu einer deutschen Sprachkunst* widmen dürfe, und erhält von Friedrich V. eine höflich dankende Ablehnung. Die Zurückweisung trifft ihn um so mehr, weil Klopstock in hoher Gunst des Königs steht und sogar ein Jahresgehalt von ihm bekommt. Gottsched ist sich zwar längst darüber im klaren, daß die Monarchen alles weniger denn die Hüter einer Objektivität sind, aber er hat doch immer geglaubt, daß sie wenigstens soviel Vernunft besitzen, ihre persönlichen Fehler nicht zum Fehler für die ganze Nation werden zu lassen.

Am eigenen, dem Dresdner Hofe sieht es für ihn nicht viel besser aus. Johann Ulrich König, der dichtende Zeremonienmeister, sein ärgster Widersacher, ist zwar tot, doch die Stimmung hat sich nicht zu Gottscheds Gunsten gewandelt. Der allmächtige Minister Brühl zeigt ihm noch immer kein Wohlwollen. Er scheint es sogar zu dulden, daß sein Privatsekretär giftige Pamphlete gegen Gottsched verfaßt. Könnte es sonst ein Kabinettsschmierant, von dem niemand weiß, ob er zu den Ober- oder zu den Unterschranzen gezählt werden muß, sich wagen, einen Professor ordinarius der Weltweisheit in der übelsten Weise zu verleumden? Und welche Gemeinheiten werden da vor aller Welt ausgestreut! Gottsched – ein höherer Steißtrommler, der sich nicht entblödet, poetische Regeln aufzustellen, damit auch der ärgste Stümper beim Dichten nicht verzage. Gottscheds flache Reime enthalten nicht eine Spur von Verstand . . . Nein, er will gar nicht weiter an diese Gehässigkeiten denken. Der Schaden, den er davon hat, ist ohnehin schon groß genug.

Der Zulauf seiner Studenten läßt spürbar nach. Früher besuchten die besten Söhne des Landes seine Vorlesungen. Jetzt hat er Mühe, seine Kollegiengelder einzutreiben. Fortgesetzte Verleumdungen und anhaltende Wühlarbeit gegen ihn sind die Ursache dafür, daß die Schüler ausbleiben. Schlimmer noch: Sie strömen in Scharen zu Gellert. Wo Gottsched auch hinkommt – jedermann führt den Namen Gellert voller Verzückung im Munde. Er versteht nicht, was sie alle an diesem Manne finden. Wenn Gellert wenigstens ein festes Gedankengerüst besäße, von dem aus er seine Grundsätze entwickelte, oder ein gewisses imposantes männliches Auftreten hätte – aber nichts dergleichen. Seine Vorlesungen ähneln seinen Erzählungen: sie sind eintönig wie ein Landregen. Er selbst kränkelt ewig dahin, hält sich vom Streite der Welt entfernt, begehrt weder Amt noch Einfluß, nimmt seinen Ruhm mit der Schamhaftigkeit einer Jungfrau zur Kenntnis, und alle Welt liebt ihn.

Gottsched sieht in der Gellert-Begeisterung ein Zeichen für die allgemeine Verwässerung des Denkens und die Verweichlichung der Sinne. Mit Gefühlsduseleien und seichtem Seelengeschwätz läßt sich die Gunst des großen Haufens eben leicht gewinnen. In einer so heruntergekommenen Zeit, die die Maßstäbe der Vernunft preisgibt, ist es für Gottsched in gewisser Weise sogar ehrenvoll, auf Ablehnung zu stoßen. Nein, es spricht nicht gegen ihn, wenn keiner mehr auf ihn hören mag und seine Erfolge ausbleiben.

Auf eines allerdings ist ein fester Verlaß – es kommen andere Zeiten. Die Irregeführten, die heute jedem Aftertheokrit huldigen, wenn er nur ihren schlechten Geschmack bedient, werden das Gemütsgefasel der Poeten bald satt haben und sich wieder nach höheren Begriffen und den ordnenden Regeln der Vernunft sehnen. Er, Gottsched, wird wie die Insel Delos aus der Klopstock-Gellertschen Wasserflut emporsteigen. Es kommt nur darauf an, diesen Vorgang kräftig zu beschleunigen.

Victoria hat den Eindruck, daß sie ihm in letzter Zeit nichts mehr recht machen kann. Seit dem Wiener Aufenthalt ist Gottsched ständig gereizt, und sein Hang zur Pedanterie nimmt unangenehme Ausmaße an. Es stört ihn, wenn der Silberleuchter nicht genau in der Mitte des Tisches steht, die Perücken nicht gepudert auf den Stöcken sitzen oder der Newtonianisch-Elbingische Tubus nicht an seinem gewohnten Platze liegt. Entdeckt er ein trübes Glas oder eine trübe Karaffe, müssen vor seinen Augen sofort alle Gläser mit Sägemehl ausgerieben werden, damit sie wieder blank und ansehnlich sind, wie es sich für einen guten Haushalt gehört.

Besonders haben es ihm die Wäscheschränke angetan. Ein Blick dorthinein genügt, und er weiß, ob Victoria der Haushaltungskunst das nötige Augenmerk schenkt. Er wünscht, daß ein Wäscheschrank einem reinlichen Schrein zu gleichen und nach Lavendel oder Reseda zu duften hat. Die Stapel der Tisch-, Leib-, Bett- und Küchenwäsche müssen lotrecht aufgeschichtet und mit Wäschebändern versehen sein. Vor allem legt er den allerstrengsten Wert darauf, daß alles siebenfach geordnet ist. Denn sieben ist für ihn nicht nur eine Primzahl, sondern das Prinzip kosmischer Ordnung. Sieben Planeten beherrschen den Himmel. Sieben Tage bilden eine Woche, sieben Jahre einen Zyklus. In sieben Tagen wurde die Welt erschaffen, und in einem mustergültigen Haushalt muß alles siebenfach geordnet sein. Entdeckt er einen Stapel, dem dieses höhere Prinzip nicht innewohnt, reißt er ihn ein, wirft die Wäschestücke zu Boden und läßt sie in Victorias Gegenwart vom Personal neu stapeln. Sind die besonders wertvollen Stücke, die Damasttischdecken, nicht zusätzlich in blaues Seidenpapier gehüllt, macht er Victoria die heftigsten Vorhaltungen, daß sie keinen Sinn für Pflege hat und die Dinge nicht zu schonen versteht.

Ständig geht er wie ein Aufseher durch die Wohnung, als sei er erpicht darauf, ihr die geringste Unordnung nachzuweisen. Mit Vorliebe führt er seinen Finger an den Bilderrahmen entlang. Bemerkt er Staub auf der Kuppe, führt er sich auf, als hätte sie sich eines schweren Vergehens schuldig gemacht. Tragen die Salonsessel tagsüber keine Schonbezüge oder ist der Korb für den Buchbinder nicht geleert – alles erregt seinen Unwillen. An allem hat er etwas auszusetzen. Selbst mit Victorias Äußerem ist er nicht mehr zufrieden.

Sie soll ihr Haar strenger zusammenbinden, zu einem Pusch kräuseln, mit Jasminöl einreiben und Puder darüber streuen, wie es eine Dame de qualité tut. Auch mehr Schmuck sollte sie tragen und eine größere Sorgfalt auf die Wahl ihrer Kleider verwenden. Er wünscht sich kräftigere Farben und eine elegantere Verarbeitung.

Gehen sie gemeinsam durch die Stadt und kommt ihnen eine schöne Frau entgegen, beginnt er zu stolzieren und dreht sich auffällig nach ihr um. Hat sie noch dazu vollfleischige Wangen, einen koketten Gang und eine gewisse possierliche Anmut, stimmt er in schwärmerischen Tönen ein Loblied auf die Jugend an. Oh, diese Süße, dieser Liebreiz, diese Holdseligkeit! Wer wollte nicht die Wollust verspüren, die die Jugend verströmt, und wen sollte ihr Zauber nicht berühren? Sieh nur, dieser Alabasterhals und dieser

Rosenmund! Diese himmlische Grazie! Dieses göttliche Geschöpf! Wahrlich, ein appetitlich Persönchen!

Er sagt es nicht ohne Vorwurf, als sei er, der Arme, Bedauernswerte, verurteilt, neben einer verlebten Frau zu gehen, plump und unansehnlich, eine Strafe der Natur. Victoria spürt, daß er sie ganz bewußt kränken will. Dabei hat sie in letzter Zeit nur Dinge getan, die ihn erfreuen müßten. Das Lob, das ihr aus den Zeitungen entgegenhallt, tönt immer lauter. Lessing in Berlin schreibt, das Wort „berühmt" klinge zu gemein vor ihrem Namen. Alle sprechen mit Ehrfurcht und Achtung von ihr – nur der eigene Mann ist unzufrieden.

Sie nimmt seine Sticheleien gelassen hin, weil sie in ihnen eine Folge der vielen beruflichen Ärgernisse sieht, mit denen er zu ringen hat. Um so betroffener aber ist Victoria, als sich die wahren Ursachen seiner Gereiztheit an dem Tage offenbaren, da ihnen vom Dresdner Hofe die Geschenke von Maria Theresia als Zeichen außerordentlicher Gnade übergeben werden.

Victoria erhält von der Kaiserin eine brillantene Prunknadel und der Gemahl eine goldene Tabatiere. Er nimmt die Stücke aus den Samtschatullen, legt die Brillantnadel in seine rechte, die Tabatiere in seine linke Hand, vergleicht sie miteinander, wägt und prüft. Den Wert der Prunknadel schätzt er auf tausend Taler und seine goldene Tabatiere auf wenigstens die Hälfte. Schließlich holt er eine Lupe und betrachtet die Stücke eingehend. Nach einer Weile stellt er freudig fest, daß die Tabatiere sehr kostbar gearbeitet ist und im Werte der brillantenen Prunknadel gleichkommt. Nein, die Kaiserin hat keinen in ihrer Gunst bevorzugt. Sollte Victoria etwa annehmen, sie hätte das wertvollere Geschenk bekommen, weil sie sich vielleicht länger als er mit der Kaiserin unterhalten hat und diese ihre Arbeit womöglich höher schätzt als seine, so irrt sie sich. Beide sind in gleicher Weise von der Regentin bedacht worden.

Victoria findet ein solches Abwägen von Wertschätzung lächerlich, und dies gar in Geldwert aufzurechnen, geradezu peinlich. Sie will kein weiteres Wort darüber hören. Doch da gerät Gottsched in Furor und meint, daß ihm gar nichts anderes übrigbleibe, als seinen Trost im Gelde zu suchen. Seine Stimme nimmt eine so kantige Schärfe an, als würde sie auch noch den kleinsten Rest von Gemeinsamkeit zwischen ihnen zerschneiden wollen.

Was hat er denn schon von seinem Leben? Schnöder Mammon, mehr bleibt ihm doch nicht! Da sie es darauf anlegt, seinen Unwillen herauszufordern, soll auch diese Wahrheit gesagt sein: Noch nie war er so unglücklich wie im Angesicht der Kaiserin. Denn wie stand er vor dieser herrlichen Frau und Mutter da? Andere Gelehrte können sich als Stammväter eines munteren Geschlechts rühmen und er? Ein Kinderloser, ein Hämling! Wie erhebend wäre es für ihn gewesen, der größten Herrscherin aller Zeiten von einer fröhlichen kleinen Untertanenschar berichten zu dürfen, die ihr mehr als nur die Fruchtbarkeit seines Geistes offenbart hätte. Aber er wird wohl zu den beklagenswerten Söhnen der Wissenschaft gehören, von denen nichts anderes weiterlebt als ein paar Bücher, die sie sich im Schweiße ihres Angesichts aus dem Rohr gepreßt haben. Mehr ist ihm auf Gottes schöner Welt anscheinend nicht vergönnt. Das größte Glück auf Erden, das Vaterglück, geht an ihm vorbei und warum? Weil er eine Frau hat, die ehrgeizig und auf Ruhm erpicht ist und sich Tag und Nacht in die Knechtschaft des Wortes begibt, statt sich mehr den Freuden des Leibes zu widmen.

Ihr ist nach einem Schrei zumute, der ihn bis in seine Träume hinein verfolgt. Doch sie sagt sich, es gibt Formen der Niedertracht, die nur durch ein Ignorieren zu beantworten sind. Sie steht reglos und fragt sich, was sie eigentlich falsch macht. Sie versucht sich seinen Vorstellungen von einer idealen Frau zu nähern, arbeitet, wie er es stets gewünscht hat, an ihrer eigenen Vervollkommnung, müht sich, ein innerlich reicher, erfüllter Mensch zu werden, hebt sich auf seine Höhe, um ihm die Freude zu machen, eine ebenbürtige Frau zu haben, auf die er stolz sein kann, und nun, da es ganz den Anschein hat, als würde sie diesem Ziele näherkommen, nun verkehrt sich alles in sein Gegenteil.

So absurd es ihr auch erscheinen mag, so kommt ihr doch allmählich der Verdacht: Je erfolgreicher sie wird, um so mehr verdrießt es ihn. Der Groll des großen Mannes folgt stehenden Fußes: Wenn alle sie in die Höhe heben – er zwingt sie in die Knie. Wenn alle sie bewundern – er zeigt ihr den Makel, zeigt ihr die Unvollkommenheit und stellt sie zu den vier Frauen, die bei lebendigem Leibe tot sind: die Arme, die Blinde, die Aussätzige, die Kinderlose. Verwunden muß er sie, immer wieder verwunden und daran erinnern, daß es gar keinen Grund gibt, auf sie stolz zu sein. Denn wer ist sie schon? Das bedauernswerteste Geschöpf unter der Sonne. Unergiebig, kahl, leer, nutzlos, unfruchtbar. Gewiß, er will sie nicht wieder so klein haben wie früher, da sie als seine gelehrige Schülerin zu ihm aufgeschaut hat, zu ihm, dem Großen, dem Einzigen, Seiner Magnifizenz, Seiner Spectabilität, ach was – Seiner Unaussprechlichkeit. Nein, sie soll schon namhaft sein, aber namhaft durch ihn und nicht durch sich selbst. Sie darf nur so gut sein, wie er es ihr erlaubt.

Mit einemmal steht ihr das ganze Verhängnis ihres Lebens deutlich vor Augen: Es war nicht falsch, eine Ehe eingegangen zu sein, sondern einen berühmten Mann geheiratet zu haben. Ein berühmter Mann ist es gewohnt, der Fixstern zu sein, der selbstleuchtende Himmelskörper, um den sich alles dreht und der so viel Licht hat, daß ein anderer neben ihm keine eigene Leuchtkraft entfalten kann. Wer seine Helligkeit bewundert und auf ihn schwört, dem mangelt es nicht an Wärme, der wird hinaufgehoben in seine Bahnen und darf sich sonnen in seinem Glanz. Wehe der Undankbaren, die ihn nicht umkreist, sich nicht zur Posaune seines Ruhmes macht und so vermessen ist, an seiner Seite eigene Wege zu gehen!

Victoria begreift, wie die Dinge liegen, aber entmutigen läßt sie sich nicht.

Zu allem Unglück brechen Klopstocks wegen erneut die Streitereien zwischen ihnen auf. Victoria nimmt es nicht schweigend hin, daß Gottsched in die Posaune des unseligen Winkelpoeten Triller stößt, der Dichter wie Klopstock als „poetische Heuschrecken, blinde Spulwürmer und unpoetisches Ungeziefer" bezeichnet. Sie sagt ihrem Ehegebieter, was sie noch nie gewagt hat: Sie schämt sich, Gottscheds Namen zu tragen. Trillers Bemerkungen haben nichts mehr mit Poesie zu tun. Es ist die Sprache von Finsterlingen, die meinen, sie seien die Welterleuchter, und sich bei genauerem Hinsehen doch nur als modern aufgeputzte Scholastiker entpuppen: Sterbliche, die sich lieber in den Kreuzzügen des Irrtums aufreiben, statt nur ein einziges Mal der Wahrheit ins Auge zu sehen. Früher hatte sie geglaubt, ein Mann wie Gottsched stünde über seiner Zeit und seine Weisheit ließe sich rechtfertigen vor der Nachwelt. Inzwischen weiß sie, daß auch er nur ein kleiner Schöngeist ist, der sich von anderen dadurch unterscheidet, daß er einmal seine große Epoche hatte. Wäre er aufrichtig, müßte er sich selbst eingestehen, was ihn ärgert: nicht der unschuldige Klopstock, sondern die Tatsache, daß die Schweizer in ihm den leibhaftigen Beweis für die Richtigkeit ihrer Theorie gefunden haben: Nicht die Kenntnis der poetischen Regeln schafft den großen Dichter, sondern ein großer Dichter schafft die poetischen Regeln aus sich selbst. Darum, nur darum wird der Eheliebste immer unausstehlicher, weil er erkennen muß, daß der wahre Poet keinen Professor braucht, der ihm sagt, wie zu dichten ist!

Empört über ihre Anmaßung, herrscht Gottsched sie an, gefälligst zu schweigen. Frauen, die sich in Dinge einmischen, von denen sie nichts verstehen, sind ihm unerträglich. Ach was, unerträglich – von Übel sind sie. Rundum von Übel!

Wutentbrannt verläßt er das Zimmer.

Victoria atmet auf. Deutlicher hat sie ihm noch nie gesagt, wie ihr an seiner Seite zumute ist. Ja, sie schämt sich, seinen Namen zu tragen. Mit Genugtuung stellt sie fest, daß ihn dieses Bekenntnis getroffen hat. Die Aussicht, er würde strafend ein Schweigen über sie verhängen, tagelang, vielleicht wochenlang stumm an ihr vorbeigehen, schreckt sie nicht. Sie begehrt weder einen weisen Rat von ihm, noch steht ihr der Sinn nach fleischlicher Zärtlichkeit. Es gibt keinen Grund für sie, einzulenken.

Bislang hatte sie zwar geglaubt, das Ertragen seiner Gereiztheiten gehöre zu den Pflichten einer Ehefrau und sei eine Art höherer, ideeller Dienst am Mann. Doch inzwischen, da es immer deutlicher wird, daß er sich seinen Ärger selbst verursacht, sieht sie nicht mehr ein, für soviel Mutwilligkeit die Lastträgerin zu sein. Sie hat genausoviel zu tun wie er. Ihr Name steht gleichfalls in der Öffentlichkeit. Ihre Verpflichtungen sind nicht geringer. Nur – wem kann sie denn ihre Lasten aufbürden? Gottscheds Wutausbruch läßt sie unberührt. Victoria wendet sich ihrer Arbeit zu. Sie ist froh, daß es mit der großen Akademieübersetzung so gut vorangeht und der sechste Band pünktlich zur Messe erscheinen kann.

Mit einemmal geht die Tür auf, und Gottsched steht bleich und gekrümmt vor ihr. Wo eben noch der wilde Zorn aus seinen Augen blitzte, schaut jetzt nur noch eine klägliche Verzagtheit. Stöhnend sinkt er auf einen Stuhl nieder.

Sie weiß doch, daß sie ihn nicht so aufregen darf. Immer wieder provoziert sie ihn, und er ist der Leidtragende.

Victoria sieht ihm an, daß ihn wieder sein altes Übel, die Hartleibigkeit, plagt, und findet es mehr als abwegig, ihr die Schuld daran zu geben. Sie führt ihn zum Chaiselongue. Er stützt sich auf sie wie ein geschlagener Held und ächzt bei jedem Schritt. Im stillen fragt sie sich, ob Caesar auch so wehleidig war. Gottsched legt sich auf das Chaiselongue, knöpft sein Hemd auf und wartet auf ihre helfenden Hände. Wie immer beginnt sie, seinen Bauch zu massieren. Auf den geringsten Druck reagiert Gottsched mit schmerzverzerrter Miene und bietet ein Bild des Erbarmens. Entweicht ihm aber ein giftiges Gas, atmet er hörbar auf, strahlt vor Dankbarkeit und fordert sein Engelchen auf, noch kräftiger zu kneten. Die Anstrengung treibt ihr den Schweiß auf die Stirn. Er fleht sie an, nicht nachzulassen und ihm recht tüchtig die Blähungen aus dem Leib zu pressen. Victoria hat Mühe, ihren Widerwillen zu verbergen. Angesichts dieser Aktion fragt sie sich, worauf sich eigentlich der Mythos vom Überlegenen und Machtherrlichen des Mannes gründet. Ist nicht schon die Einbildung, etwas Besonderes zu sein, das sichere Zeichen einer beklagenswerten Kreatur? Als Gottsched alle Schlag lang die giftigen Gase entweichen und er endlich eine Besserung verspürt, legt ihm Victoria noch eine Wärmflasche auf und setzt sich wieder an ihre Arbeit. Er beschwert sich, daß sie sowenig Mitgefühl zeigt. Jeder Heilherr und Medikus wird ihr sagen können, daß Leibschmerzen die schlimmsten Schmerzen sind, und sie ist so kaltsinnig gegen das, was er auszuhalten hat.

Victoria bemerkt, wenn er öfter mit ihr in den Garten ginge oder täglich einmal ums Thor lustwandelte, müßte er sich nicht mit der Hartleibigkeit herumschlagen. Gottsched will von derlei törichten Ratschlägen nichts wissen. Die meisten hochgeistig tätigen Männer wie er leiden an Corpus grave. Da läßt sich nichts machen. Die Hartleibigkeit ist nun einmal der Preis, den ein Gelehrter an seine Arbeit zu entrichten hat. Jede Profession fordert ihr Opfer.

In seinem Falle scheint ihr der Grund des Übels zwar ein anderer zu sein, aber sie hat keine Lust, mit ihm darüber zu streiten. Es sind ja nicht ihre Schmerzen, und glücklicherweise ist sie nicht so gelehrt, daß sie davon den Corpus grave bekommen könnte.

Die Briefe, deren Zahl täglich zunimmt, bereiten ihr große Freude. Es sind Botschaften einer Anteilnahme, die ihr das Gefühl geben, trotz der Entfernung zur Welt doch innig mit ihr verbunden zu sein. Ob es sich um Angebote zur Mitarbeit an Wochenblättern, um Einladungen zu Vorträgen in gelehrten Gesellschaften oder nur um die Bitte handelt, sich zu schonen, damit noch recht viel aus ihrer Feder fließen kann – allein die Tatsache, daß jemand das Bedürfnis verspürt, sich an sie zu wenden und sie postalisch in ihrer Einsamkeit aufzusuchen – allein das ist ermutigend. Wenn sie spürt, wie sehr der Absender sich mit ihren Arbeiten beschäftigt und wieviel ihm an ihrem Urteil gelegen ist, dann sind das jedesmal kleine Lorbeerkränze, die ihr in die private Misere gewunden werden und sich manches Mal sogar zu Sonnenstrahlen bündeln, die sie von innen her erwärmen.

Obwohl sie inzwischen nicht weniger Post als Gottsched erhält, darf dennoch an dem gewohnten Ritual nichts geändert werden: Der Bote kommt des Morgens und des Nachmittags. Er legt die Briefe in einen am Eingang stehenden Korb, den dann Gottsched höchstpersönlich in sein Arbeitszimmer trägt. Weder Victoria noch das Personal dürfen diesem Korb einen Brief entnehmen, denn er gleicht einem Heiligenschrein, in den hineinzulangen nur dem Hausherrn und Hohenpriester der Wissenschaft zusteht. Hat Gottsched dann die Briefe gesichtet, läßt er Victoria rufen, damit sie ihre Post aus seinen Händen gleichsam wie ein Geschenk entgegennimmt.

Briefe von hohen und namhaften Persönlichkeiten übergibt er stets geöffnet. Bei derart gewichtigen Schreiben behält er sich das Recht des Erstlesens vor. Victoria ärgert sich darüber, zumal er genau weiß, daß sie einen solchen

Eingriff nicht leiden mag. Er zerstört ihr damit die Freude an einem Brief. Denn der Augenblick, da sie ihn öffnet, ist immer etwas Besonderes für sie, ist das Schönste an einem Brief. Sie ist dann voller Spannung und Neugier, als nähere sie sich einem unbekannten Etwas und dringe in die Seele eines Menschen ein, der mit niemand anderem als ihr das Zwiegespräch beginnen will. Ist aber der Brief schon geöffnet und gelesen, kommt es ihr jedesmal so vor, als hätte eine Entweihung stattgefunden. Sie fühlt sich um einen Genuß betrogen.

Nicht genug, daß er die Briefe an sie öffnet und liest – er wertet sie bei Übergabe auch aus. Angesichts eines Schreibens von Graf Manteuffel hält es Gottsched für angebracht, Victoria zu ermahnen, sich nicht als gelehrte Frau titulieren zu lassen. Er findet es peinlich und übertrieben. Hochstapelei steht ihr schließlich schlecht zu Gesicht. Läßt sie sich hingegen als Schriftstellerin bezeichnen, so trifft das genau ihre Tätigkeit: Neben den Übersetzungen formuliert sie hübsch flüssig ihre kleinen anmutigen Betrachtungen zum Ergötzen anderer, bringt Mitempfinden, Nachempfinden und einen ausgebildeten Wirklichkeitssinn in ihre Texte ein und drückt über die Sprache die bildsame Natur des Weibes aus. Aber gelehrt – das hieße ja, mit durchgreifendem Verstand den Zusammenhängen des Universums methodisch auf die Spur zu kommen und sie durch eigene Bewertungen ans Licht zu stellen. Das kann sie von sich wohl nicht behaupten. Gewiß, Maria Theresia hat sie als die gelehrteste Frau von Deutschland tituliert, aber auch eine Kaiserin besitzt nicht immer die trefflichsten Begriffe und weiß doch im eigentlichen Sinne nicht, was Gelehrsamkeit bedeutet. Gelehrsamkeit, das soll sich Victoria immer vor Augen halten, ist der Inbegriff all der Kenntnisse, die von demjenigen gefordert werden, der in einem Hauptfache des menschlichen Wissens als Lehrer auftreten will. Alles, was recht ist – es empfiehlt sich, Bescheidenheit zu wahren. Bescheidenheit ist die Zierde des Weibes. Er meint es nur gut mit ihr und möchte sie davor bewahren, unbedachterweise ihre Grenzen zu überschreiten.

Victoria findet seine Belehrung höchst überflüssig. Sie hat sich noch nie als gelehrte Frau bezeichnet, und es ist ihr auch gleichgültig, wie sie von anderen angeredet wird. Als ob ihm nicht die Tatsache, daß sie keiner gelehrten Gesellschaft beitritt und kein ehrenvolles Amt annimmt, zu denken geben könnte.

Eigentlich sollte sie lachen über alles, aber sie ärgert sich. Sie ärgert sich über derlei ungerechtfertigte Vorwürfe, die ihr wie eine körperliche Züchtigung vorkommen. Der Schulmeisterei überdrüssig, weist sie kurzerhand den Postboten an, die Briefe an sie vorher auszusortieren und ihr persönlich zu übergeben. Der Mann weigert sich. Er fragt, ob es der Herr Professor so wünscht. Er hat mit ihm eine genaue Vereinbarung getroffen, und ohne seine ausdrückliche Zustimmung kann er sie nicht ändern.

Victoria verschlägt es die Sprache. Soweit ist es also gekommen. Der dümmste Bote darf sich über sie erheben. Von dem Herrn Gemahl muß sie sich vorwerfen lassen, daß sie sich zu sehr in die Knechtschaft des Wortes begibt, statt sich den Freuden des Leibes zu widmen, und natürlich schuld an ihrer Kinderlosigkeit ist, und von einem kleinen, subordinierten Postbedienten muß sie indirekt hören, daß sie eigentlich nichts gilt und nichts zu sagen hat. Was kann sie dem noch entgegenhalten? Soll sie etwa mit einem Briefboten einen Streit anfangen? Die Welt, das steht längst fest, ist für andere, nicht für sie gemacht.

Mit immer größerer Ungeduld erwartet Victoria ihre Freundin aus Gotha, mit der sie seit Jahren korrespondiert.

Im Gästezimmer, das eigens mit Wacholderbeeren geräuchert wurde, stehen frische Blumen. Die Betten sind mit feinstem damastenen Zeug überzogen. Auf dem Kopfkissen liegt eine Begrüßungsode. Victoria ist etwas bange vor der Begegnung, weil sie glaubt, eine anmutige Briefschreiberin müsse nicht unbedingt ein angenehmer Mensch sein. Dann aber steht Dorothea von Runkel ihr gegenüber, und alle Zweifel sind begraben. Sie ist jung, eine elegante Erscheinung und von solcher Bescheidenheit und Würde, daß Victoria sie auf der Stelle ins Herz schließt. Es gibt kein Suchen nach Worten und keine verlegenen Blicke. Victoria geht auf sie zu, umarmt sie und führt sie sogleich in den Salon. Bei einem guten levantinischen Kaffee stimmt sie ihre Freundin schonsam auf Gottsched ein, betont, daß sie keine Scheu vor ihm zu haben braucht und sich ganz natürlich geben soll. Er ist zwar ein imperatorischer Mann, aber letztlich doch umgänglich.

Nach einer Weile klopft sie an die Tür seines Arbeitszimmers, wartet, bis der Ruf „Herein!" ertönt und betritt mit Dorothea das Kabinett der Weltweisheit. Gottsched, der hinter seinem Schreibtisch wie ein Olympier thront, schaut von seiner Arbeit etwas unwillig auf, ist dann aber sichtlich beeindruckt, eine so aparte Frau vor sich zu sehen, und läßt sofort seinen Charme spielen. Nach einem kurzen Wortwechsel führt er sie an seine Bücherschränke, zeigt ihr die seltenen Exemplare, geleitet sie zum Fernrohr, erläutert ihr die Münzen und Mineralien und empfiehlt sich gutgelaunt als Kenner des Universums.

Victoria bemerkt zu ihrem größten Erstaunen, daß die Freundin weder aufgeregt noch befangen ist. Sie schaut sich auch nicht neugierig um oder bricht bei seinen Erläuterungen in Entzücken aus. Dorothea nimmt das gelehrte Kabinett als etwas ganz Selbstverständliches hin und antwortet auf Gottscheds Fragen ohne besondere Ehrerbietung. Später, beim gemeinsamen Abendessen, ist Gottsched so guter Dinge wie schon lange nicht mehr. Er läßt den besten Wein kredenzen und gibt den beiden Damen ein heiteres Privatissimum über Wert und Bedeutung von Brieffreundschaften. Die Gelegenheit nutzend, schlägt er dabei kräftig das Pfauenrad der Eigenliebe und schildert seine innige Korrespondenz mit Christian Wolff, Europas großem Philosophen und Sendboten der Vernunft. Geschmeichelt betont er, daß gerade in diesem Falle die Brieffreundschaft für beide Seiten fruchtbringend und von hoher Bedeutung ist. Es wird der Nachwelt nicht verborgen bleiben, wie sehr solche Verbindungen die geistige Kultur befördert haben!

Victoria und Dorothea lächeln sich zu. Gottsched erkundigt sich nach Dorotheas Lieblingslektüre, natürlich nicht ohne Euripides, den klassischen Tragiker, abzuwandeln: Sage mir, was du liest, und ich sage dir, wer du bist.

Dorothea nennt ihm die Lustspiele Victorias, auch ihre erbaulichen Zeitschriftenbetrachtungen und wiederholt aus dem Stegreif, was Victoria über den *Nutzen der Schauspiele* geschrieben hat: „Ein Mensch, dessen Leidenschaften nicht erregt werden, kann keine Lust empfinden, folglich nicht glücklich sein. Denn sobald man ohne Begierden ist, ist man auch ohne Vergnügen, und gäbe es nicht eine erlaubte Erregung der Leidenschaften, so würde das Leben nichts als ein Gewebe von Langeweile sein und zum unerträglichen Ekel werden."

Victoria verschlägt es die Sprache. Noch nie hat jemand in Gottscheds Gegenwart so schwärmerisch aus ihren Arbeiten zitiert, und keiner hat es gewagt, über Victorias Literatur zu sprechen, ohne nicht ihm als dem herausragendsten Kopf der Epoche vorab zu huldigen.

Dorothea berichtet, mit wieviel Hingabe die Damen des Gothaer Lesezirkels aus Victorias Zeitschriftenbetrachtungen die philosophischen Sätze auf feinstes Velinpapier übertragen, die Blätter rahmen lassen und als Geschenke verteilen.

Victoria wäre es lieber, es würde von anderen Dingen gesprochen, doch Gottsched bemerkt lediglich: Das hört man gerne. Werden doch solche philosophischen Sätze in meiner Zeitschrift gedruckt.

In den folgenden Tagen, wenn sie mittags oder abends

gemeinsam bei Tisch sitzen, kommt Dorothea immer wieder auf Victorias Literatur zu sprechen. Sie empfindet es als eine besondere Auszeichnung, eine so berühmte Frau zur Freundin zu haben, und gesteht, daß sie ihr vieles zu verdanken hat. Schließlich ist es niemand anderem als Victoria gelungen, mit einem Lustspiel den Nimbus der französischen Gouvernante zu zerstören. Denn seit der Aufführung der *Hausfranzösin* steigt die Nachfrage nach deutschen Erzieherinnen unablässig, so daß auch sie, Dorothea, diesen Beruf ergreifen wird. Vielen Frauen hat Victoria durch dieses Lustspiel den Weg in eine selbständige Existenz gewiesen.

Gottsched nimmt es schweigend zur Kenntnis.

Ein andermal sind für Dorothea der anmutig gedeckte Tisch, das gut unterwiesene Personal und der stilvoll eingerichtete Salon Anlaß, eine Hymne auf Victoria anzustimmen. Es scheint ihr an ein Wunder zu grenzen, wie Victoria ihre schriftstellerische Arbeit mit den häuslichen Pflichten vereinen kann. Wer hat schon die innere Disziplin, vom Thron der Muse fortwährend hinabzusteigen, um sich den schnöden Alltagsverrichtungen zuzuwenden, sie mit flinker Hand zu erledigen und dann wieder hinaufzusteigen in die poetischen Sphären? Wie viele Frauen sind daran gescheitert. Victoria aber hat die Kraft, beides miteinander in Einklang zu bringen. Sie ist für viele ein Vorbild und macht den Jüngeren Mut.

Dorothea erhebt das Glas, um auf Victorias Genie zu trinken. In vornehmer Zurückhaltung wartet sie darauf, daß sie mit Gottsched anstoßen kann. Lustlos faßt er sein Glas und prostet ihr zu.

Victoria genießt die Nähe ihrer Freundin von Tag zu Tag mehr. Ein Mann mag eine Frau noch so sehr bewundern – es schwingt doch immer ein Ton des Wohlwollens mit: Wohlwollen, sich seinen Vorstellungen anzunähern. Wohlwollen, seine Überlegenheit kundzutun. Wohlwollen, sich seinen Liebesengel so gut erzogen zu haben. Die Bewunderung, die von einer Frau kommt, scheint Victoria schon darum aufrichtiger zu sein, weil Frauen voneinander nicht abhängig sind und folglich sich auch nichts vorzutäuschen brauchen.

Die geistige Bestätigung, die sie von Dorothea erfährt, ist ein völlig neues Erlebnis für sie und hat einen ungewöhnlichen Reiz. Victoria lebt innerlich auf. Gottsched dagegen sitzt immer wortkarger bei Tisch.

Einmal, als ihm in einem Brief von den neusten Machenschaften der Schweizer berichtet wird, fragt er Dorothea beiläufig, wie in Gotha über den Literaturstreit gedacht wird und wer sich dort von Herrn Bodmer, diesem Klopstock-Knecht, mit poetischer Wassersuppe beglücken läßt. Dorothea erwidert, daß sie das literarische Gezänk nicht interessiere. Sie findet, es gibt Wichtigeres, als gegen den Hexameter zu kämpfen. Victoria verzieht keine Miene, aber amüsiert sich im stillen. Ob Zufall oder Absicht, mutig oder arglos – sie freut sich, daß jemand so unverhohlen Gottsched Wahrheiten sagt, die sie selbst nur um den Preis eines ehelichen Zerwürfnisses äußern könnte. Sie erwartet seine wütende Entgegnung, aber er verläßt nur vorzeitig den Tisch, entschuldigt sich mit Arbeit und zieht sich in sein Zimmer zurück.

Victoria vermeidet alles, was eine gespannte Atmosphäre aufkommen lassen könnte, doch Gottsched nutzt von Stund an jede Gelegenheit, um sein Mißfallen über den Besuch kundzutun. Wortlos sitzt er bei Tisch. Jedem Versuch, ihn in das Gespräch einzubeziehen, weicht er aus. Hat er das Essen beendet, steht er sogleich auf und geht in sein Kabinett. Schließlich erscheint er überhaupt nicht mehr zu den Mahlzeiten und läßt sich in seinem Zimmer servieren.

Victoria bittet Dorothea um Verständnis für ihn. Gerade was den Tintenkrieg mit den Schweizern angeht, ist ihr Eheherr hochempfindlich und sieht in jedem, der nicht auf seiner Seite steht, einen Feind.

Vorsichtig versucht sie, auch die anderen Beweggründe für sein barsches Verhalten anzudeuten. Um ihn nicht klein oder lächerlich zu machen vor ihrer Freundin, wählt sie behutsam die Worte, aber Dorothea winkt nur ab. Sie sieht doch selber: Der Professor ist sonderlich. Warum auch nicht? Jeder richtige Professor ist sonderlich. Es ist das Zeichen seiner Echtheit.

Victoria weiß sich aller Peinlichkeiten enthoben. Eine bessere Erklärung hätte sie nicht geben können. Ein sonderlicher Professor – nein, das ist nichts Kränkendes, sondern ein durchaus annehmbares Charakteristikum akademischer Berufsständigkeit. Sie fühlt sich wie selten verstanden. Schon seit langem hat Victoria das Leben nicht mehr so flügelleicht empfunden.

Sie bittet Gottsched, einen kleinen Empfang für ihre Freundin geben zu dürfen – ein Abendessen mit zwölf Personen –, zählt ihm auch auf, an wen sie dabei gedacht hat, doch Gottsched erwidert in entrüstetem Ton, daß er kein Wohltäter ist. Victoria bietet ihm an, den Empfang von ihrem Honorar zu bestreiten, verspricht, ihn mit den Vorbereitungen in keiner Weise zu behelligen, und bedient sich der ganzen Klaviatur weiblicher Beschwörungskünste. Ihre Beharrlichkeit bringt ihn erst recht in Rage.

Für wen in seiner Wohnung ein Empfang gegeben wird, bestimmt er und kein anderer. Soweit kommt es noch: für die Frau Obristlieutenantin ein Essen zu geben. Als ob das ein Umgang für sie ist. Das hochgräflich Manteuffelische Haus mit seinen vier reizenden Töchtern, das reichsgräflich Castellische Haus und das gräflich Einsiedelische Haus warten auf ihren Besuch. Der Gattin des Geheimen Kriegsrats von Dießkau hat die Gattin des Rektors schon lange keine Aufwartung mehr gemacht. Auch auf dem Seckendorfischen Landsitz zu Meuselwitz ist Victoria jederzeit ein gern gesehener Gast und kann sich mit der Frau Feldmarschallin Exzellenz in der hohen Kunst der Konversation üben. Das ist der ihr gemäße Umgang und nicht diese junge Person aus Gotha, die doch gar nicht weiß, was eine hohe, edle Aufgabe ist. Abgesehen davon, daß es von keinem guten Charakter zeugt, seinen Ehemann eine ganze Woche lang allein zu lassen, sitzt diese Dame auch noch in seiner Wohnung herum, lebt auf seine Kosten und hält Victoria von der Arbeit ab. Nun gut, mag es eine Anhängerin von ihr sein – auch das muß es geben –, aber hat er etwa jeden seiner Anhänger in sein Haus aufgenommen und bewirtet? Da wäre er ja heute schon ein armer Mann.

Victoria schweigt, um seinen Zorn zu beschwichtigen. Er steht vor ihr wie ein alternder, vergrämter Landprediger, perückenlos, mit schütterem Haar, einem cholerischen Zukken in den Mundwinkeln, und erregt sich immer mehr.

Statt ihm einige seiner dringendsten Arbeiten abzunehmen, vertut sie ihre Zeit mit einer Freundin und läßt sich von ihr feiern, als sei sie Sappho, die zehnte Muse. Er dagegen nimmt Rücksicht auf ihr großes Übersetzerwerk und verlangt nichts von ihr, was sie zusätzlich belasten könnte, denn er möchte, daß sie als seine Frau die Erwartungen der Öffentlichkeit erfüllt und pünktlich den nächsten Band liefert. Aber sie pfeift auf alle Verpflichtungen und turtelt mit einer Freundin herum!

Wortlos nimmt Victoria zur Kenntnis, daß sie keinen Empfang für Dorothea geben darf. Weshalb sollte der große Mann auch auf seine kleine Vergeltung verzichten und nicht deutlich vorführen, wer der Herr im Hause ist? Hätte Dorothea Seiner Magnifizenz und Exzellenz mehr Respekt bezeugt und ihm als dem Retter von Reim und Prosa angemessen gehuldigt, hätte Victoria jeden Abend einen Empfang für sie geben dürfen. Wahrlich, er weiß dafür zu sorgen, daß in das tägliche Einerlei keine bunten Farbtupfer kommen.

Victoria fühlt sich wieder so, als trüge sie das ganze Elend dieser Welt auf ihren Schultern. Kopfschmerzen stellen sich ein. Ihr Gesicht wird blaß und spitzkinnig. Bedrückt kommentiert sie Gottscheds Ablehnung: Der sonderliche Herr Professor wird immer sonderlicher. Die Freundin scheint die Entscheidung des Hausherrn weniger zu berühren als die Tatsache, daß Victoria darüber so unglücklich ist und körperlich darunter leidet.

Das Leben ist viel zu kostbar, um es sich von diesen kleinen Kümmernissen eintrüben zu lassen. Würde sie, Dorothea, sich alle Verdrießlichkeiten stets so zu Herzen nehmen, wäre sie schon längst im Tollhaus. Nein, Victoria soll das Schöne an den Dingen erkennen und sich in jeglicher Misere ein heiteres Gemüt bewahren. Jedermann kann das aus ihren Lustspielen lernen – nur sie, die Autorin, sie sollte dazu nicht fähig sein? Wie will sie sich denn die Kraft für ihre Arbeit erhalten, wenn sie sich von den vielen kleinen Mißhelligkeiten eines ehelichen Zusammenlebens aufreiben läßt? Schließlich widmet sie sich keiner alltäglichen Arbeit, sondern einer Arbeit, die andere ermutigt. Es ist geradezu ihre Pflicht, sich dafür zu schonen.

Victoria nimmt die Worte wie Zauberklänge auf. Ihre Freundin hat recht, sehr recht: Warum jedem Ärger Beachtung schenken, wenn es doch nur dieses eine, unwiederholbare Leben gibt? Schreiben und die Kraft haben, für sich selbst zu stehen – das hat Victoria von jeher gewollt, allerdings nicht mit Energie betrieben, um Gottscheds Tadel zu vermeiden. Aber jetzt, da ihr so deutlich gesagt wird, daß sie diese Kraft nicht an Unwichtiges vergeuden darf, jetzt fühlt sie sich in ihren innersten Absichten doppelt bestärkt und hat den Eindruck, als seien die Verhältnisse wieder zurechtgerückt.

Victoria zieht sich besonders elegant an, schmückt sich mit der brillantenen Prunknadel, dem Geschenk von Maria Theresia, und besucht mit Dorothea nacheinander all die, die sie zum Empfang laden wollte. Überall werden sie herzlich aufgenommen und aufs beste bewirtet. Die Gespräche sind mitunter so vergnügt und erbaulich, wie sie Victoria in diesen Familien noch nicht erlebt hat. Es fehlt der Schulmeisterton der Vernunft und alles akademisch Aufgeblasene. Einer, Ernesti, nennt scherzend die Ursache: Es fehlt Gottsched, der verehrte Gemahl. Selten hat sich Victoria so köstlich unterhalten. Selten ist ihr die geistige Aufgeschlossenheit der Professorenfrauen so offenbar geworden.

Von Mal zu Mal kehrt sie vergnügter von den Visiten zurück und lustwandelt sogar vor der Dämmerung mit der Freundin Arm in Arm auf der Promenade der eleganten Welt. Victoria genießt es, zu zweit die Enge der Schriftgelehrsamkeit zu durchbrechen, und sieht auch hier mit einemmal ein ganz anderes Leipzig. Wo sie hinschaut – überall lächelt ihr Freude und Lebenslust entgegen. Überall herrscht Turbulenz und Bewegung. Alles hat Glanz und Grazie. Victoria atmet auf. Die Gewißheit, Teil jener geschäftigen Menge zu sein, deren buntbewegtes Treiben den Charme einer Weltstadt ausmacht, steigert ihr Wohlbefinden. Sie fühlt sich verzaubert, verjüngt, fühlt sich unüberwindlich.

Dennoch mutet sie alles seltsam unwirklich an: Was sie stets von Gottsched erwartet und erhofft hat – die vorurteilslose Bestätigung ihrer Person –, erfährt sie plötzlich von einer Frau. Victoria bekommt eine sinnliche Vorstellung davon, wie leicht, wie angenehm ihr Leben sein könnte, hätte sie jemanden an ihrer Seite, der sie bejahen statt verneinen würde, der stolz auf ihre schriftstellerische Wirkung wäre und nicht eifersüchtig. Ach, könnte doch Dorothea immer in ihrer Nähe sein!

Der Besuch der Freundin hat Victoria so aufgemuntert, daß sich ihre Spottlust wieder bemerkbar macht. In einem Brief begründet sie Dorothea, warum ein Mann wie Gottsched nicht mit einer gewöhnlichen Elle gemessen werden darf und mehr Verständnis als jeder andere zu beanspruchen hat.

Ein Gelehrter, und ganz besonders ein Hochgelehrter wie er, lebt nicht im alltäglichen Leben, sondern in der erhabenen Idee. Nimmermüde läßt er seinen Tiefsinn walten, forscht und grübelt, hält Zwiesprache mit dem Universum, um seinen Zeitgenossen Horizonte zu eröffnen, die sie weder sehen, geschweige denn zu erahnen imstande sind. In den unwegsamen Regionen der erhabenen Idee müht er sich redlich und selbstlos, seine geistige Potenz so sehr zu steigern, daß sie zur Omnipotenz, zum Allvermögen, und damit zum Segen für die Menschheit wird. Während der beneidenswert unverbildete Mann seinen Lüsten frönt, den süßen Empfindungen nachjagt und sich selig an Korallenmünder und Alabasterhälse schmiegt, bringt er, der Geplagte, das große Opfer, für das Glück der Zeitgenossen zu sorgen. Er nimmt das Kreuz eines wissenschaftlichen Messias auf sich, um den dumpf dahinbrütenden Söhnen Adams und Töchtern Evas den Weg zu zeigen, wie sie durch das Morgentor der Vernunft – natürlich nicht irgendeiner, sondern seiner Vernunft – zu ihrer Vollkommenheit gelangen können. Seine Liebe zu ihr, der frommen Sündergemeinde der Menschheit, ist so grenzenlos, daß er keinen einzigen Augenblick zögert, sich zu ihrem Vorausdenker zu erheben und ihr unermüdlich neunmalgescheite Weisheiten zu entdecken.

Klaglos nimmt er die Plackerei des Nachdenkens in Kauf. Schlaflose Nächte, mangelnder Appetit, Hartleibigkeit, schlaffe Fasern und stockende Säfte sind nur einige der Folgen, die er mit Heldenmut trägt. Wer sich derart aufopferungsvoll um das Wachstum der geistigen Kultur des Vaterlandes kümmert, hat sich natürlich ein globales Anrecht darauf erworben, geliebt, geachtet, verehrt und respektiert zu werden. Selbiges kann er selbstverständlich in ganz besonderem Maße von seiner Ehefrau erwarten. Spürt sie auch nur einen Funken von Verantwortung gegenüber der Menschheit in sich, dann begreift sie, daß sie ihn nicht von seinen prophetischen Aufgaben abhalten oder ihn mit irgendwelchen Nichtigkeiten des Alltags, geschweige denn eigenen Sorgen belästigen darf. Vielmehr muß sie ihn wie ein kostbares Kleinod behandeln und alles tun, damit ihm die Lust an der höheren Erkenntnis erhalten bleibt. Es ist geradezu ihre heiligste Pflicht, seine Kräfte zu schonen und für die Heiterkeit seines Gemütes zu sorgen.

So verlangt er nicht zuviel, wenn sie ihn des Morgens als Sonne der Erkenntnis, als Jupiter aller Gelehrten oder Tendenz des Jahrhunderts begrüßt; des Mittags erholsame Körperfreuden bereithält und in ihm die sinnliche Lust erregt; des Abends Gäste ins Haus lädt und mit ihnen das Hohelied auf seinen allvermögenden Verstand anstimmt.

Tut sie dies nicht, hat er allen Grund, ihr zu zürnen und sie als Quelle seines Jammers zu betrachten. Wäre doch jede andere, halbwegs hellsichtige Frau stolz, an der Seite eines Menschheitsbeglückers wandeln zu dürfen. Immerhin bekommt sie durch ihn die Chance, sich dem süßesten aller Gefilde, der Unsterblichkeit, zu nähern und damit der Weltgeschichte erhalten zu bleiben. Wie könnte es angesichts so verlockender Aussichten dann noch ins Gewicht fallen, wenn er einmal ein wenig zornig, ein wenig ungehalten ist oder sich gar als unduldsamer Ehevoigt zeigt? Schließlich will er nur ihr Bestes und sie aus dem Morast des Wirklichen in die Sphären der erhabenen Idee hinaufheben. Schon darum sieht er es als eine Sünde wider die Schöpfung an, wenn sie über eine kleine Mißlaunigkeit seinerseits auch nur das geringste Wort verliert. Wurzeln doch Männer seines Schlages im irdischen Acker viel zu selten, als daß sie nicht größter Zuwendung und schönster Pflege bedürften.

Ein Gelehrter wie er ist ja nicht einfach nur ein Ehemann, der den Erwerb sichert, sondern im höheren Sinne die personifizierte irdische Vorsehung, die ihrem Leben Sinn und Ziel gibt. Allein dafür müßte sie ihm jeden Tag mehrere Male den Rocksaum küssen und stündlich dem Himmlischen danken, an einen so begnadeten Vertreter des männlichen Geschlechts geraten zu sein. Denn eines muß sie sich deutlich vor Augen halten: Alles, was sie ihm nicht zum Wohlgefallen und zur Freude tut, geht dem Glück der Menschheit verloren. Kann sie das verantworten? Will sie einen Gigantengeist in seinem Genieflug behindern und ihm den Weg in die Unsterblichkeit versperren?

Victoria wird in ihrer Spottlust aufgehalten, denn Gottsched wünscht, daß sie alles stehen- und liegenläßt und ihm bei einem Vortrage zuhört. Er hat einen Dichter entdeckt, dessen epische Kraft ohne Beispiel ist und den die Musen zum deutschen Voltaire bestimmt haben. Höchstpersönlich serviert ihr Gottsched ein Täßchen Mailänder Vanilleschokolade, womit er das Besondere des Augenblicks hervorheben möchte, bittet um allergrößte Aufmerksamkeit und rezitiert das Heldenepos *Hermann* von Christoph Otto Freiherr von Schönaich.

Das Buch in der Hand haltend, geht Gottsched in seinem gründamastenen, mit rotem Taft gefütterten Schlafrock im Zimmer auf und ab und spricht mit einer so schmetternden Stimme, als stünde er auf einer Tribüne. Hin und wieder bleibt er stehen, erhebt die Hand, um Victoria die außerordentliche Bedeutung und Inhaltsschwere der Worte vorzuführen:

Von dem Helden will ich singen, dessen Arm sein Volk beschützt, Dessen Schwert auf Deutschlands Feinde für sein Vaterland geblitzt, Hermann, dich will ich erheben! und dem sei mein Lied geweiht, Der einst Deutschlands Unterdrücker, Galliens Geschlecht zerstreut. Der, dem ersten Hermann gleich, unser schnödes Joch zerschläget, Und der stolzen Lilgen Pracht vor dem Adler niederleget.

Sie bemüht sich, das Poetische zu entdecken, aber sie hat nur den Eindruck, als rasselten von Vers zu Vers die Säbel lauter. Je länger sie dem Vortrag zuhört, um so mehr langweilt er sie. Mehrere Male legt Gottsched in seine Rezitation eine Pause ein und teilt Victoria sein Entzücken mit.

Dichter von solcher Art sind einem Staate dienlicher, als viele denken, weil sie durch ihre Verse die nützlichsten Lehrsätze ausbreiten und die Dichtkunst wieder zu dem alten Grade ihrer Würde erheben, um die sie durch so viele schlüpfrige und niederträchtige Federn gebracht worden ist. Nicht nur, daß sich die langen trochäischen Verse trefflich für eine deutsche Epopöe eignen, nein, mit Schönaichs *Hermann* hört das ewige Geschwätz in der Literatur auf, und ein klares Bekenntnis zum Vaterland wird abgelegt. Hier hat die Poesie doch noch Inhalte und verficht große Ideale, oder sieht sie das anders?

Victoria enthält sich eines Urteils. Ob sie etwas sagt oder nicht – aus Erfahrung weiß sie, daß er letztlich doch auf seiner Meinung beharren wird. Eine neue Auseinandersetzung möchte sie nicht heraufbeschwören. Sie würde ihr die Stimmung zerstören, die sie seit Dorotheas Besuch in sich fühlt. Für Gottsched jedoch ist ihr Schweigen der Beweis, daß ein gutes Gedicht nicht nur einmal, sondern mehrere Male vorgetragen werden muß, bevor es in seiner ganzen Schönheit und Tiefe erfaßt werden kann. Er zählt die Verse des *Hermann* aus und stellt mit Genugtuung fest, daß bei viertausend Versen der Dichter die poetischen Regeln nur ein dutzendmal übertreten hat. Das kann sich sehenlassen!

Die Gliederung des Epos entspricht dem klassischen Aufbau der Aeneis – ohne Zweifel, Freiherr von Schönaich ist von derselben Muse gesegnet, die vormals einen Vergil beseelt hat. Sollen alle diesem Klopstock huldigen, der nur die Gefühle aufputscht und die Vernunft vernebelt, sollen sie für seinen *Messias* schwärmen und ihn als heilige Poesie verehren – er, Gottsched, wird einem so begnadeten Talent wie dem Verfasser des *Hermann* die nötige Beachtung verschaffen. Er hat das Amt und damit die Befugnis.

Woran Victoria nicht im schlimmsten Traume denkt, macht Gottsched schon wenige Wochen später wahr: Er krönt Christoph Otto Freiherr von Schönaich zum kaiserlichen Poeten. Durch die Wahl des Tages, dem 18. Juli, soll das Fest gleichsam heilig sein. Es ist der Todestag des einst gekrönten Petrarca und der Geburtstag der Kurprinzessin Maria Antonia, der unvergleichlichen Dichterin und Beschirmerin sächsischer Musen.

Abgesandte der Universität, des Magistrats und der Buchhändlerschaft versammeln sich im Hörsaal der philosophischen Fakultät. Daß der Dichter selbst nicht anwesend ist, weil – wie man hört – ihm das Geld fehlt, um in einem würdigen Gewand zu erscheinen, stört niemanden. Er hat seinen Freund, Freiherrn von Seckendorf, beauftragt, stellvertretend die Ehrung für ihn in Empfang zu nehmen.

Gottsched begrüßt das Oberhaupt der Universität, die hochgeborenen Grafen und Herren, die höchst- und hochzuverehrenden Anwesenden. Jedes Wort seiner Festrede ist wohlbedacht, denn er möchte, daß gerade über dieses Ereignis noch lange gesprochen wird. Das getragene Pathos in seiner Stimme gibt dem Augenblick eine höhere Weihe. Es gilt, aller Welt erneut vorzuführen, daß Gottsched und der gute Geschmack eins sind. Als Wächter der gesunden Vernunft hat er geradezu die Pflicht, denjenigen herauszustellen, der die wahre Literatur schreibt. In *Hermann oder dem befreiten Deutschland* sieht er das trefflichste Beispiel für die heroische oder männliche Dichtkunst.

Niemals kann eine solche Epopöe von einem Schmausbruder oder Weiberknecht kommen. Nur einem ernsthaften Bildner des Wortes, einem Mann von patriotischer Gesinnung, der sich statt zügelloser Phantasien einer strengen Gedankenführung überläßt, ist es gegeben, ein solches Kunstwerk zu schaffen.

Bewegt schildert Gottsched den Anwesenden die Schönheiten des Heldengedichtes und zeigt, daß notwendigerweise das Herz jedes Deutschen höher schlagen muß, wenn er liest, wie der tapfere Hermann den Quintilius Varus nicht nur in die Flucht geschlagen, sondern mit drei vollen Legionen mannhaft vertilgt hat, so daß Deutschland mit einem Schlage von römischer Knechtschaft befreit war.

All seine rhetorischen Fähigkeiten bietet Gottsched auf, um die Liebe zu Deutschland den Anwesenden als die erste Tugend vorzuführen, zählt Dichter wie Schönaich zu des Vaterlands sichersten Hoffnungen und kommt schließlich zum Höhepunkt der Feier: Er, Johann Christoph Gottsched, der Weltweisheit ordentlicher und der Dichtkunst außerordentlicher Lehrer, des philosophischen Ordens Dechant, des großen Fürstenkollegiums Kollegiat und Propst, erklärt nach der ihm erteilten Vollmacht und Gewalt den hoch- und wohlgebornen Herrn Christoph Otten, des Heiligen Römischen Reiches Freiherrn von Schönaich auf Amtitz in der Lausitz, zu einem kaiserlich gekrönten Poeten, ruft ihn feierlich dafür aus und will, daß er von jedermann dafür gehalten und erkannt werde. Auf kaiserlichen und königlichen Befehl erteilt ihm Gottsched das Recht, in allen Städten, auf allen hohen Schulen des Heiligen Römischen Reiches und sonst allenthalben, wo Künste blühen, frei und ohne Hindernis oder Widerspruch in der Dichtkunst zu lehren, zu lesen, zu schreiben und zu erklären und alles, was zur Dichtkunst gehört, auszuüben; imgleichen alle die Zierate, Vorrechte und Befreiungen zu genießen und zu gebrauchen, deren sich die übrigen gekrönten Poeten allerorten, den Rechten und Gewohnheiten nach, zu gebrauchen und zu erfreuen haben.

Gottsched tritt neben das Katheder und überreicht auf einem Samtkissen die äußeren Zeichen der dem Dichter verliehenen Würde: zuerst den Lorbeerkranz, der einst dem Apollo heilig gewesen, hernach Dichtern und endlich auch Helden und Siegern erteilt worden ist und nunmehr Schönaichs Scheitel schmücken soll, danach den mit einem edlen Steine verzierten Fingerring, der vormals in Rom ein Zeichen des Adels gewesen und durch die Verdienste des Geistes jetzt gleichsam erneuert wird.

Stehend verfolgen die Anwesenden, wie Freiherr von Seckendorf in Vertretung des Dichters die Ehrenzeichen entgegennimmt. Der Beifall gibt Gottsched zu erkennen, daß er mit seinem Anliegen verstanden worden ist und neue Freunde gewonnen hat. Es gibt eben noch aufrecht gesinnte Männer, die nicht stets alles Gute und Vortreffliche bei den Nachbarn suchen, die ohne Selbstüberhebung auf die eigenen Vorzüge stolz sein wollen und die schon darum den Mißbrauch von dem rechten Gebrauche der Poesie zu unterscheiden wissen.

Beim Verlassen des Saales reichen ihm einige der würdigsten Honoratioren dankbar und tiefbewegt die Hand. Gottsched fühlt sich bestätigt wie selten. Als Kenner der Geschichte weiß er natürlich, daß es immer nur die erleuchtetsten Köpfe und besten Vertreter eines Volkes waren, die über ihre Zeit hinauszuschauen vermochten und sich nicht von den Strömungen des Augenblicks beeinflussen ließen. Auch ihm, Gottsched, bedeutet längst der dezente Beifall der Edlen mehr als die zujauchzende Bewunderung des Pöbels.

Gut gelaunt berichtet er Victoria von der erhebenden Feierstunde. Er läßt eine Flasche Burgunder holen, um auf das Ereignis zu trinken. Die Krönung hat Maßstäbe gesetzt. Die Modepoeten sind gewarnt. Manch einer von ihnen wird sich jetzt reiflich überlegen, ob er mit den Blendwerken seiner Einbildungskraft auch künftighin das Publikum so ohne weiteres zum Narren halten will. Gottsched ist in prächtiger Stimmung. Er könnte Bäume ausreißen vor Wohlbehagen.

Victoria braucht eine Weile, um zu begreifen, was er angerichtet hat. Doch sie läßt sich nichts anmerken. Früher hätte sie sich die Nachricht von einer solchen Unternehmung zu Herzen genommen. Inzwischen ist es ihr gleichgültig, was er tut. Ein Mann, der wie er mit der höheren Fügung im Bunde steht, wird schon wissen, worauf er sich einläßt. Soll er sich dazu hergeben, die Maßstäbe zu verschieben und allen vorzuführen: je schlechter die Poesie, um so größer der Lorbeer. Soll er einen auf Lohn hoffenden Söldner der Poesie krönen und damit den Verteidigern flacher Köpfe Auftrieb geben – was geht es sie an.

Es ist lediglich seine Rücksichtslosigkeit, die sie ihm übelnimmt. Schließlich hat auch sie ein Ansehen zu verlieren und trägt seinen Namen. Sie kann es den anderen nicht verdenken, wenn sie annehmen, seine Unternehmungen geschehen in Übereinstimmung mit ihr und sie als seine Ehefrau heißt seine Handlungen gut. Sie möchte nicht wissen, was passieren würde, wenn es umgekehrt wäre und sie nur ein einziges Mal sich etwas leistete, was seinem Ansehen Schaden zufügen könnte. Diese Rücksichtslosigkeit ist für sie eine Form der Selbstsucht, die sie abstößt und die den Graben zwischen ihnen noch tiefer aufreißt.

Victoria spürt, daß Gottsched auf ein Wort der Bewunderung wartet, wie früher, da ihm ihre häuslichen Ovationen das Leben versüßten und er sie in launigen Oden als seine Muse besang. Doch was ist zu einer solchen Farce noch zu sagen? Wahrscheinlich muß sie sich damit abfinden, daß die Verhältnisse des Literaturgewerbes nichtswürdig sind: Gekrönt wird der kleine Herr Schönaich, übergangen der große Klopstock. Der ruhmbekränzte Zeitling darf sich erhobenen Hauptes neben den stillen Anwärter auf Unsterblichkeit stellen, darf sich befugter und berufener halten als ein seriöser, aus sich selbst schaffender Dichter. Der eine hat die Gunst eines mächtigen Geschmacksrichters hinter sich, der andere seine tiefen Gedanken. Ausgerechnet Gottsched muß derjenige sein, der allen kundgibt, daß dort, wo die Originalität abnimmt, die Krönungen zunehmen. Wahrlich, sie möchte nicht die Person sein, die sich dadurch unvergeßlich macht. Sie kann nur auf die Schar der Einsichtigen hoffen, die diese irdische Maskerade durchschauen und mit untrüglichem Blick erkennen: In diesem Leben ist alles Wahrheit und alles Lüge.

So gern sie den Burgunder trinken würde, der Anlaß verleidet es ihr, auch nur das Glas zu berühren. Sie fragt Gottsched lediglich, ob er freundlicherweise in Zukunft einmal daran denken möchte, daß sie bei seinen Auftritten gleichfalls ein Ansehen zu verlieren hat, und zieht sich mit dem liebenswürdigsten Lächeln in ihr Zimmer zurück.

Wäre er ein wirklich gelehrter Mann, dem es um nichts als Erkenntnis zu tun ist, gäbe es keinen Grund, spöttische Betrachtungen über ihn anzustellen. Doch er will der Caesar der Poesie sein. Die Macht der Worte genügt ihm nicht. Er will Machtworte sprechen, und alle sollen ihm untertan sein. Daran ist ihm anscheinend mehr gelegen als an der ganzen wunderwürdigen Unsterblichkeit.

Immer häufiger sucht Gottsched Anlässe, um Victoria seine Unzufriedenheit kundzutun und einen Tadel anzubringen.

Noch strenger als bisher kontrolliert er ihre Haushaltsführung und entdeckt überall Verschwendung. Schon die Wahl des Manuskriptpapiers stimmt ihn ärgerlich. Er sieht nicht ein, daß sie auf Fein-Kanzlei schreibt. Für Entwürfe würde das billigere Ordinaire-Konzept genügen. Und nicht nur das. Auch ihr Zeilenabstand zeugt von einem mangelnden Sinn für Sparsamkeit. Würde sie enger schreiben, könnte sie das Doppelte auf einem Bogen unterbringen.

Einmal findet er in ihren Unterlagen einen Bogen, der nur einseitig beschrieben ist, und stellt sie sofort zur Rede. Kein Flecken Papier darf unbeschrieben bleiben. Bis in die letzten Ecken muß es ausgenutzt werden. Alles andere ist eine Sünde wider seinen Geldbeutel.

Besonders ärgert ihn Victorias Freigebigkeit. Er will nichts sagen, wenn die Magd zu Weihnachten dreißig Stettiner und dreißig Borsdorfer Äpfel, ein Schock welsche Nüsse und sechs Pfefferkuchen bekommt. Aber genügt das nicht? Muß sie dann auch noch drei Taler extra erhalten? Eine ganze Stolle als Christgabe für den Barbier ist doch weithin übertrieben, gemessen an dem Umstand, daß ihm der Tölpel alleweil die Haut ritzt und das Messer nicht geschickt zu führen weiß. Oder gar die Weißnäherin. Wie verwöhnt Victoria die Weißnäherin! Gottsched sieht keinen Grund, ihr einen halben Taler mehr zu geben. Diese Frau wird für ihre Arbeit entlohnt, und das reicht aus. Wer steckt denn ihm, der Dienst am Geiste tut, etwas zu? Hätte Victoria ein Vermögen mit in die Ehe gebracht, würde er darüber kein Wort verlieren. Aber da er sich jeden Taler und jeden guten Groschen schwer erarbeiten muß und keine Güter besitzt, die ihm eine jährliche Rente sichern, kann er nicht zusehen, wie sein Geld mit vollen Händen zum Fenster hinausgeworfen wird. Selbstverständlich hat er gegen notwendige Ausgaben nichts einzuwenden, doch Verschwendung ist alles, was nicht seiner Repräsentation dient. Sieht sie denn nicht, daß er sich alle Mühe gibt, mit gutem Beispiel voranzugehen? Regelmäßig siebt er die aus der Pfeife gekratzten Tabaksreste durch und schlägt Abend für Abend das Brot in feuchtes Linnen, um es vor dem Austrocknen zu bewahren – doch Victoria scheint nichts lernen zu wollen. Wie oft hat er ihr schon gesagt, sie soll das Fleisch vom Landfleischer holen, wie das alle sparsamen Hausfrauen tun. Der Rinderbraten für zehn Pfennig das Pfund – da gilt es doch zuzugreifen, und dies um so mehr, weil sie auch unter der Woche so üppig essen.

In Zukunft wird er überhaupt mehr auf ihre Vorratswirtschaft achten, denn er hat den Eindruck, daß sie zuviel Vorräte anlegt, wovon sich letzten Endes bloß das Personal bedient. Vor allem geht sie viel zu leichtfertig mit den Gütern des gehobenen Genusses um.

Um dem vorzubeugen, verschließt Gottsched die Büchse Kaffee mit seinem Siegellack, so daß künftig keine einzige Bohne mehr ohne sein Wissen entnommen werden kann. Auch den Schlüssel zum Weinkeller nimmt er an sich und verwahrt ihn in einer besonderen Schatulle in der Schreibtischschublade.

Wenn er eine Frau hat, die nicht umsichtig haushalten kann, muß er die Dinge selber in die Hand nehmen. Für ihn wird es allerhöchste Zeit, endlich auf einen grünen

Zweig zu kommen und nicht mehr an das tägliche Brotver- dienen denken zu müssen, sondern von seinen bescheide- nen Rücklagen, den Früchten seiner Arbeit, leben zu kön- nen. Warum will sie nicht begreifen, daß Sparsamkeit die größte Einnahme ist?

Täglich stellt er ihr diese Frage, wartet auf Antwort, auf die Spur einer Einsicht, auf irgendein Anzeichen der Ver- änderung, doch nichts weist darauf hin, daß sie sich seine Ermahnungen zu Herzen nimmt.

Da steht eines Morgens ein junger Mann mit Koffern und Gepäck in der Tür und stellt sich als Baron von Secken- dorf, der neue Untermieter, vor. Victoria glaubt, es handle sich um einen Irrtum oder nur um einen schlechten Scherz, und will ihn höflich hinauskomplimentieren. Der Studiosus macht keine Anstalten zu gehen. Er nennt die mit dem Herrn Professor vereinbarten Konditionen und betont, daß unter all den Bewerbern die Wahl auf ihn gefallen sei, weil er fünf gute Groschen mehr Mietzins als die anderen zahle. Seine Magnifizenz war über das Surplus sehr erfreut, denn er sagte, in seinem Haushalt müsse allerstrengster Wert auf Sparsamkeit gelegt werden.

Nach dieser ihr sehr vertraut klingenden Bemerkung weiß Victoria, daß Gottsched über ihren Kopf hinweg ent- schieden hat, das Gästezimmer zu vermieten. Was dabei eingespart werden könnte, vermag sie nicht zu erkennen, zumal sie bis an ihr Lebensende im Hause Breitkopfs ohne Mietzins wohnen dürfen. Vielmehr sieht sie in Gottscheds Entscheidung eine Antwort auf den Besuch ihrer Freundin: Das Gästezimmer ist vermietet, und Dorothea wird nicht ein zweites Mal kommen können. Bewundernswert, wie sich ein so hochgeistiger Mann über all die Jahre eine schlichte Gemütsart bewahren konnte. Daß es außerdem Baron Seckendorf, der engste Freund des gekrönten Schön- aich sein muß, den der Herr Gemahl in die Wohnung auf- nimmt, beweist ihr zusätzlich, wie sehr Gottsched sie im tiefsten Innern zu treffen gedenkt. Sie macht gute Miene zum bösen Spiel, weist dem jungen Mann das Zimmer zu und bittet ihn, alles Weitere auch künftighin stets mit dem Hausherrn zu vereinbaren.

Gewiß hätte Gottsched seinen Triumph, wenn sie sich über sein Vorgehen aufregte und ihm zeigte, wie getroffen sie sich fühlt von derlei hinterhältigen Angriffen, aber sie lacht nur noch. Lachen scheint ihr die einzig gemäße Antwort zu sein. Auf das andere, die Gemeinsamkeit in ihrer Ehe, kann sie nicht mehr hoffen. Vielmehr sagt ihr die Erfahrung, daß sie das, was sie an Schönem zu erwarten hat, aus sich selber schaffen muß.

Sie verschwendet an den Vorfall mit dem Untermieter keinen Gedanken mehr und erwähnt ihr Befremden Gottsched gegenüber nicht mit einem einzigen Wort. Wozu sich von trostlosen Alltagsgefechten aufreiben lassen? Sie braucht ihre Kraft für andere Dinge.

Leipzig gerät in Aufregung: Voltaire kündigt seinen Besuch an. In der Ratsbibliothek wird in fieberhafter Eile eine Ausstellung seiner Werke vorbereitet. Der Magistrat und die Universität stellen eine gemeinsame Abordnung auf, die ihn begrüßen wird. In den Hotels mieten sich Vornehme aus Dresden und Halle ein, in der Hoffnung, Frankreichs Literaturkönig für einen Augenblick zu Gesicht zu bekommen. Wetten werden abgeschlossen, bei wem der Berühmte absteigen wird. Das Geschäft der Buchhändler floriert. Feldmarschall von Seckendorf bereitet auf seinem Landgut in Meuselwitz einen festlichen Empfang für den Dichter vor. Wer dazu nicht gebeten ist, fühlt sich aus dem gelehrten Leipzig verbannt.

Inmitten dieser Aufregungen erhält Victoria von einem Gesandten die Nachricht, daß Herr Voltaire die berühmte Madame Gottsched, die Frau von großer Reputation, zu sehen begehrt. Fast gleichgültig nimmt sie den Wunsch zur Kenntnis. Sie hat zwar etliche seiner Stücke übersetzt, die mit großem Beifall auf den deutschen Bühnen gespielt werden, und hält Voltaire auch für einen außerordentlichen Schriftsteller, aber sie weiß nur zu gut, wie sehr Nähe die Großen klein macht. Es heißt, wer Voltaire, den Lustigmacher des Teufels, bei sich am Tische hat, muß damit rechnen, daß er hinterher seinem Stachelwitz freien Lauf läßt und ganz ungeniert die Person verspottet, die ihn bewundert. Dieser Gefahr will sich Victoria nicht aussetzen. Es wird genügend andere geben, die dankbar sind, mit dem Großen ein Wörtchen reden zu dürfen.

Gottsched stimmt ihr zu. Recht hat sie, seine Liebste: Herr Voltaire beliebt sie zu sehen. Das ist freundlich von ihm und sehr ehrenvoll für sie, doch sie wird sich mit Unpäßlichkeit entschuldigen lassen.

Gottsched ist beeindruckt von ihrer Haltung und buchstäblich entzückt, daß sie sich gegenüber einem Vielgerühmten so rar zu machen versteht. Gerade als Frau. Noch dazu als seine Frau. Wahrlich, das hat Größe. Das nennt er Charakter.

Noch am selben Tage führt er sie zum Essen aus und bekundet mit jedem Wort eine Übereinstimmung ihrer Ansichten, wie sie Victoria schon seit Jahren nicht mehr erlebt hat. Seine tiefe Stimme erinnert sie an eine schöne, ferne Zeit, und das Lob, das ihrem Aussehen gilt, mutet sie seltsam befremdend an: Ihr Kleid ist elegant, die Frisur apart, der Schmuck gewählt – auch mit vierzig Jahren ist sie noch eine sehr anmutsvolle Erscheinung.

Es macht ihm sichtlich Freude, sie mit seiner Unterhaltung zu erheitern. Kräftig zieht er über die trägen Gehirne seiner Amtsbrüder her, schildert ihr wieder einmal die Universität als einen Futterplatz für die graue Sperlingsschar der Bedeutungslosen, die zwischen den Stoppeln der abgeernteten Felder die übriggebliebenen Körner aufpickt, beklagt, daß es so viele Professoren und so wenig Philosophen gibt, und nimmt sich in allem aus. Er läßt den besten französischen Schaumwein servieren, trinkt ihr zu, ihr, der erfolgreichen Übersetzerin und Mitarbeiterin an seinen Zeitschriften, trinkt auf ihre beispielgebende Haltung, freut sich, daß sie nicht zu denen gehören will, die den Stolz des Herrn Voltaire vermehren, und turtelt wie ein Täuberich um sie herum. Wofür er bislang keine Zeit hatte, macht er an diesem Abend wahr und lustwandelt bis in die Dämmerung hinein mit ihr durch die Englischen Anlagen.

Victoria ist verblüfft, daß die Absage an Voltaire den Herrn Gemahl derart verwandelt hat. Zu Hause, als sie sich an ihrem Toilettentisch abschminkt, kniet er plötzlich neben ihr, legt seinen Kopf auf ihren Schoß und sagt, daß er viel zu schlecht für sie ist. Aber er wird sie immer verehren und immer lieben. Sie glaubt, ihren Ohren nicht zu trauen. Einen Moment lang ist sie verwirrt, sogar verlegen. Dennoch tun ihr die Worte seltsam gut. Sie genießt etwas längst Verschollenes – die Zärtlichkeit, die in ihnen liegt. Auch wenn der Alltag dagegenspricht – es sind Worte, an denen sie sich aufrichtet, wenigstens für einen Augenblick. Ob diese Offenbarung seiner Seele dem Weine zuzuschreiben ist oder nicht – sie zweifelt keinen Augenblick daran, daß er es ernst damit meint. Nach achtzehnjähriger Ehe besteht die Kunst zu lieben wohl darin, die widerwärtigen Situationen vergessen zu können und sich für die wenig schönen Momente, die es noch gibt, empfänglich zu zeigen.

Noch am selben Abend halten sie ein Beilager, dessen Ungewöhnlichkeit darin besteht, daß er sich anschließend in die Küche begibt und jedem von ihnen ein Schälchen Kaffee zubereitet, die er auf einem Silbertablett ins Schlafzimmer trägt. Der Anblick rührt sie. Gottsched zündet mehrere Wachslichter an, ohne auch nur ein Wort von Verschwendung im Munde zu führen, nimmt schlückchenweise den Kaffee und erzählt mit ihr die halbe Nacht hindurch.

Seit Jahren hat es schon nicht mehr eine solche Vertrautheit zwischen ihnen gegeben. Es scheint ihr ein hoffnungsvolles Zeichen zu sein. Vielleicht hat er erkannt, daß der

Verlust von Gemeinsamkeit der Verlust der eigenen Substanz ist. Würde er sonst ihrer Haltung zu Voltaire so ungeteilt beipflichten?

Als Frankreichs Dichtergott in seiner prächtigen Equipage vor dem Hause Breitkopf hält, entsteht ein Menschenauflauf. Unter Beifallsrufen und Klatschen steigt er aus. Kein Fensterplatz bleibt unbesetzt. Alle wollen den Bevorzugten des Glücks sehen, der kürzlich noch seine Wohnung in Sanssouci hatte und außer der Liebe des Preußenkönigs den Pour le mérite, den Kammerherrnschlüssel und zwanzigtausend Livre Gehalt erhielt. Vater und Sohn Breitkopf begrüßen ihn und geleiten ihn in das Haus, wo bereits die angesehensten Bürger Leipzigs zum Empfang bereitstehen.

Voltaire fragt nach der berühmten Frau. Sofort wird nach Victoria geschickt. Augenblicke später erscheint Gottsched in kleiner Gala und teilt das außerordentliche Bedauern seiner Gattin mit, unpäßlich zu sein und Monsieur de Voltaire nicht empfangen zu können. Ein Raunen geht durch den Raum.

Victoria wartet auf Gottscheds Rückkehr, wartet auch noch mit dem Mittagessen, wartet den ganzen Tag auf ihn, doch Gottsched kehrt erst in den späten Abendstunden heim. Etwas verlegen gesteht er, daß ihm nichts weiter übrigblieb, als den ortsunkundigen Herrn Voltaire zu seinem Quartier, dem „Blauen Engel", zu begleiten. Dort wurde er dann von ihm noch zu einem formidablen Essen eingeladen, und sie führten eine so außerordentlich angeregte Unterhaltung, die die Stunden ganz unbemerkt vergehen ließ.

Auch am nächsten und übernächsten Tage, ja fast eine Woche lang weicht Gottsched nicht mehr von Voltaires Seite. Er widmet ihm die französische Übersetzung seiner *Deutschen Sprachkunst*, spaziert mit ihm durch die Straßen Leipzigs, besucht mit ihm die Bibliothek, begleitet ihn nach Meuselwitz hinaus, so daß es in der Stadt bereits heißt, zwei außerordentliche Geister hätten aneinander Gefallen gefunden. Sogar von einer Symbiose der Genies geht die Rede. Steigen die beiden Männer aus der Equipage, bilden sich kleine Menschenkorridore. Bleiben sie irgendwo stehen, sammelt sich sofort eine Traube von Neugierigen. Wer mit Voltaire sprechen will, wendet sich an Gottsched. Verleger geben ihm die Vollmacht, mit Voltaire über den Druck seines neusten Buches gegen den preußischen Akademiepräsidenten zu verhandeln. Von Mal zu Mal kommt Gottsched fröhlicher nach Hause und berichtet ihr, daß der Herr François Marie Arouet de Voltaire mit der größten Hochachtung von ihr spreche und sie noch immer zu sehen hofft. Augenzwinkernd fügt er hinzu: vor allem baldige Genesung wünscht.

Victoria ist enttäuscht. Sie hatte geglaubt, Gottsched würde sich gleichfalls zurückhalten und nicht um den Franzosen herumdienern. Er weiß doch, wie tief Voltaire die deutschen Hofleute und Gelehrten verachtet, die er nur niedrig kriechend kennengelernt hat. Solange französische Sprache und Gewandtheit so viel gelten, daß jeder Barbier in Deutschland als Marquis angesehen wird, der französische Sprachmeister mit dem gnädigen Herrn wie mit seinesgleichen umgehen darf, aber der deutsche Doktor den Rang eines Hofkutschers hat, kann sie es einem Voltaire nicht verübeln, daß er den Deutschen die Kraft zu einem eigenständigen Denken abspricht. Schon darum hätte es Gottsched besser zu Gesicht gestanden, bei dieser Gelegenheit zu zeigen, daß er zu denen gehört, die um ihre Würde und ihr Selbstgefühl wissen.

Gottsched weist sie auf den gewissen feinen Unterschied hin: Im Gegensatz zu ihr ist er nicht einfach nur Privatperson. Schon im Hinblick auf seine Funktion kann er einen so großen und weltberühmten Mann nicht so ohne weiteres brüskieren. Nun gut, Voltaire wollte Victoria sprechen, und sie hat es in bewundernswerter Weise verstanden, dem Großen die kalte Schulter zu zeigen. Sie kann sich das leisten, denn sie hat nichts zu verlieren. Er, ihr Freund und

Ehemann, ist in einer weit kniffligeren Lage. Gerade jetzt, da er selbst eine so umstrittene Position in der Öffentlichkeit einnimmt und auf so viel Unverständnis stößt, ist es aus taktischen Gründen wichtig, sich mit dem ersten Dichter Frankreichs in Leipzig zu zeigen. Mag Herr Voltaire auch menschlich gewisse Schwächen haben und nicht der integersten einer sein – immerhin ist er ein berühmter Mann, und er, Gottsched, muß alles tun, um sein eigenes Ansehen zu heben. Sicherlich bleibt dem Dresdner Hof nicht verborgen, mit wem sich der große Franzose getroffen hat. Wenn dabei Gottscheds Name fällt, wirft das nur ein vorteilhaftes Licht auf ihn und seine Gemeinde. Er ist nun einmal als Schlachtroß angetreten, und von ihm erwarten sie immer wieder Siege. Er steht unter ganz anderen Zwängen als sie. Das wird sie doch einsehen oder nicht?

Gewiß sieht sie das ein: Er hat es bitter nötig, sich öffentlich in ein glanzvolles Licht zu setzen. Sie fragt sich bloß, weshalb er nicht gleich gesagt hat, wie wichtig ihm in dieser Situation ein Zusammentreffen mit Voltaire ist. Dann hätte sie ihn selbstverständlich empfangen, statt sich mit Unpäßlichkeit entschuldigen zu lassen. Aber die Wahrheit ist eine ganz andere: Er hätte es nicht ertragen, wenn Voltaire mit ihr statt mit ihm durch die Stadt spaziert wäre. Deshalb, nur deshalb war der Herr des Hauses so entzückt von ihrer Haltung, weil sie freiwillig auf einen Auftritt verzichtet hat, der eigentlich ihm gebührt und ihm zusteht.

Gottsched entgegnet lediglich: Überraschende Situationen erzeugen überraschende Haltungen. Anschließend sichtet er die Zeitungen und nimmt mit Genugtuung zur Kenntnis, was über ihn und Herrn Voltaire geschrieben steht.

Monate später, an Gottscheds Geburtstag, warten seine Studenten mit einer besonderen Attraktion auf: Sie laden ihren verehrten Professor und dessen Gattin zu einer winterlichen Vergnügungsfahrt ein. Noch ehe er seine Bedenken gegen derlei frostige Lustbarkeiten äußern kann, sitzt er schon mit Victoria, in Pelzdecken gehüllt, die Hände in einem Muff vergraben, unter den fröhlichen Gratulanten. Im Schlitten stehend, bringen sie ihm ein Ständchen dar. Ihr Gesang übertönt das Geläut der Schellen, mit denen die Pferde behangen sind.

Als sie die Stadt verlassen, macht heißer Champagnerpunsch die Runde. Der Schlitten gleitet elegant dahin. Dicht verschneit stehen die Bäume am Wegrand. In der Ferne erhebt sich hin und wieder ein Haus wie ein gezukkerter Maulwurfshügel aus der Ebene und erinnert daran, daß in dieser weißen Stille Bewegung und Leben herrscht. Noch nie hat sich Victoria so weit in den Winter hinausgewagt, und noch nie hat sie ihn so schön empfunden. Die Luft ist kalt und schneidend, doch die Landschaft kommt ihr warm und anheimelnd vor. Alles um sie herum ist wunderbar friedlich. Trotz der laut tönenden Heiterkeit der Mitfahrer breitet sich eine tiefe Ruhe in ihr aus. Sie denkt nicht an ihre Übersetzung, nicht an den bevorstehenden Messetermin, nicht an das Drängen des Verlegers. Sie genießt es, unter freiem Himmel dahinzugleiten, schwerelos, gedankenleicht. Der unbegrenzte Blick hat etwas Faszinierendes. Wo sie auch hinschaut – nichts als sonnenklare, schneeglitzernde Weite.

Die Gegensätze vermag sie kaum zu fassen: Vorhin noch in der Enge der ummauerten Stadt und jetzt in diesem weißen Paradies, das zu ihrer größten Überraschung in ihrer Nähe, ja eigentlich sogar vor ihrer Haustür liegt. Mit Schrecken stellt sie fest, wie blind sie für die Schönheiten der eigenen Umgebung bislang gewesen ist. In achtzehn Jahren hat sie es nicht vermocht, diese herrliche Szenerie in Augenschein zu nehmen. Sie gibt dem Schreibtischdasein die Schuld. Worte, nichts als Worte, nichts als Betrachtungen und Betrachtungen über die Betrachtungen, aber keine lebendigen Eindrücke.

Diese verschneite Idylle, die ihre Sinne aufleben läßt, bringt ihr wieder einmal deutlich zu Bewußtsein, daß auch das bewegteste gedankliche Leben immer nur Reflexion bleibt – Distanz, Vorstellung, Begriffsbildung und nie sinnliche Erfahrung selbst. Hier spürt sie, was für ein einseitiges, kärgliches Dasein sie auf ihrer gelehrten Galeere führt.

Vergnügt und mit kältegeröteten Wangen referiert Gottsched über das neuste Werk des trefflichen Schönaich: *Die Ästhetik in einer Nuß oder neologisches Wörterbuch*. Er freut sich, daß sein Schützling die satirische Geißel über die hirnlosen Reimer schwingt und dem Riesendichter Bodmer, Seiner Unsterblichkeit Herrn Haller, dem göttlichen Seher Klopstock, dem Herrn Wieland und anderen schaffenden Schäferdichtern grammatikalischen Unsinn und willkürliche Wortbildung nachweist.

Victoria, die den Herrn Gemahl darüber nicht zum erstenmal reden hört, versenkt sich in die Schönheit der Landschaft und genießt sie. Das Lachen der Mitfahrenden steckt an. Schon lange war sie nicht mehr so heiter und ausgelassen. Ach, könnte das Leben doch immer so sein!

In Connewitz steigen sie im städtischen Gasthof ab. Gottsched möchte zwar weiterfahren, weil ihm die schneeklare Luft ausgesprochen gut bekommt, aber die Studenten überreden ihn zu einer kurzen Einkehr. Da steht auch schon der Gastwirt in der Tür, eilt mit freudig-stämmigem Schritte auf Gottsched zu, führt Seine Magnifizenz und die Gäste zu einem lauschigen Nischenplätzchen und fragt Victoria schmunzelnd, ob sie die rechtmäßige Gattin des Herrn Professor sei. Victoria entgegnet gutgelaunt, daß es ihr sehr unlieb wäre, sofern es eine unrechtmäßige Gattin gäbe, will sich setzen und sieht plötzlich, wie Gottsched hinter ihrem Rücken dem Gastwirt Zeichen der Diskretion signalisiert. Von Mann zu Mann, in gegenseitiger Mitwisserschaft. Einen Moment lang glaubt sie, das Blut in ihren Adern müsse erstarren. Sie schaut Gottsched an, als fordere sie ihn auf, ihr zu sagen, ob das wahr sei. Er weicht ihrem

Blick aus. Einer der Studenten feixt und macht die Situation für sie noch peinlicher.

Als die Gastwirtin den Tisch für die Gäste eindeckt, Porter und Schinken bringt und Victoria nach ihren Wünschen fragt, greift Gottsched dankbar die äußere Ablenkung auf, die ihm Gelegenheit gibt, sich unverfänglich an Victoria zu wenden. Mit eifrig besorgter Stimme empfiehlt er ihr, wenigstens eine heiße Zitrone zu nehmen oder eine Schokolade. Victoria mag nichts. Sie ist bis in die letzten Fasern ihres Empfindens aufgewühlt. So also stehen die Dinge: Mit unrechtmäßigen Gattinnen steigt der Herr Professor in den Gasthöfen der näheren Umgebung ab.

Gottsched vermeidet, ihr in die Augen zu sehen, und spricht wie aufgezogen. Plötzlich glaubt sie, er habe Sorge, sie könnte ihm eine Szene machen vor seinen Schülern und Bewunderern, ihm, dem großen Tugendlehrer und Vernunftprediger: Entweder ein Geständnis, oder sie stürzt sich vors Pferd. Entweder sie oder ich. Doch Victoria empfindet nichts außer Scham. Sie schämt sich, so vor aller Augen gekränkt worden zu sein. Von einem Fremden, einem Gastwirt, muß sie durch einen unbedachten Versprecher erfahren, was sie beide angeht. Die Demütigung könnte nicht größer sein. Gottsched hat sie in allem ausgeschaltet, hat getan, als gäbe es sie nicht, als sei sie Luft, ein Niemand, ein Nichts. Bestimmt weiß ganz Leipzig von seinen Amouren. Nur sie, sie ist die letzte, die davon erfährt. Sie hält er anscheinend der Wahrheit nicht für wert.

Eine dumpfe Verzweiflung steigt in ihr auf. Sie mag weder essen noch trinken, sondern drängt nur darauf, den Gasthof zu verlassen.

Seit Victoria weiß, daß Gottsched Verhältnisse mit anderen Frauen hat, fühlt sie sich gezeichnet. Nicht genug, daß sie keine Kinder bekommt und schon deshalb das Signum der

Unvollkommenheit auf der Stirn trägt, nun zeigt er allen, daß sie nicht mehr reizvoll für ihn ist, keine Frau mehr, die seine Sinnenlust erregt, die vielleicht überhaupt nichts mehr ausstrahlt – ein verholzter Wortklotz, der von früh bis spät am Schreibsekretär sitzt. Nun ist das Urteil vor den scheelsüchtigen Augen der Mitwisser gesprochen: Als gelehrte Frau hat sie ihre Weiblichkeit dem Ehrgeiz geopfert.

Die Kollegen aus der Gilde werden natürlich Verständnis für ihn haben und ihm heimlich beipflichten. Sehen doch auch sie in einer geistig tätigen Frau nicht den Engel, den man anbetet, sondern das Hauskreuz, das es zu tragen gilt. Wer wollte es da dem geplagten Professor verargen, daß er hin und wieder bei einem süßen, anschmiegsamen Geschöpf Erholung sucht? Und die Gattinnen der Ordinarien – haben sie nicht endlich den Beweis, daß der Preis für die berufliche Selbständigkeit einer Frau die zerstörte Ehe ist?

Sicherlich wird Gottsched gegenüber seinen Freundinnen nicht zurückhaltend sein mit dem Klagelied über seine gefühlskalte, unsinnliche Ehefrau, die sich nur ihrem Ruhm widmet und darüber die Freuden des Leibes vergißt.

Nachts liegt Victoria wach und grübelt. Sie kommt nicht darüber hinweg, daß er sie so schnöde hintergeht und seines Vertrauens für unwürdig hält. Hätte er ihr gesagt, ihn verlange nach sinnlicher Abwechslung oder er sei der größten Liebe seines Lebens begegnet oder es ziehe ihn zu einer anderen Frau, weil er das Gefühl loswerden möchte, er versäume etwas bei der eigenen, wäre dies zwar eine schmerzliche Wahrheit gewesen, aber die Aufrichtigkeit hätte den dünnen Faden der Gemeinsamkeit nicht ganz zerreißen lassen. Für alles gäbe es Worte, und alles wäre verständlich. Gewiß erwartet sie nicht, daß er sich nach zwanzigjährigem Zusammenleben in heißem körperlichen Verlangen nach ihr verzehrt oder sich zu Blindheit gegenüber dem schöneren Geschlecht zwingt, aber sie erwartet Aufrichtigkeit. Aufrichtigkeit ist eine Form von Treue, die sich nach so vielen Ehejahren eigentlich von selbst verstehen sollte. Statt dessen belügt er sie, tut so, als sei er der beste Christenmensch, frönt heimlich seinen Lüsten und zeigt damit allen: Ihr Erfolg auf geistigem Gebiet mag noch so groß sein, körperlich genügt sie seinen Ansprüchen nicht.

Selbstverständlich muß eine Frau, wie er sie begehrt, ganz anders sein: schön, ewig jung, geistreich, erregend, sinnlich, aphroditisch, die Vollkommenheit in Person. Sie fragt sich bloß, woher er seinen hohen Anspruch nimmt. Wer ist er denn noch nach der unseligen Dichterkrönung Schönaichs? Ein Mann, auf den es Schmähschriften regnet und der in den Augen der Öffentlichkeit nur von seinem früheren Ruhme zehrt. Nach seinen poetischen Regeln will sich keiner mehr richten. Auf dem Theater tritt der Harlekin unter neuem Namen auf, heißt Hänschen, Peter oder Valentin und macht seine derben Späße. Die Oper blüht mehr denn je, und die Poeten wenden sich der empfindsamen Gemütsart zu. Gottsched, ihr Herr und Hausgebieter, der so heftig die Klopstocksche Art zu dichten verfolgt, muß sich über seine eigene Lyrik öffentlich sagen lassen, daß in ihr so wenig Poetisches ist, als in einem ausgedroschenen Bund Stroh Körner zu finden sind. Lessing kündigt seinen Gedichtband an, der in den Vossischen Buchläden für zwei Taler, vier Groschen zu haben ist: Mit zwei Talern bezahlt man das Lächerliche und mit vier Groschen ungefähr das Nützliche.

Victoria macht sich keine Illusionen: Der Stern des Gemahls ist gesunken. Ausgerechnet in solcher Situation muß er Geschichten mit Frauen anfangen. Nun kann das Gelächter noch lauter tönen, und die Peinlichkeiten haben einen krönenden Höhepunkt: Der Herr Professor, ehrwürdiges Mitglied der Akademie der Wissenschaften zu Bologna, bei einer kleinen Wäscherin, die ihn bedient. Der Herr Professor bei einem kapriziösen Weltkind, das ihm den Pegasus sattelt. Der Herr Professor bei einer Dame von höherem Stande, die ihm das Lustfeuer entfacht. Der Herr Professor siegreich erschöpft nach der Venusschlacht. Der Herr Professor verhuscht, im Dunkeln, in der Petersstraße, im Gasthof, im Rosenthal – ach, es ist alles so würdelos!

Victoria fühlt sich in doppelter Weise betrogen. Es ist schon schlimm genug, die Frau eines vielgeschmähten Mannes zu sein. Nun wird sie auch noch um ihr eigenes Ansehen gebracht, indem er sie in ihrem privaten Leben dem Spott der Öffentlichkeit preisgibt. Oder sind die Freundinnen eines verheirateten Mannes etwa nicht der leibhaftige Beweis für das Ungenügen der Ehefrau? Unvorstellbar, es wäre umgekehrt und sie würde in Amouren mit jungen Schönlingen ihre Selbstbestätigung suchen.

Der gewisse Unterschied läßt sich nicht leugnen: Für sie liegen die Einschränkungen dort, wo er alle Freiheiten hat. Würde sie lügen so wie er, dann wäre dies eine Niedertracht ohnegleichen, verwerflich, abscheulich. Es wäre gemeine, betrügerische Dirnenart. Eine Sünde gegen den Herrn. Er dagegen verschweigt bloß die Wahrheit. Aus Rücksicht auf das zart empfindende Gemüt seiner Ehefrau. Aus edler Schonung. Er betrügt auch nicht, hintergeht nicht und bricht keine Treue. Er ist bloß ein galanter Liebhaber, ein Freund der Frauen.

Wieso hat sie eigentlich nie von ihm verlangt, daß er schön und ewig jung sein soll, daß er den Geist eines Platon mit der Kraft eines Hufschmieds in seiner Person zu vereinen habe? Victoria hofft noch immer auf seine Aufrichtigkeit, hofft, er würde von sich aus darüber reden, wartet auf diesen Beweis seines Vertrauens, doch er schweigt. Gottsched tut so, als wenn nichts wäre, und ist überaus aufmerksam und zuvorkommend. Er schickt ihr Blumen ins Haus, löst sogar das Siegel von der Kaffeebüchse, legt auch wieder den Schlüssel zum Weinkeller in ihre treuen, bewährten Hände, lobt ihre Haushaltsführung und kauft ihr Brüsseler Spitzen. Sie ist neugierig, was er sich fortan alles einfallen lassen wird. Victoria sagt nichts und fragt nichts.

Sie will ihm noch eine Weile zusehen und in Erfahrung bringen, wieweit er sich in der Meisterschaft der Verstellung zu steigern vermag.

Sosehr sie sich darum bemüht, über den Dingen zu stehen – es mildert ihren Schmerz über die Demütigung nicht. Immer wieder denkt sie daran, was ihr Dorothea empfohlen hat: in allem das Schöne entdecken und sich in jeglicher Misere ein heiteres Gemüt bewahren. Aber was nützt es, wenn sich das Schöne ihr nicht zu erkennen gibt?

Victoria stürzt sich in ihre Arbeit und übersetzt in einem Zuge, fast ohne aufzuschauen, den siebten und achten Band der *Geschichte der königlichen Akademie der schönen Wissenschaften zu Paris*. Sie ist froh, diesen Platz an ihrem Schreibsekretär zu haben. Nirgendwo glaubt sie so unangreifbar und so sicher zu sein. Hier fühlt sie sich vor den Widerwärtigkeiten der Welt nicht nur geschützt, sondern in gewisser Weise ihnen auch überlegen. Vor allem braucht sie hier nichts mehr von dem wahrzunehmen, was ihr den Glauben an Großes und Vollkommenes nimmt: nicht die gedungenen Schreiberlinge und seichten Kanzelredner, die von ihrem Verstande die ehrgeizige Meinung haben, daß er der größte sei, und vor allem nicht ihn, Professor Johann Christoph, der sich für den Geschäftsführer der Weltvernunft hält und doch nur ein ganz gewöhnlicher Lüstling ist.

Früher als vorgesehen beendet sie ihre Arbeit und schreibt ihrer Freundin, daß der Tag nicht mehr fern sei, da man sie mit der Feder in der Hand begraben wird, damit sie, wie Addison von den Zungen der Französinnen sagt, auch im Grabe nicht ruhe.

Sosehr es Victoria danach verlangt, sich von den Menschen und ihrem Treiben zurückzuziehen – ihr Ruhm gewährt ihr kein Versteck. Ihre Lustspiele, sowohl die eigenen als auch die Übersetzungen, werden inzwischen auf vielen großen Bühnen gespielt und machen vor allem am Königlichen Theater in Wien Fortune. Ihre Zeitschriftenübersetzungen des *Guardian* und des *Spectator* finden eine begeisterte Leserschar. Die Akademieübersetzung steht kurz vor dem Abschluß. Aus vielen Städten erhält sie Einladungen. Sie zögert mit den Antworten, weil ihr die Mühen einer Reise zu beschwerlich sind. Victoria wird gedrängt, gebeten, beschworen, und es fällt ihr schwer, abzusagen. Schließlich teilt sie Gottsched ihren Entschluß mit, eine größere Reise anzutreten. Als ihr Mann wünscht er nicht, daß sie allein oder mit einer Aufwärterin in der Weltgeschichte herumfährt.

Victoria läßt sein Begehren unberührt. Was er wünscht oder nicht, ist seine Sache. Wenn er unbedingt darauf besteht, mitzukommen, dann wird sie es ihm nicht verwehren. Aber es ist ihre Reise, und sie entscheidet, wohin sie fährt und wen sie besuchen wird.

Ihr energischer Ton verblüfft ihn. Sachsens Sappho, seine berühmte Gattin, wird ihm doch wohl gestatten, daß er die Reise nutzt, um neue Freunde im Kampf gegen die alpinische Seuche der Hexametristen zu gewinnen und das Lager seiner Verbündeten fester zusammenzuschließen.

Es ist ihr gleichgültig, was er tut. Sie packt ihre Koffer, füllt die Reisekanzlei und fährt mit der schnellen Post zuallererst nach Gotha, um ihre Freundin wiederzusehen. Die Mitglieder des Lesezirkels bereiten ihr schon an der Poststation ein herzliches Willkommen. Vier Stadtmusiker bringen ihr ein Ständchen dar. Eine Schauspielertruppe erscheint in den Kostümen ihrer Lustspielfiguren. Victoria ist gerührt. Gottsched schaut erhaben lächelnd auf das Treiben nieder, als wolle er sagen, daß er den Empfang als leicht übertrieben empfindet. Es bekümmert sie nicht. Victoria nimmt bei ihrer Freundin Logis. Gottsched nächtigt im Hotel. Seltsamerweise verliert er kein Wort darüber. Er hält sich überhaupt mit jeglicher Äußerung auffallend zurück. Sie sieht darin ein Zeichen, daß er tiefinnerlich sich ihr gegenüber schuldig fühlt und etwas gutmachen möchte.

Aber es gibt noch eine andere, unausgesprochene Gewißheit zwischen ihnen: Wenn er eine Mißstimmung aufbringt, wird sie die Reise allein fortsetzen. Dies möchte er schon darum nicht, weil Victoria mehrere Audienzen bei adeligen Herrschaften bevorstehen, die für ihn eine Gelegenheit sind, sich selbst in Erinnerung zu bringen. Sie weiß doch, wieviel ihm das Wort der Mächtigen gilt und wie gern er von ihnen als der erste Würdenträger des Geistes gefeiert werden möchte.

Dorothea begleitet Victoria zu einer Audienz bei der Herzogin. Gottsched verbringt die Stunden in der Herzoglichen Bibliothek. Den Ball, den die Freundin für sie gibt, beehrt er gnädig mit seiner Anwesenheit, weil er Gothas Honoratioren zu treffen gedenkt. Victoria tanzt mehrere Male hintereinander ein Menuett und ist vergnügt wie selten. In der Tanzpause erinnert er sie daran, daß sie eine Person von Distinktion ist. Ihre Fröhlichkeit hält er einer Schriftstellerin für unwürdig, weil jedermann gerade von ihr Weisheit und gediegenen Ernst erwartet. Doch sie entgegnet nur, er möge selber auf seinen guten Ruf achten, und läßt ihn stehen.

Victoria reist von Ereignis zu Ereignis. In Kassel gibt es eine Audienz bei der Witwe des Prinzen Maximilian. In Geismar wird sie vom durchlauchten Erbprinzen als Sachverständige über die Schriften der französischen Akademie der Wissenschaften zu Rate gezogen. In Hannover stellt ihr der Herr Staatsminister von Schwichelt seine Equipage zur Verfügung, damit sie gemeinsam mit dem Gemahl im kurfürstlichen Schloß die Kostbarkeiten der Bibliothek und Leibnizens Rechenkasten in Augenschein nehmen kann. In Braunschweig wird sie in einer besonderen Audienz von Ihrer Königlichen Hoheit empfangen. Gottsched ist erneut nicht gebeten. In leicht pikiertem Tone trägt er ihr auf, der durchlauchtigsten Herzogin die alleruntertänigsten Grüße von ihm zu übermitteln. Victoria ist beeindruckt, wie sich die Zeiten geändert haben: Noch vor Jahren hätte er es ihr als Gnade und Auszeichnung gepriesen, zu einem solchen Gespräch von ihm mitgenommen zu werden. Heute ist sie diejenige, die empfangen wird und ihn mitnehmen könnte.

In Halberstadt, wo Regierungsrat Lichtwer ein Essen für sie gibt, geht es ihr wie in allen anderen Städten: Kaum hat sich die Nachricht von ihrer Ankunft verbreitet, eilen viele mit Prachtalben und Stammbüchern herbei und bitten sie um eine Eintragung. Auch hier ändern die Schauspieler-truppen ihr Programm und spielen Komödien der Gott-schedin.

Zwischen den Städten, auf den weglosen Straßen in den schlecht gefederten Kutschen, sitzen Victoria und Gott-sched sich stundenlang stumm gegenüber. Ist ein Gespräch unvermeidlich, kommt er auf stets das gleiche Thema: Er hat sie großgemacht. Das soll sie nicht vergessen. Er hat ihr in jungen Jahren die Chance gegeben, an seinen Zeitschrif-ten mitzuarbeiten. Durch ihn ist sie zu Ruhm gekommen. Ohne ihn wäre sie niemals das, was sie heute ist.

Victoria kann es nicht mehr hören. Glücklicherweise steigen auf einer Poststation vor Dresden Mitreisende zu, und eine Entgegnung bleibt ihr erspart. Kaum ist sie in der Residenzstadt angekommen, bringt ihr ein Hoffourier die Nachricht, daß Ihre Königlichen Hoheiten, der Kurprinz und die Kurprinzessin, sie ins Hoftheater bitten, wo sie ihr zu Ehren *Die ungleiche Heirat* geben lassen.

Gottsched beschwört Victoria, Familiensinn zu zeigen, die Einladung auszuschlagen und demonstrativ das Hof-theater zu meiden. Schließlich wollte er dort einmal Drama-turg werden und seine Theaterreformpläne durchsetzen. Aber man hat schnöde gegen ihn intrigiert. Im Interesse des gemeinsamen großen Namens soll sie zeigen, daß nicht vergessen ist, was man ihrem Gatten angetan hat.

Sie staunt, wie gelassen er den „gemeinsamen großen Namen" ausspricht, der in ihren Ohren eher wie ein Hohn klingt. Wann hat er schon Rücksicht auf sie genommen? Voll Bitterkeit fragt sie sich im stillen, ob er an Gemeinsamkeit denkt, wenn er als ihr Ehemann den appetitlichen Persönchen nachsteigt, sich ihnen als Adonis academicus präsentiert und es wahrscheinlich munterer und sinnentoller als jeder brave Landmann treibt. Vielleicht besucht ihr Eheherr und -meister sogar die öffentlichen Häuser? Womöglich ist ihm im Hospital schon ein Bett reserviert, falls ihn die Franzosenkrankheit ereilt? Was weiß sie schon, mit wem er hinter ihrem Rücken Verhältnisse eingeht? Sicher ist ihr nur, daß er zu jener Gattung der Selbstlinge gehört, die Gemeinsamkeit immer nur dann beschwören, wenn sie ihrem ureigensten Interesse dient.

Mit Freude folgt sie der Einladung ins Brühlsche Theater im Zwinger. Der Kurprinz und die Kurprinzessin bitten sie neben sich auf den Adelsplatz im Parterre. Ein Raunen geht durch die Reihen. Alle Augen sind auf Victoria gerichtet. Im Nu spricht sich herum, daß die Autorin anwesend ist. Während der laufenden Vorstellung soll Victoria den Königlichen Hoheiten ihr Urteil über die Schauspieler mitteilen, damit alles, was nicht in ihrem Sinne ist, sofort korrigiert werden kann.

Angeregt unterhält sie sich mit dem fürstlichen Paar. Gottsched sitzt neben ihr und schweigt. Sie wendet ihm halb den Rücken zu, so daß er sich weit nach vorn beugen muß, wenn er sich an dem Gespräch beteiligen möchte. Victoria ist selbst etwas erschrocken über die Feindseligkeit ihm gegenüber, aber nach zwanzig Jahren Ehe ist die Zeit des freundlichen Kennenlernens vorbei. Wenn er schon nicht selber weiß, was er an ihr hat, soll er ruhig von anderen erfahren, wie sehr sie geschätzt ist. Mit einem Seitenblick nimmt sie seinen unbewegten und doch trotzig-erhabenen Gesichtsausdruck wahr. Sie sieht ihm an, daß er leidet, und kennt die Gründe. Jüngst erst hat er die Gräfin Brühl durch die Breitkopfsche Druckerei geführt, den Erklärer gespielt, ein Gedicht von ihm auf weißem Atlas für sie drucken lassen, in der Hoffnung, sie möge bei ihrem Gatten, dem allmächtigen Minister, gute Stimmung für ihn machen. Immer wieder hat er sich danach gedrängt, zu den Meßzeiten Vorlesungen für die Besucher des Hofes zu halten, hat mit vielen Gelegenheitsoden Fürsten und Grafen besungen und insgeheim erwartet, der sächsische Hof würde ihn so wie einst Luther unter seinen Schutz nehmen – umsonst. Alles umsonst. Die Mächtigen, das hat Victoria ihm oft gesagt, handeln nach ihren eigenen Gesetzen. Wer sich von ihnen fernhält, wird eher noch beachtet, als derjenige, der sich danach drängt, an der Sklaverei des Hoflebens teilhaben zu dürfen. Für ihn war es nur die Teetischphilosophie seiner teuren und geschickten Muse. Nun bekommt er die Wahrheit ihrer Worte zu spüren.

Gewiß leidet er auch darum, weil er sich nun Victorias Lustspiel mit ansehen muß und im tiefsten Innern davon überzeugt ist, daß sich sein *Sterbender Cato* auf einer königlichen Bühne weit besser ausnehmen würde. Soll er leiden. Ihr ist es gleichgültig. Worauf hat sie noch Rücksicht zu nehmen? Darauf, daß sie seinen Namen trägt, der kein klangvoller mehr ist, oder darauf, daß sie sein Ansehen mehrt, das er nicht mehr besitzt?

Nach dem Ende der Vorstellung wird ihr stehend applaudiert. Der Beifall will nicht enden. Bravo- und Hochrufe gehen auf sie nieder. Blumen werden ihr überreicht. Das Publikum umringt sie so begeistert, daß sie fürchtet, erdrückt zu werden. Victoria hat Mühe, den Ausgang zu erreichen. Draußen wird sie mit Fragen bestürmt. Gottsched beantwortet sie, und es ist ihr in diesem Gedränge recht. Autographensammler und Scherenschnittkünstler belagern ihr Hotel. Um dem Trubel zu entrinnen, fährt sie bei Nacht ab.

Im Morgengrauen, als sie wie gerädert Leipzig erreichen, bemerkt Gottsched mit leicht herabgezogenen Mundwinkeln, das Aufsehen um ihre Person käme nur daher, weil sie eine Frau sei. Hätte ein Mann Lustspiele dieser Art geschrieben, wäre das öffentliche Interesse nur halb so groß. Aber als Frau rankt sie wie ein seltenes exotisches Gewächs am Baume der Erkenntnis. Es ist die Neuheit, die bestaunt und bewundert wird. Darüber soll sie sich im klaren sein und nun nicht etwa einem poetischen Übermut verfallen.

Obwohl sie zu keiner Auseinandersetzung aufgelegt ist, entgegnet sie spitzzüngig, er möge sich nicht ständig wiederholen. Sie weiß längst, wie er darüber denkt: Der Erfolg einer Frau beruht auf ihrem Geschlecht und ist zufällig. Der Erfolg eines Mannes beruht auf seinem Geist und ist gesetzmäßig. Erstaunlich ist nur, daß er sich in seinen Zeitschriften zum Anwalt der geistigen Bestrebungen der Frauen macht und nur bei der eigenen Frau Selbständigkeit nicht erträgt, denn bei der eigenen soll alles so bleiben wie bisher. Als häusliche Dienerin hat sie seine Welt zu verschönen und ihm als der magische Spiegel zu dienen, der sein Bild in doppelter Größe wiedergibt. Die anderen Frauen mögen nach Erkenntnis streben, doch die eigene soll nur für ihn, das höhere Gattungswesen, leben und nicht für sich selbst. Lächelnd fügt sie hinzu: Ein Mann, der eine Theorie entwirft, nach der sich die Wirklichkeit zu richten hat, ist ohnehin schon eine wunderwürdige Erscheinung, aber er macht sich vollends lächerlich, wenn er die Wirklichkeit nach zweierlei Wahrheiten ausrichten möchte.

Noch ehe er auf die ungeheuerliche Anmaßung seiner Frau die rechten Worte der Entgegnung findet, läßt sie bereits das Gepäck in die Wohnung tragen, zieht sich in ihr Zimmer zurück und schläft tiefzufrieden die Anstrengungen der Reise aus.

Überraschend bekommt Gottsched Besuch. Zwei Herren der Universität Halle überbringen ihm die Nachricht, daß Christian Wolff gestorben ist. Bestürzt nimmt Gottsched die Nachricht auf. Als Kenner der Geschichte weiß er, wenn ein großer Mann von dieser Welt geht, begräbt er zugleich auch eine Epoche. Mit Wolffs Tod – das wird ihm in diesem Augenblick deutlich – endet die Ära des Vernunft-glaubens.

Die Nachricht trifft Gottsched auch darum so schmerz-lich, weil er bislang in jedem neuen Werk Wolffs die philo-sophische Rechtfertigung seiner eigenen Ansichten gefun-den hat und nun keine geistige Autorität mehr da ist, auf die er sich in seinem Kampf gegen die neumodischen Af-terpoeten und Gefühlsduselanten berufen kann. Solange es in trüben Zeiten den Zusammenhalt Gleichgesinnter gibt, ist das Dasein erträglich und der Kampf nicht vergebens. Doch mit einemmal fühlt sich Gottsched allein gelassen und einsam. Er bittet die Herren, einen Augenblick zu war-ten, und verläßt das Zimmer.

Nach einer Weile kehrt er in großer Trauerrobe zurück, um das Gespräch in würdiger Weise fortzusetzen. Vor Jah-ren hat er sich die Robe vorsorglich für fürstliche Trauer-fälle anfertigen lassen, aber sie ist bis jetzt unbenutzt ge-blieben. Der Stoff und die Verarbeitung sind zwar von al-lererster Güte, doch der Schnitt ist aus der Mode gekommen, das Gewand steif und unbequem. Obwohl sich Gottsched darin unwohl fühlt, gebietet es ihm die Pietät, dem Schmerz und der Trauer einen äußeren Ausdruck zu verleihen. Vor seinem Schreibtisch stehend, hält er eine kurze Ansprache. Die Herren erheben sich.

Kanzler Wolff, der letzte Lehrer der Vernunftkunst, ist dahingegangen. Im wechselvollen Strom der Erscheinun-gen blieb er ein aufrechter Philosoph, der mehr zu Deutschlands Ruhm beigetragen hat als mancher machtge-waltige Mann. Triumphal kehrte er nach Halle zurück, wie vormals der aus Rom verbannt gewesene Cicero wieder nach Rom zurückkam. Obwohl es in den letzten Jahren still um Wolff geworden ist, werden seine Werke die Zeiten überdauern. Unter den Weltweisen gleicht er dem Aristote-les, denn er hat alle Teile der Philosophie in einen Zusam-menhang gebracht und alle bekannten Wahrheiten mitein-ander verbunden. Gedenken wir seiner in Ehre.

Gottsched verneigt sich gegen die Überbringer der Trauernachricht und verharrt mit gesenktem Haupte in einer Minute des Schweigens. Danach führt er die Besucher in den Salon und läßt ihnen Kaffee und Likör servieren. Die Herren übergeben ihm einen kleinen Zettel, auf dem der Philosoph Gottsched einige Vorschriften für die Abfassung seiner Lebensbeschreibung notiert hat. Bewegt nimmt Gottsched das Dokument entgegen. Er fühlt sich hoch geehrt, daß der Wohlselige ihn für diese Aufgabe ausersehen hat, und legt den Zettel in eine samtgepolsterte Schatulle. Auch Briefe und andere Dokumente aus Wolffs Leben erhält er, damit er als Biograph aus gesicherten Quellen schöpfen kann. Eine tiefe Wehmut erfüllt Gottsched, als er erfährt, daß Wolff von Monat zu Monat schwächer wurde, bis ihn dann das Podagra gänzlich auf das Krankenbett warf und um alle seine Kräfte brachte. Die Vergänglichkeit des Lebens steht ihm auf einmal schmerzhaft vor Augen. Er findet es bedrückend, daß selbst das gelehrteste Dasein von der Körpermaschine beherrscht wird und auch der größte Geist bloß ein kleiner Spaziergänger vor den Toren der Ewigkeit ist. Die erschreckende Gewißheit drängt ihn zur Arbeit.

Die Herren haben kaum Gottscheds Wohnung verlassen, da sichtet er bereits die Materialien, um unverzüglich den letzten Willen Wolffs zu erfüllen. Er nimmt sich vor, eine Biographie zu schreiben, die auch den Fremdlingen in der Philosophie verständlich ist und vor allem die Vorwürfe aus der Welt schafft, die dem Wohlseligen in den letzten Jahren gemacht worden sind. Nur Simpelfüße konnten sich darüber mokieren, daß er bekannte Wahrheiten zu weitläufig demonstriert hat. Den Bescheidwissern und Klüglingen, die auf den Universitäten herumschmarotzen und mit großen Wortposen nur leeres Stroh dreschen, wird er deutlich sagen, wie recht Wolff daran getan hat, ausführlich die Dinge zu behandeln. Denn in Wahrheit gibt es doch sehr viele Irrtümer in der Welt, an denen noch kein Mensch gezweifelt hat, so wie es auch viele Wahrheiten gibt, die noch niemand geglaubt hat. Überdies wird er mit den Vorwürfen derer, die stets alles gekürzt und zusammengefaßt lesen möchten und von Wolff verlangten, er sollte sein kolossalisches Gedankengebäude in einem Duodezbändchen darstellen, gehörig aufräumen und die graduierten Köpfe daran erinnern, daß sie sich wohl oder übel mit einem abfinden müssen: Die Herrschaft der Vernunft bleibt ein Gesetz der Natur.

Voll Eifer stürzt sich Gottsched in die neue Aufgabe. Er will sie in wenigen Wochen beendet haben. Von Stund an läßt er sich nur zum Mittagessen noch sehen, kommt nach seinen Vorlesungen sofort nach Hause, um sich sogleich wieder an den Schreibtisch zu setzen, schränkt die Verpflichtungen seines Amtes auf ein Minimum ein und vernachlässigt sogar seine Korrespondenz, die sich inzwischen auftürmt. Nur einmal verweilt er bei einem Brief, der an Victoria adressiert ist.

Ein Bibliothekar aus Greifswald schickt ihr eine in Latein geschriebene Dissertation über die pythagoreischen Frauen mit dem freundlichen Hinweis, diese Arbeit vielleicht in einem ihrer nächsten Zeitschriftenbeiträge zu besprechen. Als Gottsched die Aufschrift liest, ärgert er sich: An die hochberühmte Luise Adelgunde Victoria Kulmus zu Leipzig (verheiratet mit Gottscheden). Seinen Namen in Klammern zu setzen, empfindet er beleidigend und ungehörig. Ohne den Brief Victoria gegenüber zu erwähnen, antwortet er postwendend dem Bibliothekar, daß seine Frau des Lateins leider nicht mächtig sei und daher die wertvolle Arbeit nicht lesen könne. Damit sie allerdings nicht umsonst zugeschickt worden ist, wird er sich bei Gelegenheit die Zeit nehmen, ihr diese Arbeit in aller Gründlichkeit zu übersetzen, und entscheiden, ob sich darüber eine Rezension in seiner Zeitschrift einrücken läßt.

Als ordnungsliebender Mensch fertigt er davon eine Durchschrift, die Victoria Wochen später zufällig zu Gesicht bekommt. Sie stellt ihn aufgebracht zur Rede und fragt, was er sich erlaube, solche Briefe in die Welt zu senden. Jedermann weiß, daß sie ein besseres Latein als mancher gelehrte Magister spricht, die Oden des Horaz übersetzt hat und ohne Kenntnis des Lateins ihre Akademieübersetzung nicht denkbar wäre.

Es hat ihn eine Stimmung erfaßt, entgegnet er entschuldigend, händigt ihr mit einem Lächeln die lateinische Dissertation aus und zieht sich sogleich wieder in sein Arbeitszimmer zurück, um die historische Lobschrift auf den Reichsfreiherrn von Wolff ungestört fertigzustellen.

Unter dem Vorwand, Gottsched spreche zu laut im Schlaf, zieht Victoria aus dem ehelichen Schlafgemach aus und nächtigt fortan allein auf dem Chaiselongue in ihrem Toilettenzimmer. Sie will Abstand zu den Dingen gewinnen, doch es gelingt ihr nicht. Schlaflosigkeit quält sie. Immer häufiger liegt sie bis in die frühen Morgenstunden wach und denkt über ihr Leben nach. Sie fragt sich, was denn schon Besonderes gewesen ist. Mit dreizehn Jahren hat sie Gelegenheitsgedichte verfaßt, mit vierzehn Jahren bekommt die Verse zufällig Magister Gottsched zu Gesicht, kaum wird sie sechzehn, stattet er ihr einen Besuch ab, ist entzückt und drängt auf Heirat. Der Vater stirbt, die Mutter stirbt, und Victoria zögert das Jawort hinaus. Schließlich steht sie dann doch am 19. April 1735 vor dem Traualtar in einem schwarzen Brautkleid, weil sie noch Trauer für die Mutter trägt. Die Farbe des Hochzeitskleides behagt ihm zwar nicht, aber er muß es hinnehmen, will er nicht eine neue Wartezeit heraufbeschwören.

Heute kommt es ihr so vor, als hätte sie damals mit der Farbe des Brautkleides symbolisch vorweggenommen, was sie inzwischen erlebt: ihre Ehe als ein Grab.

Bedenkt sie es genau, so hat sie doch nicht einmal eine Jugend gehabt: keine Liaison, kein heimliches Verliebtsein, kein Aufbrausen der Gefühle, nichts Aufwühlendes, An-

glühendes, nur diesen jahrelangen respektvollen Briefwechsel mit dem Leipziger Professor, der aus der Ferne
ihre Tugend bewachte und sie darüber aufklärte, daß Wissen und Tugend identisch sind und folglich die Tugend er-
lernbar sei.

Damals war es ihr selbstverständlich, sich ihm in jung-
fräulicher Unschuld in die Arme zu geben. Heute weiß sie,
daß eine Frau, die nur einen einzigen Mann in ihrem Leben gekannt und den auch noch geheiratet hat, zu den be-
dauernswertesten und armseligsten Geschöpfen unter der
Sonne zählt. Es fehlt ihr an Erfahrung und an Vergleich.
Vor allem hat sie sich um die Möglichkeit gebracht, etwas
von der eigenen Wandelbarkeit zu entdecken, sich auszule-
ben in allen Extremen und zu erfahren, wie sehr die Leidenschaft der Gefühle einen Menschen verändern kann.
Das Erleben mit einem einzigen Manne zu verknüpfen
mag wunderbar sein, solange es der einzig wahre ist und
nichts als Übereinstimmung und Harmonie existieren.
Aber es tötet, wenn sich herausstellt, daß sich hinter dem
Ehemann nur ein Vormund und Aufseher verbirgt.

Häufig denkt Victoria daran, was ihr die Freundin ihrer
Mutter einst geraten und wie sie über die Liebe gesprochen
hat: anfangs ein paar glückselige Nächte, dann die Heilung
eines Wahns, schließlich Gewohnheit und zu guter Letzt
nur noch ein Vorwand des Mannes, sich die Frau für seine
Zwecke gefügig zu machen. Aber nicht einmal diese Ernüchterung in der Liebe kann Victoria nachvollziehen,
denn sie hat aus Bewunderung geheiratet. Das Größte im
Leben ist ihr versagt geblieben: von einem besitzergreifen-
den Gefühl für den anderen durchströmt werden, sich von
den Sinnen in eine höhere Form der Lebendigkeit davontragen lassen, in den Armen eines Mannes ein körperloses
und zugleich dinghaftes Wesen zu sein – all das hat sie nie
gespürt.

Manchmal meint sie, irgend etwas müßte noch kommen
und unverhofft über sie hereinbrechen, irgend etwas, was

sie herausheben könnte aus dem Tagtäglichen und ihrem Leben Glanz verleiht. Lustvoll stellt sie sich dann die schönsten Romanzen vor, versenkt sich in die wildesten Liebesabenteuer, doch es bleiben Tollheiten des Kopfes, wohlige Phantasien. In Wirklichkeit weiß sie, daß sie vom Leben nicht mehr allzuviel zu erwarten hat: Ihre Freundin ist fern, und ein Mann wird sich in Victoria nicht verlieben. Denn seit sie berühmt ist, nahen sich alle nur mit Respekt, und jeder glaubt, besonders tiefsinnige Gespräche mit ihr führen zu müssen. Sie wird angestaunt wie ein Wunderwesen, und keiner wagt es, ihr mit draufgängerischem Charme zu begegnen. Sie spürt ganz deutlich: Eine berühmte Frau macht den Männern angst. Bestimmt fürchten sie sich davor, in ihrer Gegenwart ihr Überlegenheitsgefühl zu verlieren, oder haben Sorge, daß sie zu anspruchsvoll, zu anstrengend ist. Victoria hat den Eindruck, die Männer, besonders die gleichaltrigen, ziehen es daher vor, ihr ehrerbietig und respektvoll auszuweichen. Nein, sie macht sich keine Hoffnungen mehr, etwas Großes, Aufwühlendes zu erleben. Wahrscheinlich muß sie sich damit abfinden, daß ihre Vergnügungen geistiger Natur sind und alles andere nur ein sehnsüchtiger Wunsch bleiben wird. An Gottsched denkt sie dabei nicht. Es läßt sie gleichgültig, daß sie seinen Vorstellungen von einer idealen Frau so wenig entspricht. Nur sich selbst so unausgefüllt, so unvollkommen zu fühlen, beschäftigt sie wie ein körperlicher Schmerz.

Nachts weint sie in ihr Kopfkissen, doch es lindert nicht ihre Not.

Monate später stürzt Victoria in Gottscheds Zimmer mit schrecklichen Nachrichten: In der Stadt schwärmen zuhauf Husaren herum. Der öffentliche Gottesdienst ist unterbrochen. Die Einwohner fliehen auf die Kirchhöfe. Soldaten treffen Anstalten zum Abbrennen der Vorstädte. Der Magistrat ist verhaftet und auf die Pleißenburg verbracht. Die

Güter der Kaufleute sind konfisziert, ihre Häuser versiegelt. Es ist Krieg, ruft Victoria, doch Gottsched scheint dies nicht zu beeindrucken.

Auf seinem Schreibtisch liegt ein Stapel Bücher und Abhandlungen, deren Register er sichtet. In einige legt er rote Papierstreifen ein. Sie schaut verständnislos auf sein Treiben. Er lächelt ihr zu, widmet sich seelenruhig seiner Arbeit und hält ihr ein Privatissimum über die Frage, worin das höchste Glück für einen Wissenschaftler besteht.

Einen Augenblick lang glaubt Victoria, Gottsched sei nicht von dieser Welt.

Das höchste Glück für einen Wissenschaftler, sagt er, besteht darin, Quelle zu werden. Wenn andere aus seinem Werk zitieren und sich darauf berufen, dann weiß er, daß er mit dieser Arbeit Fundamente gelegt hat, die nicht mehr zu umgehen sind. Findet er seinen Namen in den Registern von Büchern seiner Fachkollegen verzeichnet, ist er unzweifelhaft zum Samenkorn geworden, das in anderen aufgeht. Sein Denken hat damit die höchste Stufe erreicht: es ist ein Substanzdenken geworden. O ja, wer wie er in der Wissenschaft zur Quelle wird, darf sich in aller Bescheidenheit rühmen, einen festen Platz in der Geistesgeschichte erobert zu haben.

Victoria ist außer sich. Statt zu überlegen, ob sie sich vor den Preußen in Sicherheit bringen sollten, sitzt er am Schreibtisch, legt rote Papierstreifen in Register, die seinen Namen tragen, und feiert sich als Substanzdenker. Als ob es nichts Wichtigeres zu tun gäbe!

Gottsched versteht ihre Erregung nicht. Als gebürtiger Preuße hat er von einem preußischen Feldherrn nichts zu befürchten. Schon gar nicht von einem, der den großen Wolff seinerzeit wieder in alle Ehren eingesetzt hat und der selber ein Philosoph ist. Angst vor den Preußen? Im Gegenteil. Es imponiert Gottsched aus tiefster Seele, daß ein Mann wie Friedrich, der von lauter Feinden umgeben ist, dennoch allen seine Entschlossenheit zeigt, sich nicht in die Knie zwingen zu lassen. Der König von Preußen verdient es, mit einer Jubelode empfangen zu werden. Nun muß der sächsische Hof Farbe bekennen und der Herr Minister Brühl seine werten Gedanken auf anderes als seine Garderobe und seinen Meißner Porzellanschatz verwenden. Nein, es schadet nichts, wenn dem Dresdner Hofschlendrian und der Verschwendung ein Ende bereitet wird. Gottsched dankt der Vorsehung, gerade in diesem Jahr wieder als Rektor an der Spitze der Universität zu stehen. In nämlicher Funktion wird es ihm eine Ehre sein, mit einer Deputation der berühmtesten Leipziger Professoren den König Friedrich alleruntertänigst begrüßen zu dürfen.

Gelassen beugt sich Gottsched über seine Arbeit. Gleich einem Habicht späht er in den Registern der neuerschienenen Bücher und Abhandlungen nach seinem Namen aus. Sichtet er ihn, leuchtet das Glück des Beutemachens in seinen Augen, und er ist tief zufrieden.

Victoria wirft erregt einen Blick aus dem Fenster und sieht, wie die Leute mit ein paar Habseligkeiten aufgeschreckt ihre Häuser verlassen und die Straße hinabeilen. Zitternde Greise und weinende Kinder laufen neben Kranken, die in Sänften getragen werden. Ihr ist, als spien die Häuser auf einmal das ganze Elend aus, das ihr bislang verborgen war. Die heranmarschierenden Truppen erinnern sie an die Belagerung Danzigs, an ihre Mutter und ihre Schwestern, die vor dem Bombardement in eine Baracke am Stadtrand geflohen waren und dort den Tod ihrer Mutter erleben mußten. Die Bilder auf der Straße machen Victoria angst. Zum erstenmal dankt sie dem Himmel, kein Kind zu haben, um dessen Leben sie fürchten müßte, keinen erwachsenen Sohn, der sich jetzt als sächsischer Soldat in die preußische Armee einzureihen und für fremde Ziele zu kämpfen hätte.

Denkt sie an den letzten Schlesischen Krieg, tönt ihr noch die feierliche Proklamation des Dresdner Friedens in den Ohren: Es sollen ein steter Friede und eine aufrichtige

Aussöhnung und Freundschaft und gute Nachbarschaft zwischen Ihro Majestät dem König von Preußen, Dero Staaten, Ländern und Untertanen auf der einen und Ihro Majestät dem König von Polen und Kurfürsten von Sachsen und Dero Staaten, Ländern und Untertanen auf der anderen Seite obwalten, so daß beide kontrahierende Parteien untereinander eine gute Harmonie und vollkommenes Verständnis unterhalten ... Ihr scheint alles nur noch widersinnig zu sein. Die hohen Herren erklären den Frieden und beginnen den Krieg für ihn. Sie zerstören die gute Nachbarschaft, damit sie eine bessere werde. Sie glauben an die Vernunft und treten sie mit Füßen.

Welche Beweggründe auch zu diesem Kriege geführt haben mögen – letztlich geht es den erlauchten Häuptern doch nur darum, den Durst ihrer Ehrsucht zu stillen und ihre Machtgier zu befriedigen. Dafür opfern sie Tausende und aber Tausende ihrer Landessöhne, opfern den Wohlstand ihrer Staaten, stürzen friedliche Völker in ihr Unglück und proklamieren dies alles auch noch im Namen der Notwendigkeit.

Victoria begreift nicht, daß Gottsched so blind ist für das, was auf sie zukommt. Sie findet es mehr als absurd, eine Jubelode auf den nordischen Salomo zu verfassen und den Kriegsmann womöglich noch als Friedensstifter zu feiern. Hätte sie eine Professur für Weltweisheit wie Johann Christoph Gottsched, würde sie die Herren Studenten vor allem eines lehren: Die Welt, wie sie ist, ist eine Welt der Caesaren. Sie kennt keinen Frieden, und sie kennt keine Vernunft. Mehr Besonderheiten besitzt sie nicht. Aber sie, Luise Adelgunde Victoria Kulmus, ist ja nur eine Schriftstellerin und Übersetzerin, unbeamtet und unbedeutend, und ihr bescheidenes Vergnügen besteht wohl darin, sich zu freuen, in dieser widersinnigen Welt sterblich zu sein.

1757 kommt König Friedrich erneut nach Leipzig. Gottsched hält sich so häufig in der Stadt auf wie in den ganzen zurückliegenden Jahren nicht, denn hier bieten sich ihm imposante Schauspiele dar.

Wenn Friedrichs Kompanien in römischer Disziplin durch die Straßen ziehen, ist Gottsched entzückt. Es sind ja nicht nur die kostbaren Monturen der Soldaten, die ihn beeindrucken – der blaue Rock mit den silbernen Schleifen und Achselbändern, die orangefarbenen Westen und Beinkleider, dazu die großen Hüte mit den silbernen Point d'Espagne –, es ist die Einheit und Geschlossenheit ihres Auftretens, die sein Herz höher schlagen lassen.

Vor allem hat es ihm der Gleichschritt angetan. In ihm liegt das wunderbar Regelmäßige, das Ausrichten nach einem höheren Willen, der das Einzelne im Allgemeinen aufgehen läßt. Gottsched sieht mit Freude, wie alles diesem Gleichschritt weicht und das Leben in den Straßen sich ganz von allein den Prinzipien der Disziplin unterwirft. Noch nie hat er in dieser Stadt soviel turbulentes und doch zugleich soviel geordnetes Treiben erlebt. Diese Armee, das spürt er ganz deutlich, ist das Werk eines genialen Feldherrn, dem es um Vollkommenheit zu tun ist. Wenn eine Husarenschwadron Aufstellung nimmt, blitzschnell sattelt, lautlos aufsteigt und sich in zweigliedrigen Zügen zu drei Pferden Front für die Marschformation ausrichtet, ist dies für Gottsched ein erhebender Anblick. Dann fühlt er sich als Kernpreuße und ist stolz, einer solchen Ordnungsmacht durch Geburt und Erziehung anzugehören.

Natürlich schaut er auf diese Armee als Theoretiker und betrachtet sie von einer höheren, übergeordneten Warte aus, wo sie sich ihm als grandiose Maschinerie des Staates und als Organ eines Einzelwillens darstellt. Müßte er in ihr dienen, sähe alles ganz anders aus, und er würde wohl ein zweites Mal die Flucht vor den Werbern ergreifen. Aber für einen Mann wie ihn, der für die dramatischen Bewegungen seines Säkulums einen untrüglichen Blick hat, gleicht diese Armee einem Herold der Vernunft, der seine hohe Mission mit dem Degen in der Hand zu verteidigen weiß.

Von Tag zu Tag ist Gottsched mehr fasziniert. In freudigste Erregung jedoch gerät er, als eines Mittags ein Stabsoffizier in seiner Wohnung erscheint und ihm mitteilt, daß Seine Majestät der König von Preußen Monsieur Gottsched in zwei Stunden zu sprechen wünscht. Einen Augenblick lang steht er wie betäubt, doch kaum hat der Offizier die Wohnung verlassen, bricht fieberhafte Geschäftigkeit aus. Victoria muß zum Barbier laufen und ihn persönlich herbeischaffen. Diener Johann bringt dem Hausherrn die kleine Gala. Die Dienstmagd bügelt die Spitzenmanschetten auf, putzt die Schuhe und den Siegelring. Die Köchin bereitet Gottsched ein Schälchen Kaffee, damit Seine Magnifizenz belebt und angeregt zum König kommt.

Als Victoria mit dem Barbier erscheint, empfängt ihn Gottsched bereits an der Wohnungstür ausnahmsweise mit einem Handgeld. Er drängt zur Eile und ermahnt ihn, vorsichtig zu sein, damit er nicht mit geritzter Haut vor dem König stehen muß. Anschließend steigt Gottsched in die Gala. Sein Diener reicht ihm die Perücke und die goldene Taschenuhr. Der große Spiegel wird hereingetragen. Gottsched dreht und wendet sich und stellt zufrieden fest, daß er sich unter den Grenadieren immer noch gut ausnehmen würde.

Als er das Quartier des Königs betritt, stehen im Vorzimmer viele Fremde, die ihn neugierig betrachten. Einige verneigen sich respektvoll vor ihm. Andere, die er nicht kennt, begrüßen ihn als den berühmten Mann, der von Seiner Majestät empfangen wird. Er nimmt die Huld der Lakaien gelassen entgegen und schaut über ihre Köpfe hinweg. Gottsched wird gemeldet und sogleich hereingerufen. König Friedrich steht vor einem Kamin, den Hut unter dem Arm, die Hände auf dem Rücken, als wolle er sich wärmen. Gottsched nähert sich ihm in tiefster Devotion und küßt ihm den Rock.

Ich habe bislang nicht recht mit Ihm sprechen können und wollte doch gerne etwas näher mit Ihm bekannt werden. Sage Er mir, hat Seine Frau den Bayle übersetzt?

Die Frage kommt unerwartet und trifft Gottsched wie ein Hieb. Es stimmt ihn verdrossen, daß König Friedrich als allererstes nach Victoria fragt und sich nicht vordringlich nach seinen eigenen Arbeiten erkundigt, die doch schließlich ein ganz anderes Gewicht haben.

Vor einem so großen Feldherrn und Philosophen im Schatten seiner Ehefrau zu stehen, empfindet Gottsched wie ein Eingeständnis eigener Unfähigkeit und entgegnet: Nein, Eure Majestät. Sie hat den Bayle nicht übersetzt. Das wäre wohl zuviel Arbeit für ein Frauenzimmer.

Gottsched weiß zwar, daß er ohne Victorias Mitarbeit die komplizierte Übersetzung des Bayleschen Wörterbuches nicht glücklich zu Ende gebracht hätte, aber er sieht keinen Grund, dies vor dem König zu erwähnen. Schließlich ist es doch die ganz selbstverständliche Pflicht einer Ehefrau, ihren Mann bei seinen Arbeiten zu unterstützen und ihm treufleißig zur Hand zu gehen.

Friedrich will wissen, woran Victoria arbeitet. Es wurmt Gottsched, erneut auf sie angesprochen zu werden. Er nennt zwar die *Geschichte der königlichen Akademie der schönen Wissenschaften zu Paris*, die sie demnächst abschließen wird, bringt aber sogleich das Gespräch auf seine eigenen jüngsten Übersetzungen der *Iphigenie* des Racine und des *Lutrin* von Boileau. Er weiß, wie hoch der König die beiden Stücke schätzt. Friedrich glaubt, daß sie gar nicht ins Deutsche übersetzbar sind. Gottsched erbietet sich, sie dem Bedienten auszuhändigen, doch Friedrich möchte die Stücke sofort lesen.

Alleruntertänigst bittet Gottsched darum, sich entfernen zu dürfen, eilt nach Hause, um die Übersetzungen zu holen, und kehrt hochroten Kopfes nach einer Stunde zurück.

Er wird sofort wieder vorgelassen. Auf Friedrichs Tisch liegen bereits die französischen Originale des Boileau und Racine. Gottsched trägt seine Übersetzung laut vor. König Friedrich vergleicht sie mit dem Originaltext. Einige deutsche Wörter versteht er nicht. Andere kritisiert er.

Welcher Teufel hat den Professor geritten, für das Wort Rivale „Nebenbuhler" zu setzen? Wie häßlich das klingt! Gottsched nimmt all seinen Mut zusammen und entgegnet, daß die deutschen Dichter nicht genug Aufmunterung haben, ihre Sprache zu vervollkommnen, weil der Adel und die Höfe zuviel Französisch und zuwenig Deutsch verstehen, um alles Deutsche recht zu schätzen und einzusehen.

Das ist wahr, sagt Friedrich und konzentriert sich weiter auf den Text. Je länger er über die Übersetzung redet, um so mehr hofft Gottsched, im König von Preußen vielleicht doch noch die Liebe zur deutschen Sprache wecken zu können, ist doch die späte Liebe die wahre Liebe. Aber Friedrich kommt auf John Locke zu sprechen. Er will wissen, ob man ihn in Leipzig liest.

Das Buch ist zu weitläufig, meint Gottsched, ein guter Professor müßte einen Auszug daraus machen.

Friedrich lächelt ironisch. Es ist eine schwere Sache, einen guten Professor zu finden, sagt er. Ich suche schon seit geraumer Zeit einen guten Philosophen, aber ich kann keinen finden.

Gottsched ist um eine Antwort verlegen. Inzwischen senkt sich draußen die Dämmerung nieder. Die Kandelaber werden angezündet. Friedrich spricht von Mascows Historie, von Gellerts Fabeln und verwirft schließlich die Miltonsche Schreibart und Klopstocks *Messias*. Dieser Gegenstand taugt nicht für die Dichtung, sagt er. Ce sujet ne vaut rien pour la poesie.

Der nüchterne Satz klingt wie ein Triumph in Gottscheds Ohren. Die Gewißheit, nicht vergebens gegen episches Unwesen, seichte Dichtart, fünffüßige Hexameter und andere Barbarismen gekämpft zu haben, erhebt ihn.

Gottsched fühlt sich verstanden wie nie. Er jubelt innerlich und frohlockt. Daß der König von Preußen ihn damit indirekt in seinem Kampf gegen diese Jammerschatten der Poesie unterstützt, die Dunkelheit für Tiefe und Wortschwulst für Ideen halten, ist ihm mehr als eine Genugtuung: Es ist die Bestätigung seines Lehrgebäudes und Lebenswerkes.

Zum Abschied überreicht ihm Friedrich eine Strophe von Baptiste Rousseau. Er trägt Gottsched auf, sie zu übersetzen, was er allerdings für eine schier unlösbare Aufgabe hält.

Ich werde mich in Zukunft rühmen, das Gesetz der Dichtkunst vom Gesetzgeber aller Völker gelernt zu haben, sagt Gottsched, fällt auf die Knie und küßt dem allergnädigsten König abermals den Rock.

Ich habe die Ehre, Ihn wiederzusehen, entgegnet Friedrich und läßt ihn hinausgeleiten.

Überglücklich und mit stolzgeschwellter Brust eilt Gottsched nach Hause. Er zieht sich sofort in sein Arbeitszimmer zurück und arbeitet bis in die Nacht hinein an der Übersetzung. Seinen ganzen Ehrgeiz legt er darein, Friedrich zu zeigen, daß die deutsche Sprache Anmut und Eleganz besitzt und bei rechtem Gebrauche wohllautend tönen kann. Anderen Tages schickt er seine Arbeit versiegelt „A Sa Majesté le Roye du Prusse". Schon eine Stunde später bringt ihm ein königlicher Kammerlakai die Antwort.

Gottsched öffnet den Brief, der mit zwei schwarzen königlichen Petschaften bedruckt ist, und findet ein Quartblatt, das Friedrich mit schönen französischen Versen eigenhändig beschrieben hat. In höchster Erregung liest er den Dank des Königs für die geglückte Übersetzung Rousseaus:

> Du Schwan von Sachsen, Dir
> Ist es allein geglückt,
> Natur, der kargen, Schönheit abzuringen.
> Du zwangest eine Sprache von Barbaren,
> An Lauten reich, die rauh und widrig waren,

In Deinen Liedern lieblicher zu klingen.
So füge denn mit Deinem Saitenspiel,
Getreu dem göttlichen Virgil,
Zur Siegespalme, des Germanen Preis,
Apollos schönstes Lorbeerreis!

Gottsched ist außer sich vor Freude. Wieder und wieder sagt er die Strophe laut vor sich hin, ganz in dem Bewußtsein, daß noch kein deutscher Gelehrter und Poet vom König von Preußen derart bedichtet worden ist. Die erleuchteten Geister, das hat Gottsched immer gefühlt, sind auf seiner Seite. Das Glück ist ihm hold. Unter Friedrichs Schutze wird sich das Licht der Wahrheit den entübten Augen noch ganz anders darbringen lassen.

Victoria erfährt von dem Gespräch wie alle anderen aus der Zeitung. Gottsched druckt es in allen Einzelheiten in seinem *Neusten* ab und fügt voller Stolz hinzu, daß er als Zeichen besonderer Wertschätzung von König Friedrich eine goldene Dose geschenkt bekommen hat. Sie ist entsetzt. Für ihre Begriffe hätte es nur noch gefehlt, die staunende Leserschar daran zu erinnern, daß er bereits eine goldene Dose von Maria Theresia besitzt und nun in der glücklichen Lage ist, je nachdem die Sonne von Österreich oder von Preußen herüberscheint, mal die eine und mal die andere Dose in den Strahlen funkeln zu lassen.

Angewidert legt Victoria die Zeitschrift aus den Händen. Der Krieg wütet, Tausende von Toten liegen auf den Schlachtfeldern, immer neue Rekruten werden ausgehoben, die Bevölkerung wird um Hab und Gut gebracht, aber Gottsched, der tugendweise Sachsenschwan, brüstet sich in der Öffentlichkeit damit, von König Friedrich eine goldene Dose geschenkt bekommen zu haben. Die Peinlichkeit könnte größer nicht sein. Victoria hat nur noch einen Wunsch: allen zu zeigen, daß sie mit diesem Manne nichts mehr gemein hat.

So nimmt sie im Buchmessehaus ohne Gottscheds Begleitung an einer Feierstunde teil, die ihr Verleger für sie anberaumt und die einem besonderen Ereignis gilt: Die große Übersetzung der Schriften der königlichen Akademie der schönen Wissenschaften zu Paris ist abgeschlossen. Zehn Bände stehen in stattlicher Reihe auf dem Tisch. Victoria kann es selbst kaum begreifen. Seit vielen Jahren hat sie diesen Augenblick herbeigesehnt und sich vorgestellt, wie herrlich es sein wird, eines Tages diese Bürde nicht mehr tragen zu müssen, frei zu sein für das Eigentliche und sich den Lustspielen zuwenden zu können, hat geglaubt, dieser Augenblick würde wie ein kleiner Siegesrausch über sie hereinbrechen und sie in einen Zustand der Wonne versetzen, doch jetzt, da es soweit ist, sitzt sie wie erstickt unter den ehrwürdigen Teilnehmern und kann sich nicht freuen. Sie schaut auf die zehn zurückliegenden Jahre wie auf ein paar rasch dahingegangene Stunden, fragt sich, wo die Zeit geblieben ist und wo ihr Glück.

Aus Paris sind Vertreter der Akademie der schönen Wissenschaften angereist, um ihr Dank zu sagen: Mit der Übersetzung der Arbeiten von französischen Gelehrten hat Frau Luise Adelgunde Victoria Gottsched Großes für das Fortschreiten des europäischen Vernunftdenkens geleistet und dafür gesorgt, daß der Geist der Wissenschaft an den Ländergrenzen nicht haltmacht. Unbewegt nimmt Victoria das Lob entgegen. Kein Gefühl der Befreiung, kein Gefühl des Stolzes stellt sich ein. Nichts empfindet sie außer einer Leere.

Während mit wohllautenden Worten ihr Werk gedeutet und gewürdigt wird, denkt sie darüber nach, was aus ihr geworden wäre, wenn sie nicht von Anfang an auf ihre Arbeit gesetzt, sondern nur für Gottsched gelebt, nur für ihn verzichtet hätte. Was wäre sie heute anderes als die Frau eines Mannes, der sein Ansehen zerstört hat? Eine Frau von vierundvierzig Jahren – einsam, betrogen, ins Abseits gestellt? Ein kleiner Trost jedoch bleibt ihr: Das wenig Schöne, das vom Leben zu erwarten ist, hat sie aus sich selber geschaffen. Und doch – um welchen Preis!

Nach der Feierstunde bricht eine Betriebsamkeit aus, in der sie sich vollends verloren vorkommt. Alles läuft mit wichtigtuerischer Miene umher. Verlagsbuchhändler sprechen über das bevorstehende Geschäft und geben Auskunft über Victorias Werk. Einige wissen ihre Arbeit so beredt zu deuten, daß sie meint, sie hätten bei jedem Band bereits Pate gestanden. Victoria kennt fast keinen von diesen geschäftigen Herren. Sie sieht nur, daß sie sich für sehr bedeutend hälten, und staunt, wie viele es sind, die mit einemmal zu Sachverständigen werden und genaue Kriterien für eine gute Übersetzung zu nennen wissen. Der Verleger preist ihre Arbeit ganz selbstverständlich als sein Verdienst. Sie nimmt es gleichgültig hin. Sollen sie alle triumphieren, interpretieren, kommentieren, analysieren und ästhetisieren – sie hat zehn Jahre lang den Frondienst des Übersetzens auf sich genommen, sie weiß, was es heißt, in aller Stille und Zurückgezogenheit zu arbeiten, sich täglich selbst zu ermutigen und die Lust an dieser Plackerei nicht zu verlieren.

Der Trubel um sie herum, diese Messegeschäftigkeit der Verlagsbuchhändler, kommt ihr eher wie eine Maskerade vor, bei der alle glänzend pompöse Gewänder tragen und nur der Autor in dem Kostüm des armen Tintenteufels umherläuft. Aber auch das interessiert sie nicht mehr. Mögen sich alle mit ihr schmücken und an ihr verdienen – sie steht dem teilnahmslos gegenüber. Victoria ist erschöpft und fühlt sich wie erstorben.

So angenehm und schmeichelhaft es ihr erscheint, den Besten des Landes ein Begriff zu sein und von ihnen geschätzt zu werden – jeglichen Tumult um ihre Person findet sie unerträglich und begegnet ihm mit immer größerer Kaltsinnigkeit. Die Kupfer- und Porträtstecher belagern sie.

Da es bereits ein Gemälde von ihr gibt, gewährt sie ihnen keine Begegnung. Außerdem tönt ihr noch zu laut das jüngste Pasquill gegen Gottsched in den Ohren: In Leipzig wohnt ein Mann, o seht, wie er so schön in Kupfer steht! Nein, es genügt, wenn die Zentralgestirne der planetaren Literatur ihr schönes Bildnis der Nachwelt erhalten. Es gibt schon genug prächtige Dichterköpfe, die mit dem Konterfei ihrer Eitelkeit die Leser belustigen.

Die Prachtalben, die ihr mit der Bitte um eine Einschrift zugeschickt werden, sendet sie unbeantwortet zurück. Tailleure und Perückenmacher bieten unentwegt ihre Dienste an. Sie läßt sie nicht vor. Immer wieder stehen unerwartete Besucher an der Tür, die sie unbedingt zu sprechen wünschen. Gibt Victoria nach, ärgert sie sich hinterher um so mehr, weil es sich meist herausstellt, daß es Neugierige sind, die sich auf der Durchreise befinden und einmal die berühmte Frau von Angesicht zu Angesicht gesehen haben wollen. Zu den Meßzeiten wird die Belästigung durch die Fremden besonders groß. Victoria geht dann nicht mehr aus dem Haus und trägt dem Diener auf, niemanden zu ihr vorzulassen.

Das einzige, wonach sie sich sehnt, ist Ruhe. Nur noch Ruhe. Sie spürt ein tiefes Verlangen danach, ihren Schreibplatz zu verlassen, ihre Gedanken auf etwas anderes als Bücher zu lenken, in den Tag hinein zu leben, Klavier zu spielen, in den Garten zu gehen, aufzuatmen von all den Wortstrapazen und sich zu erholen. Doch gleichzeitig hat sie Angst davor. Sie ahnt, wenn sie sich von ihrer Arbeit entfernt, wenn sie pausiert, kommt sie desto heftiger ins Grübeln. Sie fürchtet, der Gram über ihr Unglück mit Gottsched könnte sich ihrer bemächtigen und sie vollends unempfänglich machen für das wenig Schöne, das ihr noch bleibt. Nein, nur keine Beschäftigung mit sich selbst, nur nicht nachdenken müssen über die trostlose Situation. So greift sie trotz ihrer Erschöpfung nach einer neuen Arbeit wie nach einer Arznei, die zu helfen verspricht. Außerdem ist dies für sie der einzige Weg, Distanz zu ihm zu bekunden. Schon mit der Wahl des Gegenstandes soll jeder sehen, daß sie ihre eigenen Wege geht.

Für die hehre Vernunft glaubt sie nun genug getan zu haben und findet es an der Zeit, sich zu denen zu bekennen, die wie Milton, Haller und Klopstock ihre empfindsame Seele in der Dichtung sprechen lassen. Victoria trägt sich mit dem Gedanken, eine Geschichte der Lyrik zu schreiben, von Otfrieds Zeiten bis Dach und Fleming. Liegt ein solches Werk vor, kann jeder sehen, daß die gemütvollen Poeten nicht eine Horde sinnenfiebriger Gesellen sind, die dem wilden englischen Geschmack erliegen, sondern mit ihrer Art zu dichten eine lange Tradition haben. Zugleich hofft sie, mit dieser Arbeit den gestelzten wissenschaftlichen Wortschatz, mit dem sie sich bislang herumplagen mußte, allmählich loszuwerden und sich behutsam ihrer eigenen Sprache anzunähern, um wieder spielerisch und respektlos mit den Worten umgehen zu können.

Das Privilegium, das sie seit kurzem besitzt – den freien Zutritt zur Universitätsbibliothek – nutzt sie nun in vollem Maße aus. Immer häufiger sitzt sie bis in die Dämmerung hinein in der Bibliothek. Oft geht sie nicht einmal mehr zum Mittagessen nach Hause. Sie gräbt sich durch Berge alter Folianten hindurch und sucht nach Hymnen, Oden, Dithyramben, Elegien und Liedern, die Geschichte in der lyrischen Dichtkunst gemacht haben. Findet sie ein solches Gedicht, kommt sie sich jedesmal wie eine Heldin vor, die den Klauen der Vergessenheit ihre Beute entrissen hat. Die Freude darüber ist so groß, daß sie die Mühsal dieser Arbeit nicht wahrnimmt. Im Gegenteil: Sie fühlt sich immer wohler in diesen Räumen, denn hier ist sie noch weiter von der Welt entrückt.

Zwischen diesen ehrwürdigen Bücherwänden hat die Zeit ihr eigenes Maß. Hier gibt es nichts Eiliges, nichts Anmaßendes, nichts Pompöses. Hier herrscht die papierne

Ewigkeit, die niemand aufzuhalten und keiner zu verändern vermag.

Victoria atmet auf, wenn sie in der Stille der Bibliothek in die Schluchten der Vergangenheit hinabsteigt und nichts mehr von dem unseligen Kriegsgeschehen draußen wahrzunehmen braucht. Sie vergißt die Einquartierungen, die Truppendurchmärsche, die Verhaftungen, die Todesfälle, die Blatternfurcht und wähnt sich in dieser Bücherburg sicher und geschützt. Von hier aus schaut sie auf die Welt draußen wie auf ein schlechtes Straßentheater. Doch es ist nur ein kurzes, flüchtiges Aufblicken, dann versenkt sie sich sogleich wieder in ihre Forschungen, die sie die Düsternis des Augenblicks vergessen lassen. Ja, sie ist froh, den neuen Platz gefunden zu haben, denn er hat noch etwas anderes Gutes: Er gibt ihr die Möglichkeit, dem Manne auszuweichen, der ihr nichts mehr bedeutet.

Einmal jedoch wird sie in der Bibliothek gestört: Gottsched läßt sie durch den Diener nach Hause bitten, weil Frau von Ziegler unerwartet zu Besuch gekommen ist.

Obwohl Victoria beschlossen hat, sich von niemandem in ihrer Arbeit unterbrechen zu lassen – sei er, wer er wolle –, macht sie doch bei Frau von Ziegler eine Ausnahme, denn sie ist neugierig auf die einst gekrönte Dichterin. Fast zwanzig Jahre hat sie sie nicht mehr gesehen und stellt bei der Begrüßung neidlos fest, daß sie noch immer eine extravagante Erscheinung ist. Wie früher weiß sie sich über alle Dichter und deren Kunst im Bilde und erweckt schon nach wenigen Worten den Anschein, daß ohne sie in der Poesie nichts Wesentliches gelingen kann. Das Alter hat zwar das einst so strahlende Gesicht glanzlos und stumpf gemacht, doch dies nimmt Victoria ohne innere Bewegung hin. Traurig findet sie bloß, daß Frau von Ziegler seit ihrer Heirat mit Professor Steinwehr als Dichterin verstummt ist.

Victoria fragt nicht nach den Ursachen. Sie kann sich lebhaft vorstellen, wie gründlich eine solche Ehe die poetischen Quellen zum Versiegen bringt.

Frau von Ziegler überreicht Gottsched, ihrem einstigen Gönner, ein ganz besonderes Geschenk: Sie hat in den letzten dreißig Jahren die Artikel über ihn und die Rezensionen seiner Werke aus den Zeitungen ausgeschnitten und gesammelt, mit dem Datum und Ort des Erscheinens versehen und in chronologischer Reihenfolge in ein Album eingeklebt. Es soll eine Art Geschichte seiner Erfolge sein.

Gottsched ist gerührt. Seite um Seite des extraschönen Prachtalbums führt er sich zu Gemüte und lebt sichtlich auf, seine Bedeutung im Spiegel der Zeitungen und Zeitschriften so eindrucksvoll belegt zu bekommen. Eine Frau, die einem Mann Mut macht, sagt er, die ihn in seinem Kampfe gegen alle Anfeindungen unterstützt und sein Lebensideal mitträgt, ist ein Himmelsgeschenk, das wohl nur den Lieblingen des Glücks zuteil wird.

Victoria begreift, daß dieser Satz für sie gesprochen ist. Am liebsten möchte sie ihm entgegnen, es hat nicht an ihr gelegen, daß er sich zu den Lieblingen des Glücks nicht zählen darf, doch sie will Frau von Ziegler nicht zur Zeugin ihrer ehelichen Misere machen.

Gottsched liest laut und mit Behagen vor, wie in den zurückliegenden Dezennien über ihn geschrieben worden ist: Der Reformator des Theaters. Der Chorführer der deutschen Literatur. Der Sprachmeister unserer Nation. Genüßlich wiederholt er diese Worte, läßt sie wie schmackhaftes Zuckerwerk auf der Zunge zergehen und richtet dabei triumphal seinen Blick auf Victoria. Für Frau von Ziegler sind dies nicht nur Worte, die einem einzelnen gelten, es sind, wie ihr Mann immer sagt, Meilensteine des geistigen Aufstiegs der Nation. Gottsched ist entzückt. Was für eine wahre, dreimal glückliche Bemerkung!

Wie immer, wenn er bewundert wird, scheint ein Zauber in ihn hineingetragen zu werden, der ihn vollkommen verwandelt. Er verliert seine Aufseherstimme, wird charmant, gesprächig, brilliert mit Witz und erweist sich als exzellenter Gastgeber. Sofort müssen Schaumwein, Kaffee und Schokolade auf den Tisch, in großen Gläsern, großer Kanne und großen Schalen, denn im Hause Gottsched soll es an keiner Köstlichkeit fehlen. Hier herrscht der gehobene Lebensstil, hier geht es üppig und in Freuden zu.

Als Frau von Ziegler sich wie früher ihre Tabakspfeife mit Nürnberger Tabak stopfen will, holt Gottsched beflissen seinen feinen Maryland-Kanaster, den er sich für erlesene Geselligkeiten aufgespart hat, und fordert sie gutgelaunt auf, sich zu bedienen. Während er seiner einstigen Freundin die kitzelnde Wirkung des Tabakskrautes preist, blättert Victoria in dem Prachtalbum wie in den Notizen über eine versunkene Zeit. Die Zeitungsausschnitte rufen ihr in Erinnerung, daß er einmal einen gefeierten Namen hatte und unleugbare Verdienste um die Sprache und Literatur besitzt. Ein seltsames Empfinden von Wehmut, Trauer und Zorn breitet sich in ihr aus. Das Unglück, die Frau eines Mannes zu sein, der sich selbst um sein Ansehen gebracht hat, steht ihr plötzlich so deutlich vor Augen, daß sie weinen möchte, laut weinen. Doch sie läßt sich nichts anmerken. Nicht vor Frau von Ziegler, bei der sie schon einmal in Verwirrung und Hilflosigkeit geraten ist. Heute sehen die Dinge anders aus. Heute steht ein Werk hinter ihr, das für sich selbst spricht und ihr in allem den Rückhalt gibt.

Frau von Ziegler bedauert den unvollkommenen Charakter ihrer Sammlung, weil sie der ausländischen Zeitungen nicht habhaft werden konnte, anderseits betont sie, einen gewissen Wortführer ganz bewußt ausgespart zu haben: Lessing. Nicht einmal die Artikel, in denen dieser Frechling an der Spree glimpflich mit dem verehrten Professor umgeht, wollte sie aufnehmen, denn sie sind eine Zumutung. Alles, was recht ist, aber das hat es in der deutschen Gelehrtenrepublik noch nicht gegeben: Ein grünschnäbliger Kritikus erdreistet sich, die Verdienste eines ordentlichen Professors und mehrmaligen Rektors der Universität so rundweg zu leugnen und ihn als einen „patriotischen Mistträger", einen „mageren Philosophen" und „flachen Kopf" zu verschreien.

Victoria stimmt ihr zu: Lessing ist vom Dämon der Selbstüberschätzung getrieben.

Gottsched schenkt heiteren Gemüts Schaumwein nach, läßt noch Gebäck, Nüsse und Mandeln kommen und gibt sich überlegen: Lessing greift ihn, einen berühmten Mann, doch nur an, um sich selber bekannt zu machen. Schon ganz andere haben es versucht, ihn mit ihrer kritischen Geißel recht kosakisch zu verfolgen – umsonst, alles umsonst. Herr Lessing allerdings scheint nicht zu wissen, daß er seine kritische Zuchtrute nur darum so ungeniert schwingen kann, weil er, Gottsched, es war, der der jungen Literatengeneration den Boden bereitet hat, daß sie derart keckstirnig aufzutreten vermag. Er hat immer Poeten gewollt, die aufpassen, was in der Dichtkunst geschieht, die sich einmischen und das öffentliche Interesse an der Poesie beleben. Aber wenn ihn dieser Lessing weiterhin so aushunzt, wird der berühmte Professor Gottsched sehr böse werden und ihm einmal eine gehörige Abkühlung verpassen.

Victoria weiß, daß der berühmte Professor mit Lessing nur darum noch eine gewisse Nachsicht übt, weil dieser jüngst mit so brillanten Schwerthieben die Schweizer niedergestreckt hat, und im stillen die Hoffnung hegt, Lessing könnte doch noch für das Gottschedische Lager zu gewinnen sein. Victoria aber ärgert sich so sehr über Lessings Anmaßung, daß sie Lust hätte, dem Kunstrichter an der Spree einen offenen Brief zu schreiben.

Was heißt denn „patriotischer Mistträger"?! Als ob es schlechte patriotische Traditionen gäbe! Ein solches Bemühen um die Einheit der deutschen Sprache sollte Herr Lessing erst einmal selber zeigen, bevor er andere mit seiner hitzköpfigen Art niedermacht. Denn in einer Zeit, da die deutschen Lande so zerstückelt darniederliegen, ist es Gottsched hoch anzurechnen, daß er immer wieder auf eine einheitliche Sprache drängt, um den Sinn für das übergeordnete Ganze zu erhalten und die Idee einer deutschen Gemeinschaft wenigstens als Vision zu bewahren. Hätte Herr Lessing nur einigermaßen ein historisches Empfinden, müßte er erkennen, daß jeglicher Teilungsgeist der Kunst ihre Kraft und ihren Wuchs nimmt. Wo anders, wenn nicht in einer einheitlichen, wohllautenden und reichen Muttersprache kann das Volk seine Kraft und Würde erhalten und aus sich heraus ein Zusammengehörigkeitsgefühl entfalten, das jedes Duodezfürstentum überleben wird? Was heißt da „patriotischer Mistträger"?! Von Weitblick zeugt es, in den Deutschen einen Stolz auf sich selbst, auf ihre großen Traditionen und Leistungen zu wecken und ihnen zu sagen, daß sie keinen Grund haben, sich zum Äffling und Mündel der Fremden zu machen. Es kann doch nicht angehen, daß sie die Vorzüge immer nur bei anderen suchen, die anderen loben und bewundern und sich selbst verleugnen. Statt Gottsched als Patrioten zu beschimpfen, sollte Lessing dankbar sein, daß es einige aufrecht Gesinnte gibt, die die Zerstückelung der deutschen Lande für ein Unglück halten und dafür sorgen, daß im trüben Strom der Zeit dieser Hoffnungsfunke auf ein ungeteiltes Miteinander nicht ganz verglüht.

Gottsched ist nicht nur angetan, er ist entzückt von Victorias Worten. Säuselnd bedrängt er sie, sofort diesen Brief aufzusetzen, den er an die renommierteste aller Zeitschriften lancieren wird. Victoria hat nicht nur einen unbescholtenen Namen, nein, ihr wird schon darum geglaubt, weil sie von dem Kritiker Lessing als Schriftstellerin immer gut behandelt worden ist. Wenn sie mit echt weiblicher Leidenschaft diesem Herrn die Frechheiten seines Mutwillens austreibt, überlegt er es sich hoffentlich künftighin zweimal, mit wem er sich anzulegen gedenkt.

Eigentlich hatte sich Victoria fest vorgenommen, Gottscheds öffentlichem Treiben gegen die empfindsamen Poeten mit Schweigen und Nichtachtung zu begegnen, aber jetzt ist sie gezwungen, davon zu reden. Sie ist gewillt, diesen Brief an Lessing zu schreiben, allerdings wird sie dann noch eines hinzufügen, was ihrem Ehegenossen wohl weniger behagen dürfte: Gottsched selber gibt Lessing immer wieder Anlaß für seine hitzköpfigen Angriffe. Als ob es nicht Lessings gutes Recht war, jüngst so energisch für Shakespeare eingetreten zu sein! Nur weil Gottsched für den Engländer nichts übrig hat und dessen Stücke für roh, unregelmäßig und britisch wild hält, muß doch nicht allen Deutschen Shakespeare darum verleidet werden. Er mag noch so viele Zeitungsartikel schreiben und den Stücken Shakespeares Wortverkehrungen, unverständliches Gewäsch, kauderwelsches Zeug und dunkle Leidenschaften nachweisen – es bleibt verlorene Mühe. Vergeblich hat der Professor gegen Klopstock gekämpft, und vergeblich wird er gegen Shakespeare zu Felde ziehen. Er muß sich damit abfinden, daß sein Geschmack nicht mehr der Geschmack der neuen Zeit ist. Lessing gehört nun mal zu denen, die das vernünftige, regelmäßige, französische Theater leid sind und sich für die britische Bühne begeistern. Warum läßt er ihn nicht gewähren? Warum akzeptiert er nicht, daß andere eine andere Auffassung von den Dingen haben? Nur Gottscheds Intoleranz gibt Lessing Anlaß, so plumpe Sentenzen gegen ihn loszulassen. Daß ihm dabei jegliches Maß fehlt, ist offenkundig. Aber nicht weniger läßt sich leugnen, daß der berühmte Professor keine kritische Distanz zu sich selbst hat. Das eine ist so unverständlich wie das andere.

Frau von Ziegler verblüfft Victorias Beredsamkeit und ihr selbstsicheres Auftreten. Sie beneidet Gottscheds Gattin, die sich in ihrer Ehe derart entfalten konnte.

Victoria widerspricht ihr. Hätte sie nicht geheiratet, könnte sie ihre Meinung in der Öffentlichkeit noch ganz anders vertreten. Mann und Frau, die im gleichen Berufsgeschäft arbeiten, sollten keine Eheleute sein. Vor allem nicht, wenn sie unterschiedlicher Ansichten sind.

Gottsched ist über diese Bemerkung ungehalten. Er weist Victoria zurecht. Hätte sie nicht geheiratet, könnte sie jetzt nicht so klug daherreden und wäre nie das geworden, was sie heute ist. Oder will sie etwa behaupten, daß sie ohne ihn zu Namen und Ansehen gekommen wäre?!

Victoria bereut es, sich überhaupt auf ein Gespräch eingelassen zu haben. Ob sie allein sind oder Gäste am Tisch sitzen, sie enden stets bei dem gleichen, leidigen Thema: Sie ist sein Produkt und hat ihm gefälligst dankbar dafür zu sein.

Frau von Ziegler erbietet sich, den offenen Brief an Lessing mit zu unterschreiben. Gottsched schneidet Victoria das Wort ab: Entweder sie steht voll und ganz hinter ihrem Ehemann, wie es sich für eine verheiratete Frau gehört, oder sie wird sich jeglicher Äußerung enthalten.

Victoria läßt sich von dem teuren Schaumwein nachschenken, trinkt nacheinander zwei Flaschen aus, trinkt ihm zum Ärgernis und lacht laut auf, als er sie ermahnt, aufzuhören und an ihre Gesundheit zu denken.

Was für eine Fürsorge! Was für eine Aufmerksamkeit! Dabei hatte sie schon befürchtet, sein knausriger Geist könnte wider alle Gewohnheit einmal nicht zutage treten.

Natürlich wird sie sich öffentlich einer Äußerung zu Lessing enthalten und tun, was einer artigen Ehefrau geziemt. Aber um ihr vorzuführen, wer der Herr im Hause ist, hätte Gottsched sie nicht von ihrer Arbeit abhalten müssen.

Obwohl Victoria noch verheiratet ist und in Gottscheds Wohnung wohnt, lebt sie doch innerlich vollkommen von ihm getrennt. Besäße sie ein Landgut, würde sie sich dorthin zurückziehen und ihn seines Weges gehen lassen. Immer wieder werden ihr die amourösen Abenteuer des Gemahls hinterbracht, aber sie hat sich damit abgefunden, daß von ihm keine Aufrichtigkeit zu erwarten ist und er sich ihr gegenüber wohl immer als guter Christ und Tugendheld ausgeben wird. Es lohnt nicht mehr, einen Gedanken darauf zu verschwenden.

Auch das andere Geschehen, das um ihn herumrankt, nimmt sie nur noch am Rande wahr. Sie amüsiert sich zwar im stillen über das neuste Spottgedicht von Lessing –

> Die goldne Dose – denkt nur! denkt! –
> Die König Friedrich mir geschenkt,
> Die war – was das bedeuten muß? –
> Statt voll Dukaten voll Helleborus.

– aber hätte es einem Fremden gegolten, wäre der Spaß daran nicht geringer gewesen. Sie nimmt auch gleichgültig hin, daß Gottsched den aufsehenerregenden Helvetius übersetzt, was gewiß eine mutige Tat ist, aber ihm sein verlorenes Ansehen nicht zurückbringen wird. Victoria geht ihm aus dem Wege, wo immer sie kann.

Denkt sie daran, daß sie in den Armen dieses Mannes einmal etwas empfinden konnte, versteht sie sich selber nicht. Das Große, Überlegene an ihm ist verschwunden. Sogar seine Stimme, diese tiefe, in sich ruhende Stimme, die ihr als der Inbegriff des Männlichen schien, hat sich in schrille Töne aufgelöst und kommt ihr nur mehr wie ein staubtrockenes Schnarren vor. Heute gibt es nichts mehr, was sie an ihm faszinieren könnte. Sie spürt nur noch eine tiefe Verachtung.

Damals hat sie den Rat der Freundin ihrer Mutter wie eine Einweihung in die Hohe Schule der Weiblichkeit empfunden und sich fest vorgenommen, in den fortgeschrittenen Ehejahren das neue Element, die Verstellungskunst, ins Spiel zu bringen und den Gebieter lächelnd wissen zu lassen, daß es nichts Schöneres für eine Ehefrau gibt, als wenn er sich mit seinen ungeschickten Bewegungen an ihr zu schaffen macht. Doch inzwischen weiß sie, es ist alles nur Theorie und mag für Frauen gelten, die in der

Liebeskunst den Beweis ihrer Existenz sehen. Schon die Vorstellung, von ihm berührt zu werden, ist ihr so zuwider und löst ein solches Gefühl der Abneigung aus, daß sie ans Ende der Welt laufen würde, um dem zu entgehen. Glücklicherweise kann er die Ehepflicht auch nicht einfordern, denn als herumflatternder Sachsenschwan hat er sich jeglichen Anspruch darauf versagt.

Victoria stellt sich darauf ein, ganz für sich selbst zu leben. Täglich sitzt sie in der Universitätsbibliothek, wo ihr für ihre Forschungsarbeiten inzwischen ein eigener Raum eingerichtet worden ist und der Bibliothekar es sich als eine Ehre anrechnet, einer so berühmten Schriftstellerin bei ihren Materialstudien behilflich sein zu dürfen.

Kommt sie nach Hause, zieht sie sich sogleich in ihr Zimmer zurück und geht einer Beschäftigung nach, die ihr in letzter Zeit zu einer lieben Gewohnheit geworden ist: Sie füttert die Tauben. Kaum hat sie das Fenster geöffnet und die Körner ausgestreut, flattern ihre Tauben wie Boten einer höheren Lebendigkeit heran. Einige sind so zutraulich, daß sie sich bis ins Zimmer vorwagen, wo neben dem Fensterbrett auf dem Lesepult eine Schale Wasser für sie bereitsteht. Zuzusehen, wie die Tauben mit mißtrauischer Behutsamkeit sich dem Wassernapf nähern, macht ihr ein ganz besonderes Vergnügen. Aus Spaß hat sie einigen die Namen ihrer Lustspielfiguren gegeben und unterhält sich bald mit Herrn Willibald und Jungfer Hannchen, bald mit Fräulein Amalie und Herrn Scheinfromm. Wenn sie sich auf der Fensterbank dichtgedrängt um die Körner streiten und mit gieriger Hingabe jede Krume aufpicken, dann hat sie das Gefühl, etwas Nützliches getan zu haben. Manchmal bleibt auch eine Taube recht vorwitzig auf ihrem Lesepult sitzen, was für Victoria ein so schöner Anblick ist, eine Krönung aller Buchgelehrsamkeit, daß sie sich vor Andacht nicht zu bewegen wagt. Meist fliegt noch eine zweite hinzu, und in solchen Momenten glaubt sie, das irdische Paradies in ihrem Zimmer zu haben. Sie spürt eine Freude in sich aufsteigen, die alle Verdrießlichkeiten vergessen macht.

Gewöhnlich ist sie dann in der rechten Stimmung, um ihrer Freundin lange Briefe zu schreiben. Obwohl Victoria ihre innere Befindlichkeit nur in Andeutungen zu erkennen gibt, liegt allein schon in der Tatsache, sich mitzuteilen, eine große Erleichterung. Dabei steht ihr Dorothea so deutlich vor Augen und ist in ihrem Herzen so gegenwärtig, daß Victoria beim Schreiben den Eindruck einer angeregten Unterhaltung hat. Natürlich vermeidet sie, Betrachtungen über diese widersinnige Welt anzustellen und politische Themen zu berühren, denn sie weiß, daß die preußische Gendarmerie die Briefe öffnet und liest. Aber da sie keine kriegerischen Neuigkeiten mitteilt, wüßte sie auch nicht, weshalb ihre Briefe abgefangen werden sollten, denn was, so fragt sie ihre Freundin, was kümmert die großen Feldherrn die Geschichte unserer Herzen?

Die abendlichen Briefgespräche mit Dorothea scheinen Victoria manches Mal der einzige Faden zu sein, der sie über ihre Arbeit hinaus noch mit dieser Welt verknüpft. Hernach zündet sie sich meist mehrere Wachslichter an, begibt sich zu Bett und liest. Häufig Thomsons *Gesang an die Einsamkeit* und Haller, immer wieder Haller:

Jetzt fühlet schon mein Leib die Näherung des Nichts,
Des Lebens lange Last erdrückt die matten Glieder,
Die Freude flieht von mir mit flatterndem Gefieder
Der sorgenfreien Jugend zu.
Mein Ekel, der sich mehrt, verstellt den Reiz des Lichts
Und streuet auf die Welt den hoffnungslosen Schatten.

Scheint der Mond in ihr Zimmer, verliert sich das Gefühl der Einsamkeit, und eine tiefe Ruhe kommt in sie. Oft löscht sie die Kerzen, hüllt sich in eine Decke und setzt sich ans Fenster, um dem Mond näher zu sein und ihn in ganzer Schönheit auf sich wirken zu lassen. Wenn er vor dem dunklen Firmament wie eine Nachtsonne steht, die alles mit ihrem klaren, kalten Schein erwärmt und der Finsternis Glanz und Konturen gibt, ist ihre Seele wie verzaubert. Ob er als Sichel oder als runde Scheibe dort oben wacht – für sie hat er immer ein Gesicht und immer ein Lächeln und trägt eine friedliche Stimmung in sie hinein. Unter seinem Schein fühlt sie sich beschützt und geborgen, fühlt sich eingebunden in eine Weltharmonie und dem unendlichen Universum wunderbar nah. Dieses überlegene, würdevolle Lächeln des nächtlichen Gesellen mutet sie oft so an, als sei es die einzig gemäße Antwort auf das Treiben des eifernden, zänkischen Menschengeschlechts, das die Welt voranzubringen glaubt und sich doch nur immer weiter von ihr entfernt.

Victoria könnte auch mit dem Newtonianischen Tubus den Mond betrachten, doch sie verspürt keine Lust dazu. Soll die forschungswütige Wissenschaft ihre Teleskope auf ihn richten, ihn ergrübeln und ergründen, ihn durchsuchen und durchwühlen – ihr genügt dieser erhabene Anblick. Wenn der gelbe Wächter auf sie niederschaut, empfindet sie eine Freude, die ihr keine noch so große wissenschaftliche Erkenntnis zu geben vermag. Kann sie mehr vom Leben erwarten, als solche Augenblicke eines tiefen Wohlgefühls?

Je weiter sie in der Niederschrift der Geschichte der Lyrik voranschreitet, um so mehr findet sie zu sich selbst. Der stocksteife Vernunftkram, mit dem sie sich in zurückliegenden Jahren beschäftigt hat, fällt wie eine borstige Hülle von ihr ab. Der Respekt vor dem festgefügten Kategoriengebäude der Wissenschaft verliert sich. Die gelehrten Begriffe muten sie nur noch als Surrogate der Dürftigkeit an. Victoria lebt auf, endlich über einer Arbeit zu sitzen, die ihrem Innersten wieder entspricht. Nach der langen Übersetzerfron findet sie es geradezu erholsam, sich einmal nicht an der Gedankenführung anderer orientieren zu müssen, einmal nicht nachzuschöpfen und nachzubilden, sondern ganz aus sich selbst heraus das Thema gestalten zu können und das Eigene, Ureigene sprechen zu lassen.

Sie hat genaue Vorstellungen, wie sie die Geschichte der Lyrik aufbauen wird. Die Poeten und ihre Gedichte etwa nur in einer gediegenen Sammlung aneinanderzureihen wäre ihr zuwenig. Sie will eine Geschichte des empfindsamen Denkens schreiben und zeigen, daß die Quelle der Poesie dem Herzen entspringt. Nachdem sie Hunderte von Gedichten gelesen, studiert, zergliedert und genossen hat, weiß sie, daß der wahre Poet mehr Innerlichkeit und Weisheit besitzt, als dies ein deutscher Literaturprofessor sich vorzustellen vermag.

Allein schon das Leben der Poeten zu beschreiben ist ihr eine Freude, denn es hat nichts Geradliniges und Vorhersehbares. Es irrt kreuz und quer, schlägt über die Stränge, fällt und steht auf, schwankt am Rande der Vernunft, macht Dummheiten und Fehler, ist voller Überraschungen, greift blindlings in Zufälle hinein und ergibt am Ende doch so etwas wie die Spur einer planvollen Notwendigkeit. Ob Victoria über Mügeln, Morungen, Eschenbach, Gravenberg, Hausen, Lichtenstein, Gerhardt oder Fleming schreibt – ihr Leben fasziniert sie, weil sie hier das ganz andere findet, was sie an sich selbst nie erfahren durfte: ein verwegenes, ungestümes und wildes Draufzugehn, das die Phantasie aufwühlt und dem Dasein Glanz verleiht.

Obwohl das Material sich vor ihr auftürmt und einen Riesenumfang angenommen hat, sorgt sie sich nicht, von ihm erdrückt zu werden oder ihre Konzeption aus dem Auge zu verlieren. Sie steht den Poeten und ihren Dichtungen so nahe, daß sie mühelos ihren Intentionen zu folgen vermag. Manchmal kommt es ihr sogar so vor, als würden die Sätze wie von selber in die Feder fließen und sie hätte nichts weiter zu tun, als den Kiel bloß festzuhalten und für genügend Tinte und Papier zu sorgen.

Die Kunst des Gedichtes, in der Stimmung des Augenblicks das Ewige zu binden, ist für sie eine so große Entdeckung, daß ihr erst jetzt die ungeheure Phantasielosigkeit Gottscheds so recht zu Bewußtsein kommt. Noch immer macht er die Güte eines Gedichtes vom Maß seiner Silben abhängig und teilt, je nachdem es sich um einen Alexandriner oder einen Hexameter handelt, in reine und unreine, hohe und niedrige Reimkunst ein. Victoria sucht in einem Gedicht nicht nach den Arten der Versfüße, fragt nicht nach einem Jambus, Anapästus, Trochäus oder Daktylus, zählt das Metrum nicht mit Fingern und Fußtakten ab, geschweige denn, daß sie sich dafür interessierte, wieviel Spondeen in einem sechsfüßigen Vers angebracht sein dürfen. Sie läßt das Gedicht als Ganzes auf sich wirken. Ob es der sanften Klage einer Nachtigall gleicht oder wie Goldregen auf sie niederstäubt – immer geht von ihm etwas Atmosphärisches aus, das ihre eigene Stimmung mit einem allgemeinen Zeitgefühl erregend in Berührung bringt. Es scheint ihr sogar, je tiefer der Dichter in sich hineinleuchtet, je mehr er seine Seele mitteilt, um so genauer trifft er das Empfinden der Zeit, um so allgemeiner werden seine Aussagen. Hier sieht sie den Maßstab für die Beurteilung eines Gedichtes.

Ein zusätzlicher Reiz dieser Arbeit liegt für Victoria in dem Wissen, die erste zu sein, die in deutschen Landen eine solche Geschichte der Lyrik schreibt. Keiner vor ihr hat sich die Mühe gemacht, die Berge des Materials zu sichten. Bei einigen Büchern heften die Seiten noch zusammen, und sie muß sie sorgsam mit einem Messer trennen. Nicht einmal in Titelübersichten ist etwas vorhanden. Doch gerade das macht ihr Mut, diese Lücke zu schließen. Im stillen hofft sie, mit ihrer Darstellung der *Geschichte der lyrischen Dichtkunst der Deutschen* einen Grundstein zu legen, auf dem andere aufbauen können.

Die innere Übereinstimmung mit ihrer Arbeit ist diesmal so uneingeschränkt, daß ihr jeder Tag aufs neue bestätigt: Schreiben ist für sie mehr als nur Entäußerung von Gedanken. Es ist Ausdruck ihrer Gesundheit, ihres Wohlbefindens, ihrer Lust, sich selbst zu behaupten. Nie hätte sie gedacht, daß sie noch einmal etwas derart begeistern könnte und sie sich wieder mit allen Fasern ihres Herzens ans Leben gefesselt fühlte.

Nach dreijähriger Arbeit hat Victoria die *Geschichte der lyrischen Dichtkunst der Deutschen* beendet. Die Freude ist groß. Als sie die Manuskriptdeckel schließt, ist ihr, als würde sie aus versunkenen fernen Zeiten auftauchen und wieder in das wirkliche Leben zurückkehren.

Doch schon nach kurzem merkt sie, daß sie nichts versäumt hat. Leipzig ist noch immer voller Militärlazarette. Die Seuchen halten an. Den Studenten sind die Degen, den Bürgern die Waffen abgenommen. Jeden Sieg Friedrichs müssen die bedrängten, ausgeplünderten Einwohner mit einem Tedeum feiern. Versammlungen und Zusammenkünfte aller Art sind verboten. Etliche der Buchdrucker und Zeitungsredakteure, die sie gut kennt, sitzen im Gefängnis. Selbst Jöcher, der Bücherzensor, ist arretiert, weil der Vorsichtige den Ausspruch: Mein Gott, wie will es noch werden, getan hat. Wo Victoria auch hinkommt, mit wem sie auch spricht – überall herrschen Angst und Unsicherheit. Gehen preußische Patrouillen vorüber, ersterben die Gespräche. Aus den Häusern dröhnt eine feindselige Stille. Das Leben hat etwas Gespenstiges bekommen. Die Zeitungen erscheinen zwar regelmäßig, aber in ihnen sind weder eine Wahrheit noch eine Neuigkeit zu finden. Das gesprochene Wort wird wie eine Fackel in der Dunkelheit weitergereicht. Unter äußerem Wohlverhalten, unter Ruhe und Ordnung geht der Wunsch nach Freiheit aufsässig von Mund zu Mund. Noch spricht es keiner aus, aber jeder fühlt es: Sachsen braucht keinen preußischen Herrn.

Victoria teilt dieses Empfinden, denn als gebürtige Danzigerin, die in hanseatischer Luft frei und weltoffen aufgewachsen ist, haßt sie alles Preußische, Maßvolle, Abgezirkelte, haßt diesen sturen, engbrüstigen Verstand, haßt diesen Dünkel und vor allem die Karabiner, mit denen zwar Macht demonstriert wird, aber doch kein einziges freundschaftliches Gefühl erobert werden kann.

Sie hat ihre Papiere und die wichtigsten persönlichen Unterlagen in einer eisernen Kassette verwahrt, denn sie rechnet wie alle anderen Leipziger täglich damit, daß die Preußen ihre Drohung wahrmachen und die Stadt niederbrennen werden. Alle Spritzen und alles Feuergerät haben sie bereits vor den Augen der Einwohner zerschlagen und lachend gezeigt, daß das Löschen des Brandes unmöglich sein wird.

Trotz allem trägt Victoria ihr Manuskript zu Breitkopf. Er liest sogleich ihr umfängliches Werk, lobt die verdienstvolle, schöne Arbeit, aber zum Druck will er sich nicht entschließen. Der Krieg hat seinen Verlag wie alle anderen Unternehmen in Leipzig in Bedrängnis gebracht, und alles, was er in diesen unsicheren Zeiten noch drucken kann, muß von vornherein einen guten Absatz garantieren. Bei einer Geschichte der Lyrik steht dies in Frage.

Victoria hat Einsehen. Sie schickt das Manuskript ihrem Verleger Krauß nach Wien. Er bittet sie, nach Beendigung des Krieges ihm die *Geschichte der lyrischen Dichtkunst* noch einmal zuzusenden. In friedlichen Zeiten sind die Bürger schon eher geneigt, für ein so feinsinniges Thema Geld auszugeben. Ist Brot genug vorhanden, leisten sie sich auch mal ein Gedicht.

Victoria möchte nicht so lange auf den Druck warten müssen, schnürt erneut ein Buchpaket und sendet es zu Siegert nach Liegnitz. Wochen später erscheint abermals der Postbote und bringt schlechte Nachrichten.

Fassungslos steht sie vor den Absagen. Mit allem, damit hatte sie nicht gerechnet. Sie wartet noch bis zur Frühjahrsmesse, versucht ihr Glück bei einem Frankfurter und einem Hallenser Verlagsbuchhändler – wieder vergebens. Victoria ist verzweifelt. Umsonst drei Jahre Arbeit. Umsonst die Verteidigung der Poesie, für die sie Seite um Seite gefochten hat. Umsonst, alles umsonst.

Sie fühlt sich so, als sei sie geköpft worden und müsse dennoch weiterleben. Mögen die Herren sie auch auf bessere Zeiten vertrösten – sie macht sich keine Illusionen: Ein Buch, das geschrieben und nicht gedruckt wird, ist ein Sterben für den Autor. Jetzt erst begreift sie die Vermessenheit, auf Worte eine Existenz gründen zu wollen. In keiner Profession ist die Abhängigkeit vom Empfinden der anderen so groß. Niemand ist mit seiner Arbeit so ausgeliefert wie ein Schriftsteller. Auch im schillerndsten Sprachgewand steht er immer wie ein Bettler vor diesen mächtigen Verlagsbuchhändlern, die sich wie alle anderen Kaufleute vom Gesetz des Gewinns und des sicheren Absatzes leiten lassen. Mammonsknechte, allesamt Mammonsknechte. Ebensogut könnten sie mit Branntwein, Tabak oder Spitzen handeln, würden sie sich nicht aus Geschäftsgründen in den Nimbus der Kunstsinnigkeit hüllen und sich das Mäntelchen der schönen Seele umhängen müssen.

Victoria spielt mit dem Gedanken, ihr Manuskript ins Feuer zu werfen. Sie mag es nicht mehr sehen und will nicht mehr daran erinnert werden. Aus. Vorbei. Begraben. Gleichzeitig erschrickt sie, einen solchen Gedanken überhaupt fassen zu können. Achthundert Seiten ihrer Handschrift zu verbrennen, was wäre dies anderes, als einen Teil von sich selbst den Flammen zu überlassen und zuzusehen, wie sie sich Seite um Seite zerstört? Diesen Gefallen wird sie den Herren Verlagsbuchhändlern nicht tun. Vielleicht arbeitet im stillen die Zeit für sie. Was im Augenblick kein Interesse findet, kann morgen schon in vieler Munde sein und womöglich gar als ein Ereignis betrachtet werden.

Und doch ist diese Hoffnung kein Trost und viel zu schwach, um ihr die nötige Distanz zu geben. Sie kommt nicht darüber hinweg, daß keiner der Verlagsbuchhändler den Versuch wagt, wenigstens eine kleine Auflage zu drukken, oder bereit ist, auch einmal ihren Intentionen zu folgen. Woher wollen sie wissen, daß in zerstörerischen Zeiten keine Gedichte gelesen werden? Sie, gerade sie, die nicht mit einem Übermaß an seherischen Gaben verwöhnt worden sind und ihr Urteil über Wert und Unwert der Literatur gewöhnlich von der Frage abhängig machen, wieviel sie an ihr verdienen können. Nichts riskieren sie, gar nichts. Nur der Autor, der soll riskieren, immerzu heldenhaft riskieren, ohne Honorar, aber für den herrlichen hohen Lohn, seiner inneren Berufung folgen zu dürfen. Er soll von seiner Zuversicht zehren, ein Gigant der Bedürfnislosigkeit sein und sich um nichts auf der Welt seine Lust an der Poesie zerstören lassen.

Gottsched bleibt Victorias Zorn nicht verborgen.

Er hat es kommen sehen: Wäre das Buch unter seinem Patronat entstanden und hätte er es mit einem Vorwort versehen dürfen, sähe ihre Lage jetzt anders aus. Ihr Ruhm mag noch so groß sein, aber eine Frau, die sich ohne einen Schirmherrn an ein so erlesenes Thema wagt, kann nicht so ohne weiteres auf Zustimmung und Verständnis hoffen.

Victoria nimmt nichts als seine fistelige Schulmeisterstimme wahr und sieht wieder auf den mahnend erhobenen Zeigefinger, der wie ein Denkmal ewigen Vorwurfs in ihrem Leben steht. Sie soll es sich eine Lehre sein lassen und bei ihrer nächsten Arbeit nicht noch einmal seinen gutgemeinten Rat verschmähen. Stets hat er sich schützend vor ihre Arbeiten gestellt, hat sie durch Nachbemerkungen oder Vorworte in der Öffentlichkeit glaubwürdig gemacht, und stets ist sie verlegt worden. Diesmal wollte sie es anders haben, wollte ihrem Unabhängigkeitswahn freie Bahn geben und muß nun ihren weiblichen Eigensinn teuer bezahlen. Jetzt wird sie doch endlich einmal zur Vernunft kommen und einsehen, daß das, was sie ohne ihn beginnt, nicht von Erfolg gekrönt sein kann. Wie oft soll er ihr noch sagen: Nichts ist sie ohne ihn.

Er will sie wie ein verirrtes, ungezogenes Kind in seine Arme nehmen und trösten, will Einsicht und Besserungsschwüre von seiner Sappho hören, doch Victoria verläßt aufgebracht die Wohnung.

Sie stürmt geradewegs ins Große Konzert. Sie muß ihr Gemüt beruhigen, muß Musik hören und sich ablenken von dieser erbärmlichen Buchstabenwelt.

Als sie den Wandelgang des Konzertsaals betritt, sieht sie den gekrönten Herrn von Schönaich am äußersten Ende des Ganges stehen. Er ist nicht einfach nur anwesend, er hält hof und steht so, daß jeder, der ihn begrüßen will, weithin sichtbar den Gang der Verehrung antreten muß. Tatsächlich nähern sich ihm auch einige Kunstbeflissene, um ihm ehrfürchtig die Hand zu drücken. Es ist unübersehbar: Der gekrönte Dichter genießt sich. Sie würdigt ihn keines Blickes. Ein Schriftner, der seiner Feder ein schlechtes Heldengedicht und ein noch schlechteres Pasquill abringt und dafür höchsten Lorbeer und goldene Schaupfennige von den Landesgrafen empfängt, verdient es, wenigstens von den Kennern der Literatur verachtet zu werden.

Sie spürt eine Genugtuung, blicklos an ihm vorbeizugehn, denn sie weiß, die seichten Reimschmiede wollen beides: die königlichen Ehren und die Beachtung ihrer Kollegen. Und doch – welch ein schaler Trost. Was zählt schon ein solches Verhalten auf dem Schauplatz der Literatur, wo die Verhältnisse doch ganz andere sind. Skribenten wie Schönaich bringen die Poesie herunter und werden fleißig gedruckt, und sie verteidigt die Poesie und findet keinen Verleger.

Die Anwesenheit des gekrönten Dichters erinnert sie zu lebendig an die Misere des Literaturgewerbes. Die Musik ist ihr verleidet, die Hoffnung, in ihr Ruhe zu finden, zerstört. Fluchtartig verläßt sie das Konzert. Alles, alles ist zu schwach, um ihr aufgebrachtes Gemüt zu besänftigen.

Doch das Ärgste ist Gottscheds Triumph. Sie spürt genau, daß er sich im tiefsten Herzen über ihren Mißerfolg freut, bestätigt er ihm doch, wie recht er mit seiner Behauptung hat, daß sie ohne ihn nichts Nennenswertes zuwege bringen wird. Im stillen stimmt sie ihm diesmal sogar zu: Hätte er mit den Verlegern verhandelt und ihnen in seiner beredten Art das Thema angepriesen, wäre ihre Geschichte der Lyrik vielleicht erschienen.

Victoria ist verzweifelt. Gerade auf dieses Buch hatte sie Hoffnungen gesetzt. Es hätte die Distanz zu ihrem Ehe-herrn endlich öffentlich gemacht und gezeigt, daß sie eine ganz andere Auffassung von Dichtkunst hat. Aber es sollte wohl nicht sein. Wer den Namen eines berühmten Mannes trägt, dem traut man schwerlich einen eigenen Gedanken zu.

Victoria hat nur den einen Wunsch: mit sich in Einklang zu kommen. Sie verspürt ein fast körperliches Verlangen nach Harmonie. Was sie hört, soll angenehm sein, wo sie hin-schaut, will sie Erfreuliches sehen und bloß noch anmutige Dinge um sich haben.

Zu Hause trägt sie ihre elegantesten Straßenkleider und steckt sich hin und wieder sogar die goldene Prunknadel, das Geschenk von Maria Theresia, an. Victoria möchte sie niemandem vorführen und von keinem bewundert werden. Sie will lediglich das Gefühl haben, für sich selbst schön zu sein. Wenn sie in den Spiegel schaut und mit ihrer Erschei-nung zufrieden ist, glaubt sie, die Zerstörung, die um sie herum stattfindet, weniger deutlich spüren zu müssen. Sie fühlt sich dann den Widerwärtigkeiten nicht so unmittel-bar, so schutzlos ausgeliefert, fühlt sich innerlich sicherer und frei von den Zweifeln, mit achtundvierzig Jahren als Frau keine ansehenswerte Erscheinung mehr zu sein. Vor allem meint sie, mit der Eleganz des Gewandes selbst einen Teil der Harmonie zu erzeugen, nach der es sie so sehr ver-langt.

Gottscheds Bücher, die bislang in stattlicher Reihe wie Tugendwächter auf ihrem Schreibsekretär postiert waren, hat sie abgeräumt. An ihrer Stelle prangt der kostbare Tafel-aufsatz, den sie von der sächsischen Kurprinzessin geschenkt bekommen hat. Drei Papageien und zwei Buntspechte, die nach Raupen, Käfern und Kirschen haschen, sind so wundervoll in Porzellan gearbeitet, daß schon der Anblick dieses Kunstwerkes Victorias Herz höher schlagen läßt. Sie kauft sich auch neue Bilder, englische Landschaften, mit denen sie die Zimmerwände schmückt und die sie täglich mehr erfreuen, weil sie ihr jenes Wohlgefühl geben, das aus einer anmutigen Umgebung kommt. Sie weiß zwar, es ist Wahnsinn, sich mitten im Kriege solche Dinge anzuschaffen, aber mehr als dieses Arbeitszimmer ist ihr auf der Welt nicht geblieben. Es ist ihr Zufluchtsort und der Raum, in dem sie sich am meisten aufhält. Gerade darum soll er ihr gemäß sein und sich durch schöne Dinge von der Welt draußen unterscheiden.

Das Personal weist sie an, keinen mehr zu ihr vorzulassen – sei er, wer er sei. Jeden Besuch empfindet sie nur mehr als lästig, manchen sogar als Heimsuchung. Sie ist so erschöpft, daß die geringste Aufregung sie aus dem Gleichgewicht bringt und sie Tage braucht, um sich davon wieder zu erholen. Die Königlichen Hoheiten drängen, sie zu sehen, mit ihr zu sprechen, und schreiben die schmeichelhaftesten Briefe an sie, doch Victoria fühlt sich außerstande, sie zu empfangen, geschweige denn zu besuchen. Ob es die Gräfin von Bentink, die Gräfin von Sydow oder die Fürstin von Zerbst ist – früher waren die Begegnungen mit ihnen angeregte Unterhaltungen, doch jetzt flieht sie jegliche Gespräche, weil sie weiß, sie können ihr den faden, schalen Weltgeschmack nicht nehmen. Victoria will mit nichts mehr Berührung haben, was an dieses unglückselige, trostlose Literaturgewerbe erinnern könnte, will nicht sehen müssen, wie auf diesem Jahrmarkt der Eitelkeiten der leerste Kopf mit dem vollsten Beutel einherstolziert und jeder Brotsänger der Poesie sich für einen unsterblichen Dichter hält. Sie will nur noch Schönes wahrnehmen.

Oft verläßt sie mit dem ersten Sonnenstrahl die Wohnung und geht in ihren Garten. Schon der Weg dorthinaus ist ein Labsal. Die Stille des Morgens, die klare, reine Luft und das vielstimmige Konzert der Vögel lassen eine Freude in ihr aufsteigen, die den Tag, noch bevor er begonnen hat, schon zum Erlebnis macht. Betritt sie dann den Garten, der wie eine grüne Insel im Morgentau glitzert, atmet sie tief und befreiend durch, als müsse sie den ganzen Weltschmutz loswerden, der ihr alle Lichtblicke nimmt.

Die Bäume, die sie vor Jahren hat pflanzen lassen, sind so groß geworden, daß sie glaubt, unter einem Blätterdom zu stehen. In den Fliedersträuchern haben Spinnen ihre Netze gezogen, die Victorias Aufmerksamkeit immer wieder von neuem fesseln. Wenn an diesen hauchzarten Fäden noch hauchzartere Silberräder schaukeln und in ihnen wie Kieselsteine die toten Insekten hängen, dann fragt sie sich, wie diese Fäden das alles tragen können und wo die geheimnisvolle Kraft liegt, die dieses Kunstwerk zusammenhält.

Meist holt sie sich einen Stuhl, setzt sich vor ein Spinnennetz und wartet, was geschieht. Verfängt sich eine Mücke im Netz, schießt die Spinne blitzschnell aus ihrem Hinterhalt hervor, bewegt sich auf ihren fast unsichtbaren Fäden wie auf einer breiten Heerstraße drohend auf das Opfer zu, umkreist es mit gieriger Entschlossenheit, und plötzlich ist es eingerollt in den Fäden des Todes. Es zappelt und zuckt noch eine Weile, doch es sind nur letzte Botschaften verlöschenden Lebens, Abschiedssignale von einer Welt, in der es schon Augenblicke später wie ein kalt glitzernder Kristall am Netz hängt und sich in eine höhere Form von Lebendigkeit einfügt.

Manchmal setzt sich Victoria auch in die Mitte des Gartens, von wo aus sie einen herrlichen Blick auf die Blumen hat, die wie bunte Girlanden die Wegränder säumen. Wenn die Sonne kräftiger wird und den Tau trocknet, wenn unter dem Glitzern der Morgenfrische die leuchtenden Farben hervorschimmern, dann spürt auch sie ein Erwachen, das alles überstrahlt und allen Kummer vergessen macht.

Dieses Schauspiel der Natur trägt eine so versöhnliche Stimmung in sie und erfüllt sie mit einer so großen Harmonie, daß sie sich fragt, wieso sie sich jemals auf das Abenteuer mit den Worten einlassen konnte. Sie hätte Naturforscherin werden sollen wie die Merian, die wohl gewußt hat, daß in der Natur allein die Weisheit liegt, von der dieses armselige, großmäulige Menschengeschlecht noch etwas lernen kann.

In letzter Zeit liest Victoria auch kein Buch mehr in ihrem Garten, sondern schaut bloß auf die Bäume, die Sträucher, die Gräser, die Blumen, beobachtet einen Käfer, eine Ameise oder einen Schmetterling und schöpft aus allem eine tiefe Ruhe, die sie nirgendwo anders mehr finden kann.

Am liebsten hat sie es, wenn leichter Wind aufkommt und ein leises Rauschen in die Bäume und Sträucher getragen wird. Dann meint sie, am Ufer des Meeres zu sitzen und in eine unendliche Ferne hinauszulauschen, die rätselhaft und geheimnisvoll ist und ihr eine Ahnung gibt von der Größe und Schönheit dieser Welt.

Ein plötzlich ausbrechendes Nervenfieber zwingt sie zur Bettruhe. Gottsched läßt den obersten Professor der Arzneikunst kommen. Er rät zu Kräuterumschlägen, gibt die Anordnung zu strengster Ruhe und empfiehlt, das Zimmer zu verdunkeln. Ihr schlechter Zustand hält über Monate an. Die Hände zittern so stark, daß sie nichts mehr festhalten kann. Kälteschauer schütteln ihren Körper. Ein zweiter Arzt wird gerufen. Er läßt sie zur Ader und verabreicht Arzneien. Victoria stellt sie unberührt in ihre Hausapotheke. Die einzige Arznei, die ihr helfen könnte, ist Freude. Doch Freude gibt es für sie nicht. Einen dritten Arzt zu konsultieren, lehnt sie ab, denn diese Heilherren und Genesungsmeister scheinen ihr alle gleich zu sein: Sie betrachten den Körper als eine Maschine, von der sie meinen, bald dieses und bald jenes Teil ausbessern zu können, doch von dem geheimnisvollen Zusammenspiel der Kräfte wissen sie nichts und haben keine Ahnung von der Macht der Seele. Wird zufällig jemand unter ihrer Behandlung gesund, dann ist es das wunderbare Werk der Natur. Die Ärzte schreiben bloß die Rechnung.

Sehr genau könnte ihnen Victoria die Ursache ihrer Krankheit nennen: achtundzwanzig Jahre ununterbrochene Arbeit, Gram im verborgenen und sechs Jahre lang unzählige Tränen ohne Zeugen, die ihr durch die eigene und die allgemeine Not, aber auch durch die erlittenen Kriegsdrangsale so vieler Unglücklicher ausgepreßt wurden. Das sind die Wurzeln ihrer Krankheit. Doch die Ärzte brauchen eben die beeindruckend blutende Wunde, um ihre Heilkunst unter Beweis zu stellen.

Victoria tut das, was sie ihrem Empfinden gemäß für gut und richtig hält: Statt im verdunkelten Raum zu liegen, öffnet sie das Fenster und läßt die Sonne herein. Sie genießt ihre Wärme, die sie aufrichtet und kräftigt. Die innere Kälte vergeht, das Frostgefühl weicht. Allmählich spürt sie eine Besserung. Sogar ihr Schreibdrang kehrt zurück.

Sie trägt sich mit dem Gedanken, die satirische Geißel gegen die gelehrte Wissenschaft zu schwingen, die alles besitzt – Teleskope, Meßgeräte, Theorien und Tabellen –, bloß keine Weisheit. Einen Moment lang hegt sie die Befürchtung, es könnte ihr mit diesem Lustspiel genauso wie mit der Geschichte der Lyrik ergehen, doch sie verdrängt den Zweifel. Sie gehört zu den Unverbesserlichen, die trotz allem ihre Hoffnung auf das Wort setzen und so vermessen sind, zwischen Erinnerung und Ahnung den Augenblick festzuhalten.

Beherzt holt sie gegen die großmäuligen kleinen Gelehrten aus, die nichts anderes können, als sich mit Vermutungen dem Wahrscheinlichen zu nähern, und ihre Aftergeburten der Vernunft zur einzig wahren Erkenntnis erklären. Sie lacht alles beiseite, was mit Dummheit und Eitelkeit die Welt zu bewegen meint, ergötzt sich an ihrer Spottsucht, fühlt sich im Sog der Worte, schreibt, wie sie atmet, erlebt Stunden der inneren Befreiung und wird durch einen erneuten Fieberanfall aus ihrer Arbeit gerissen. Als sie am anderen Morgen erwacht, ist sie rechtsseitig gelähmt.

Victoria trägt es gefaßt. Sie weiß: Es ist das Zeichen.

Draußen liegt der Brachmonat warm und blütensatt wie nie. Die Sonne steht wie ein Goldopal am Himmel. Victoria läßt sich das Chaiselongue an das weitgeöffnete Fenster stellen, um ihr näher zu sein, sie zu riechen, zu schmecken, zu atmen und etwas von dem erwachenden, aufbrechenden Sommer in sich hineinzuholen. Auf der Kastanie stehen wieder diese lustigen weißen Zuckerhüte, die sie Jahr für Jahr erfreuen und sich in unverminderter Schönheit zeigen. Stundenlang schaut sie in den Baum und beobachtet, wie sich die Sonnenstrahlen in seinem Geäst verfangen und funkelnde Schatten werfen. Das Licht bricht sich oft so geheimnisvoll in ihm, daß sie meint, eine grünglitzernde Höhle würde sich vor ihr auftun und sie in ein traumfernes Märchenland blicken lassen.

Abermals kommt der Professor der Arzneikunst. Er will ihr ein spanisches Fliegenpflaster legen, doch sie verwehrt es ihm. Sie möchte von keinem Arzt mehr belästigt werden. Zwischen den Fieberanfällen versucht sie weiter an ihrem Lustspiel zu schreiben, doch die Worte muten sie nur mehr wie Chiffren für Vergeblichkeit an. Mit Ekel wendet sie sich von ihnen ab.

Gottsched will ihr zur Hand gehen. Victoria zieht es vor, sich eine Aufwärterin zu nehmen, die ihr die dringlichsten Handreichungen erledigt. Vor allem hat die freundliche Frau eines zu tun: die Tauben zu füttern. Für Victoria ist es der Höhepunkt ihres Tages, auf den sie sich schon Stunden vorher freut. Wenn die Körner ausgestreut sind und ihre

Tauben nacheinander geräuschlos und anmutig heranflattern, glaubt sie, es flöge ihr mit jeder einzelnen Leben zu. Es kommt dann eine so heitere Stimmung in sie, die ihr das Gefühl gibt, als läge der Tag zu ihren Füßen und verwöhne sie mit Hoffnung.

Manche der graugefiederten Himmelsboten gebärden sich so gewichtig und geheimnisvoll, daß Victoria meint, sie brächten ihr Nachrichten aus einer schöneren Welt, die irgendwo auf sie wartet. Meist reihen sie sich auf dem Fensterbrett dicht nebeneinander auf, schauen mit unschlüssiger Neugier in ihr Zimmer herein und erwecken den Eindruck, als stünden sie vor der schweren Entscheidung, ob sie ihr ein Ständchen bringen oder einen Besuch abstatten und sich nach ihrem Befinden erkundigen sollen. Der Anblick der Taubenreihe ist so lieblich und einzigartig, daß Victoria diesen Blick zum Fenster mit keiner Aussicht auf der Welt mehr vertauschen möchte. Beginnen sie zu gurren, weiß sie, daß sie gleich zu ihr ins Zimmer hereinfliegen werden. Es ist für sie der aufregendste Augenblick. Bewegungslos harrt sie ihm entgegen. Wenn eine nach der anderen lautlos hereingleitet, sich auf ihr Lesepult setzt und zum Wassernapf hüpft, dann fühlt sie sich von einer so großen Harmonie beseelt, wie sie ihr noch kein Wort je vermitteln konnte. Im Nu entsteht eine Fluglinie zwischen Kastanie, Fensterbrett und Wassernapf, und es kommt soviel Turbulenz und Lebendigkeit auf, die ihr das Herz erfreut, sie zugleich aber auch wehmütig stimmt. Das fröhliche, sorglose Hinundherflattern läßt sie daran denken, daß etwas von dieser Unbeschwertheit ihrem eigenen Leben gutgetan hätte.

Könnte sie noch einmal von vorn beginnen, wüßte sie, was sie anders zu machen hätte: Nie mehr würde sie einen berühmten Mann heiraten. Aber es ist bloß ein beiläufiger Gedanke, ein Funke der Erinnerung, der aufglimmt, um sogleich zu verlöschen. Hienieden ist alles zu spät.

Gottsched sitzt voller Verzweiflung an ihrem Bett. Sie

wird ihn doch nicht jetzt schon allein lassen und ihm ein so trostloses Alter bereiten wollen. Das darf sie ihm nicht antun. Ohne sie ist er verloren, ein Niemand, ein Nichts, ein Mann ohne Herberge. Sie weiß doch, was sie ihm bedeutet: Sie, nur sie allein ist seine Liebste, sein Leben, sein alles, sein Einziges, seine Perle, sein Edelstein, seine Sonne, seine Krone, sein Ruhm.

Er versucht, ihr ein Lächeln abzugewinnen und sie aufzumuntern. Doch vergebens. Sie hört ihm nicht zu. Er fragt, ob sie einen Wunsch hat.

Sie bittet ihn, aus dem Zimmer zu gehen und sie nicht mehr zu stören.

Die Nachricht vom Tode Victorias wird von allen Kanzeln herab verkündet. Gottsched ist tief erschüttert und voller Schmerz. Unter Tränen empfängt er die Trauerabordnungen. Aus vielen Städten Europas kommen Kondolenzschreiben, die er tagelang sichtet. Die Zeitungen rühmen Victoria als die erste Schriftstellerin Deutschlands, der es gelungen ist, aus ihrer Neigung einen Beruf zu machen, und würdigen sie als eine der herausragendsten Erscheinungen im Reiche der Feder. Königliche Hoheiten, königliche Theater und königliche Akademien bekunden ihm ihr Beileid. Selbst vornehme Häuser, mit denen er nie in Verbindung gestanden hat, versichern ihn ihrer Anteilnahme.

Gottsched fühlt sich durch die Flut der Trauerbekundungen hoch geehrt. Sie zeigen ihm, was für ein großer Mann er ist: Er hat sie geschaffen. Sie ist sein Produkt. Nun, da er das ganze Ausmaß ihrer Leistungen in den aufrichtigsten Worten von so vielen Seiten bestätigt bekommt, nun wird ihm deutlich, daß ihre Ehe eine ganz außergewöhnliche Arbeitsgemeinschaft und daher glücklich war. Mag es auch mitunter einmal kleinere Mißverständnisse gegeben haben, so bedeuten sie nichts angesichts des Ruhmes, den seine geliebte Gattin durch ihn erworben und ihm gebracht hat.

Um den Gerüchten ein Ende zu machen, setzt er sich sofort an den Schreibtisch und verfaßt einen Nachruf. Er will ihrer Asche ein Denkmal stiften, das allen offenbaren soll, wie sehr er sie geschätzt hat, wie er frühzeitig ihr Talent erkannt, sie ausgebildet, gefördert und großgemacht hat. Er will die Lästerzungen und Schandmäuler zum Schweigen bringen, die ihn bei seiner süßesten Gattin verleumdet haben und den Samen des Mißtrauens in ihr Herz säten. Niemand soll zweifeln an seiner Trauer.

Ein ganzes Jahr lang arbeitet er an diesem *Ehrenmal* für seine geliebte Victoria. Er versäumt nicht, darauf hinzuweisen, daß die wehmütige Betrübnis über den Tod der Wohlseligen ihn körperlich stark abgezehrt hat, wie es der ganzen Stadt sichtbar gewesen ist. Für diejenigen, die nicht nach Leipzig kommen und sich von seinem Kummer und Gram persönlich überzeugen können, teilt er in dem *Ehrenmal* die Inschrift der Tafel mit, die er über Victorias Grab in der akademischen Kirche anbringen ließ und an deren Entwurf er Tage und Nächte mit dem allergrößten Herzweh gearbeitet hat:

Seiner Luise Adelgunde Victoria
Aus dem Danziger Geschlecht der Kulmus
Der durch Geist, Künste, Tugend und Schriften berühmten
Seiner süßesten Gattin
Ihr tief trauernder Ehemann
Joh. Chr. Gottsched

Er ergänzt den Nachruf mit der Herausgabe ihrer sämtlichen kleineren Gedichte, läßt das Werk in einer repräsentativen Ausgabe erscheinen und ist zufrieden: Seine unermeßliche Trauer hat er damit allen in der würdigsten Form bekanntgemacht und gezeigt, wie es wirklich war: Er ist das alles durchwaltende Pneuma ihres Leben gewesen. Die Unsterblichkeit ihres Namens ist von ihm entsprungen. Er hat sie nach seinem Bilde geschaffen und Großes vollbracht. Ihm, keinem anderen muß die Welt dafür dankbar sein.

In einsamen Stunden liest er immer wieder mit Rührung in dem *Ehrenmal.* Vor allem das Gedicht, das er an das Ende des Nachrufs gesetzt hat, spricht ihm anhaltend tief aus der Seele und gibt der gelehrten Welt einen Eindruck, welch ein unersetzlicher Verlust ihn getroffen hat und wie groß, wie unendlich groß und unstillbar sein Schmerz ist.

> Du lebest noch in meiner Brust,
> Du bist und bleibest meine Lust;
> Ich kann und will Dich nicht vergessen:
> Du hast mein ganzes Herz besessen,
> Hinfort besitzt es keine mehr!

Gottsched läßt seine Nichte kommen, die ihm den Haushalt führt, und hält sich von allen Ereignissen fern. Doch allmählich bedrückt ihn diese Zurückgezogenheit. Er ist ja mit dreiundsechzig Jahren noch längst kein alter Mann. Im Gegenteil: Seine Ansprüche wachsen und mit ihnen die Gewißheit, daß das Leben noch manches Schöne für ihn bereithält.

Die Trauer vergeht, der Kummer weicht, und er heiratet die neunzehnjährige Susanna Katharina Neueneß.

RENATE FEYL
SEIN IST DAS WEIB
DENKEN DER MANN
Ansichten und Äußerungen für und wider
die gelehrten Frauen

KiWi 249

Was Deutschlands hervorragendste Dichter und Denker
über die Frau gedacht haben, hat Renate Feyl mit dem
scharfen Blick der Autorin, die in ihren Büchern den
Kampf der Frauen um geistige Unabhängigkeit schildert,
zusammengetragen. Ein Zitatenschatz, dessen Absurdi-
tät amüsiert, aber auch nachdenklich macht, denn Spuren
dieses Denkens sind immer noch in Männern und Frau-
en lebendig.

KiWi Paperbackreihe bei Kiepenheuer & Witsch

Dorothea Tanning
Birthday
Lebenserinnerungen

Titel der Originalausgabe: *Birthday*
Aus dem Amerikanischen von Barbara Bortfeldt

KiWi 260

In ihren Erinnerungen schildert die Malerin Dorothea Tanning ihr Leben als Künstlerin und als Ehefrau von Max Ernst. Sie war 34 Jahre lang bis zu seinem Tod 1976 mit ihm zusammen.
Birthday wurde zu einem ungewöhnlichen Lebensbericht – dicht, farbenreich, von poetischer Kraft, ein surrealistisches Gemälde in literarischer Form.

KiWi Paperbackreihe bei Kiepenheuer & Witsch

Cheryl Benard / Edit Schlaffer
Rückwärts und auf Stöckelschuhen

... können Frauen so viel wie Männer
KiWi 243

Am Beginn des Weges zu Beruf und Erfolg stellen Männer sich die Aufgabe: so schnell und effizient wie möglich. Frauen fragen sich: Will ich, kann ich, darf ich? Und schaff' ich das überhaupt, wenn ich mir neben dem Beruf auch noch Ehe und Kinder wünsche? Dieses Buch zeigt Frauen ihre unnötigen Umwege und selbstgelegten Fallen und gibt Ratschläge, wie es auch anders geht, ohne daß sie ihre Ansprüche auf Integration von Beruf und Privatleben aufgeben.

KiWi Paperbackreihe bei Kiepenheuer & Witsch

ORIANA FALLACI
NICHTS UND AMEN

Titel der Originalausgabe:
Niente e così sia
Aus dem Italienischen von Heinz Riedt
KiWi 246

»Eine lange Zeit in meinem Leben krankte ich an Heldentum, und hier in Vietnam bekam ich einen Rückfall, doch
jetzt habe ich mir geschworen, es von mir zu weisen.
Akzeptiert man das Heldentum, akzeptiert man auch den
Krieg. Und den Krieg darf und kann und will ich nicht
akzeptieren.«

Oriana Fallaci

KiWi Paperbackreihe bei Kiepenheuer & Witsch

RENAN DEMIRKAN
SCHWARZER TEE MIT
DREI STÜCK ZUCKER

Leinen

Renan Demirkans Buch, das zum Teil auf autobiographischen Erfahrungen basiert, erzählt in eindringlichen Bildern die große Reise vieler türkischer Mitbürger aus ihrer Heimat nach Deutschland. Eine Erinnerungsreise in die eigene Vergangenheit und zugleich ein Blick in die Zukunft.

KIEPENHEUER & WITSCH

Simone Signoret
Ungeteilte Erinnerungen

Titel der Originalausgabe:
La nostalgie n'est plus ce qu'elle était
Aus dem Französischen von Gerlinde Quenzer
und Günter Seib
Mit einem Vorwort von Maurice Pons
KiWi 105

Als 1976 Simone Signorets *Ungeteilte Erinnerungen* in Frankreich erschienen, schrieb ›Le Monde‹: »Öffnen Sie das Buch, lesen Sie es. Man mag es nicht mehr aus der Hand legen: Es ist meisterhaft.«

Simone Signoret starb am 30. September 1985. Sie war eine der hervorragendsten Schauspielerinnen von internationalem Rang. Ihre *Ungeteilten Erinnerungen* sind ein zeitgeschichtliches Dokument, das Selbstporträt einer großartigen, engagierten Frau.

KiWi Paperbackreihe bei Kiepenheuer&Witsch